颜廷君——著

爱到

AI

DAO

BU NENG AI

不能爱

中国文联出版社
http://www.clapnet.cn

图书在版编目（CIP）数据

爱到不能爱 / 颜廷君著 . —北京：

中国文联出版社，2018.8

ISBN 978-7-5190-3743-7

Ⅰ.①爱… Ⅱ.①颜… Ⅲ.①小说集－中国－当代

Ⅳ.① I247

中国版本图书馆 CIP 数据核字（2018）第 142121 号

爱到不能爱

作　者：颜廷君			
出 版 人：朱　庆			
终 审 人：奚耀华		复 审 人：胡　笋	
责任编辑：蒋爱民		责任校对：傅朱泽	
封面设计：大德文化传媒		责任印制：陈　晨	

出版发行　中国文联出版社

地　　址　北京市朝阳区农展馆南里 10 号，100125

电　　话　010-85923066（咨询）85923000（编务）85923020（邮购）

传　　真　010-85923000（总编室），010-85923020（发行部）

网　　址　http://www.clapnet.cn　　http://www.claplus.cn

E－mail：clap@clapnet.cn　　jiangam@clapnet.cn

印　　刷　三河市华东印刷有限公司

装　　订　三河市华东印刷有限公司

法律顾问　北京市德鸿律师事务所王振勇律师

本书如有破损、缺页、装订错误，请与本社联系调换

开　本：880×1230	1/32	
字　数：300 千字	印张：10.5	
版　次：2018 年 8 月第 1 版	印次：2018 年 8 月第 1 次印刷	
书　号：ISBN 978-7-5190-3743-7		
定　价：68.00 元		

目 录

爱到不能爱

一

皓月当空，上海浦东的标志性建筑东方明珠广播电视塔流光溢彩，毗邻东方明珠塔的上海国际会展中心在蓝琉璃般灯饰的烘托下美轮美奂。

上海国际会展中心宴会厅，前面的舞台比宴会厅的地面高出了半米许，桃红色的背景板上有"上海交通大学总裁联谊会元宵节联欢晚会"字样。虽冠名为"总裁联谊会"，但会员并非都是总裁，还有企业高管。晚会主持人是总裁联谊会的饶会长。饶会长是女士，看上去40岁左右。她正站在舞台中间讲话："今晚的元宵联欢会，我们邀请了阿拉迷你歌舞团前来祝酒助兴。阿拉迷你歌舞团虽然是业余组合，但水平很牛。首先为我们演唱的演员是艾米，艾米是上海影视学院大三学生，她给我们演唱的歌曲是

《爱是蝴蝶》，有请艾米——"

一袭性感长裙的艾米款款走向舞台，阿拉迷你歌舞团的小乐队演奏《爱是蝴蝶》前奏，艾米开始歌唱：

> 青春的岁月像春天
> 爱情似翩跹的蝴蝶
> 欲望是盛开的花朵
> 春深似海蝶恋花
> 蝶似鲜花花似蝶
> 鲜花本是无情物
> 爱到深处成孤独
> 花开花落春去也

台下的金成龙摇晃着高脚杯，目不转睛地紧盯着舞台。金成龙是金色集团总裁金昌盛的公子，约30岁，所谓的"高富帅"。坐在金成龙右侧的是他总裁班的同学杨林，杨林比金成龙小两三岁，老家在苏北，老爸在城隍庙工艺品市场卖水晶，算个小老板。杨林斜视着金成龙，揣摩着他的心理。金成龙浑然不觉，他的注意力集中在艾米身上。

> 青春的岁月像春天
> 爱情似翩跹的蝴蝶
> 欲望是盛开的花朵
> 春深似海蝶相恋
> 一天就是一百年
> 蝴蝶原是梁祝变

今生再续前世缘

生生死死永相伴

歌罢。金成龙呷了一口干红，把脸转向杨林，杨林似笑非笑。金成龙问："你那几个哥们，还干黑道？"

杨林纠正："不是干黑道！'小辫子'说，他们干的这一行，在美国叫私家侦探。'小辫子'喜欢客户叫他'张探长'。他正在研究上海自贸区相关条例，打算注册。怎么？喜欢那个小歌手？"

金成龙矜持地笑笑。

杨林问："让张探长再充当一次催化剂？要不要变换个花样？"

金成龙摇头："按原来的流程走！"

两人同时端起高脚杯，碰一下，一饮而尽。

金成龙乘电梯进入上海国际会展中心地下停车场，走到一辆商务车旁，打开右侧前排车门上车，坐在副驾驶位置。坐在驾驶位置上的是张探长。

"好久不见了！"张探长掏出一张名片递给金成龙："我们增加了许多新项目，都写在名片后面，二十四小时提供服务，保密程度请一百个放心。"

金成龙接过名片，与张探长握手。张探长侧身指示后排两个身穿迷彩服戴墨镜的两个人："条子，丸子，还记得？"——瘦高的叫条子，矮胖的叫丸子。

金成龙扭过脸："两位侦探好！"

两位"侦探"受宠若惊，连连点头。

金成龙强调："这次千万别搞砸！"

张探长脸色一冷："听话音就像上次搞砸一样？"

金成龙道："上次就很好，这次要更好！"

四个人在别克商务车内等杨林的消息，金成龙正等得不耐烦的时候，手机响了。杨林电告金成龙，阿拉迷你歌舞团的演出马上结束。张探长把车开出地下车库，停在国际会展中心大门前不远处。阿拉迷你歌舞团一行五人说笑着走出国际会展中心大厅后，互相挥手告别，各走各的路。别克商务车内，金成龙目光炯炯，指着艾米对张探长说："探长，就是那个！"张探长瞟了金成龙一眼，上一次金成龙叫他的绰号"小辫子"，这次叫探长，说明没把他定位成黑社会，这让张探长感到舒服、体面。

艾米上了一辆出租车，张探长不即不离地跟进：进隧道，出隧道，上高架，下高架，出租车一个右转弯，拐向一条梧桐树环抱的幽暗的马路，最后停在上海影视学院大门前的马路对面。艾米刷卡，下车。出租车飞驰而去。艾米正要过马路，条子和丸子扑向艾米。条子一手抱住艾米的腰，一手捂住艾米的嘴。艾米挣扎着，喉咙中发出模糊不清的声音。丸子夺下了艾米拎着的包。

"住手！"金成龙仿佛从天而降，飞起一脚，踹到丸子腰上，随即连续出拳，猛击丸子前胸。丸子连连后退，金成龙夺过丸子手中的包，往丸子脸上猛击一拳。丸子脸部受伤，恼羞成怒，往金成龙面部连击三拳。金成龙双手捂脸，连连后退，心中咒骂张探长浑蛋——这三拳不在规定的动作内。

"快走！"张探长连续按喇叭，从车窗中伸出头。

条子放开艾米，和丸子一起飞奔上车，商务车疾驰而去。

艾米吓傻了，愣愣地站着，好久，哭出声，踉踉跄跄奔过马路。金成龙左手捂住左眼，对艾米喊："包在我这里！"

马路对面，艾米止住步，转过身，左右瞭望：夜深无人。艾米胆战心惊。

"把包拿走！"金成龙又喊了一句。

艾米犹豫了一会儿，小心翼翼地过马路，生怕踩到地雷似的走到金成龙身边。金成龙左眼被打，鼻子流血，额头上肿起一个大包，他把提包递给艾米。艾米接过包，从包里掏出手机。

"干吗？"金成龙左眼被打成熊猫眼，右眼依旧明亮，他机警地问。

"打110报案。"艾米回答。

金成龙连连摆手："别、别、别报案！帮我拦个出租车！"

深夜，某军医院输液室炽光灯下，有七八个人在打点滴，另有三四个陪同人员。金成龙坐在33号位上，额头上一个红包，左眼蒙着纱布，"井"字形的白胶布贴在额头和脸上，一个鼻孔中塞着纱布，纱布上有殷红的血迹。艾米挨着金成龙坐着，低头想心事。金成龙趁艾米不注意，动手调节输液管上的调节器，他想让输液的速度慢些，这可以延长他与艾米在一起的时间。输液瓶中不冒泡了，不冒泡显然说不过去，他继续调节，直到输液瓶中半天冒一个泡，他才找到了一种微妙的心理平衡。艾米依旧在想心事，金成龙咳嗽一声。

艾米侧过脸问金成龙："你叫什么名字？"

让艾米先问话，这是金成龙心中预设的第一个目标。先跟女生搭讪，容易给人以轻浮的错觉。金成龙明白：主动常常会陷入被动。人有一种心理：好果子不在树上，主动送上门的没好货，轻易得到的不值得珍惜。

"成龙。跟一位武打明星重名。"金成龙回答艾米。

"上海人？"

"新上海人。"

"在哪个单位工作？"

"来上海时间不长，正在找工作。"金成龙没说真话，怕说实话，将来厌烦了分手不好玩失踪，弄不好还会被敲诈。这样的事他经历过，吃一堑，长一智。

"为什么不让报警？"

"怕耽误看伤，麻烦！再说，我也不想接受记者采访上电视，见义勇为是中华民族的传统美德。"

艾米点头，说："伤好以后，我请你吃麻辣烫！"

养伤期间，金成龙始终与艾米保持着微信联系。

伤好之后，艾米果然请他吃麻辣烫。金成龙乘出租车前往"天不管麻辣烫馆"。约会时间是6点，他五点半到达"天不管"附近。"天不管"的店门两旁有一副对联：上联是：天不管地不管饭馆酒馆；下联是：哭也罢笑也罢吃罢喝罢。金成龙觉得提前会让人感觉沉不住气，迟到则是失礼，他在"天不管"附近溜达，溜达到6点整他才走进"天不管"。坐在一张圆桌旁的艾米站起来，另有两位女生也站了起来。金成龙见艾米带了两个伴，有种失落感。

"金成龙！"艾米向两位女生介绍。

两位女生，一位小巧玲珑，一位丰乳肥臀。丰乳肥臀的女生用微型摄像机给金成龙和艾米摄像。艾米首先向金成龙介绍小巧玲珑的女生："同学，小溪流！"

小溪流向金成龙伸出大拇指："英雄救美人，古典浪漫！"

艾米指着摄像的女生："同学，岳纪，学生会主席！"

岳纪停止摄录，上下打量金成龙。

四个人围着一张小圆桌坐下。艾米摆出一副财大气粗的样子，对走到桌边满脸堆笑的胖服务员说："有好菜只管上！羊肉串……"艾米一咬牙："十六串！"

金成龙与小溪流、岳纪初次见面，缺乏共同语言，没人说话会冷场，大家都无话找话，只要有人说话其余三人皆笑，形式上还算热闹，但人人都感觉很累，聚餐很快结束。岳纪给小溪流使一个眼色，两个人站起来说有事先走——她们要给艾米和金成龙单独交流的机会，大家心照不宣。艾米埋过单，与金成龙一起出了"天不管"。

"天不管"离上海影视学院不远，金成龙送艾米回校。一路上，艾米自我介绍是山东某农村人，父亲是小学校长，母亲是普通农民。艾米介绍完自己介绍岳纪和小溪流。岳纪是上海人，爸爸妈妈都是干部，她有一套属于自己的房子，她有时住校，有时回家住；小溪流是苏北某县城人，父亲是作家，母亲是老师。金成龙始终面带微笑地倾听，不知不觉，走到艾米遭遇抢劫的地点。金成龙感慨道："差点把眼睛搞瞎了！"

艾米止住步，她敏感到这句话的潜台词是邀功，她盯着金成龙，像面对债主。

"你喜欢山，还是水？"金成龙岔开话题。

"都喜欢！我们村南就是一条河，小时候，一到夏天，天天跟小伙伴们一起到河边玩耍，摸河蚌田螺，游泳……"

"你喜欢游泳？"

"喜欢！"

"我带你去海滨浴场游泳，好吗？"金成龙仿佛是随口说。

艾米凝视着金成龙，一对男女一起出游的内涵太丰富。第一次约会——如果能算约会的话，就发出这样的邀请，她感到突兀，难以接受。

"没时间就算了。"金成龙自找台阶下。"我请你吃饭！来而不往非礼也！明天还是后天？"

艾米没有回答，她笑笑，做了个打电话的动作，小跑到马路对面，从影视学院的侧门回校。金成龙望着艾米的背影直到消失。

二

金成龙把路虎车开进了上海交大地下停车场。

金成龙读四年制管理学专业，四年大学生活花期般的短暂，回顾大学时代，浮现在脑海中的全是美女。作为"富二代"，最重要的使命是接好班，使家族企业基业长青。刚踏上社会，缺乏实战经验，理论也有待进一步提高。好在父亲只有50多岁，接班为时尚早，于是报名参加了交大企业家总裁研修班。研修班学制一年，每月两天课。读研修班除了提高理论修养，或许还能结识到美女同学。但开学第一天他就失望了，研修班50多名学员，几个女性都长得惨不忍睹，找美女还是得到歌厅。

金成龙走出地下停车场，肩上挂着个书包。手机响了。金成龙接手机："哪位？"

"我！"

"你是谁？"

"骠骠！"

"溜溜？什么溜溜？"

"马骠骠！歌厅驻唱马骠骠！"

"哦！"金成龙想起来了。

"我要见你，有重要事面谈，我去你家？"

金成龙皱着眉想了一会儿说："人民公园吧。我马上过去。"

金成龙把车停在人民公园停车场，向公园走去。

"成龙！"马骝骝从公园里跑出来，笑容满面，她挽起金成龙的一只胳膊，仿佛是恋人久别重逢。金成龙挣脱开马骝骝的手臂。马骝骝不悦，嘟囔道："不知底细的人，还以为你是唐僧呢！"

金成龙问："有什么事？"

"大姨妈不见啦！"

"奇了怪了！我又不认识你大姨妈，找我干吗？"

马骝骝瞋了金成龙一眼，拍拍肚子："两个多月啦！"

金成龙先是一愣，继而大惊失色："不可能！"

于是金成龙与马骝骝一起去妇产科医院。

马骝骝检查完毕从妇产科出来，金成龙跟在后面，两人一前一后地走进妇产科门诊，马骝骝把检查报告摆在一位男医生面前。医生看了看病历。金成龙急不可耐地问："什么情况？"

"正常。"医生回答。

"什么叫正常？！"金成龙不耐烦地问。

医生不耐烦地回答："发育正常！"

金成龙痛不欲生，马骝骝一脸喜气，她理直气壮地挽起金成龙的胳膊："走吧！老公。"孩子都有了，有理由改称老公。好多人刚谈恋爱就称老公了，别说她已经怀了孩子。

马骝骝和金成龙一前一后地下了楼梯，金成龙一言不发。下了两层楼，马骝骝停下，转身问金成龙："老公，你希望是男的还是女的？"

金成龙停下脚步，恶狠狠地说："我希望是假的！"

马骝骝一脸的落寞。

金成龙和马骝骝走向医院停车场，走到路虎车旁。马骝骝用乞求的目光看着金成龙。金成龙掏出车钥匙，按键开车门，从一个小包中掏出一万元钱放到马骝骝手中："流掉！"

马骝骝脸色铁青："孩子不是你的！"

金成龙一怔，盯着马骝骝，随即迅速地把钱抢回来。"不是我的，干吗要我陪你做检查，你有病啊你？！"

马骝骝说："孩子不是你一个人的，是我们两个人的！你想流就流啊！"

金成龙思绪凌乱，又把钱放回马骝骝手中："流掉、流掉！"说完上了车，驱车而去。

马骝骝看着路虎消失，咬牙切齿地："休想！"

三

金成龙一身牛仔服，戴墨镜开着大路虎在高架上飙车。

金成龙习惯晚睡晚起，夜生活丰富，凌晨一二点睡觉，11点左右起床。父亲金昌盛早睡早起像一只鸟，中午在公司不回家，所以父子虽同居一栋别墅，三五天不见面是常有的事。金成龙要跟老爸见面，常常要去公司。

路虎车的轰鸣在金色集团办公楼前戛然而止，金成龙下车走进办公楼，乘电梯上二楼。总裁办就在二楼，金成龙走到总裁办门前，向里张望。

办公室大得像会议室，清一色古色古香的红木家具。办公桌也大得宛如一张床，老板椅后面的墙壁上是大理石的装饰画，图案神似山脉，寓意是有靠山；正对面的墙壁上悬挂着一横幅书法作品：厚德载物；正对门的墙上有一扇窗，挨着窗的墙壁前摆放着一个长方形的大鱼缸，十余条不同品种的观赏鱼在鱼缸中游弋；紧挨着门的那面墙壁前是艺术品陈列架，陈列着数十件形似古董的瓶瓶罐罐；陈列架前的条形书案上，摆着文房四宝，堆着许多宣纸。

金成龙从门缝儿向里看，老爸没有坐在老板椅上。

身着绛紫色汉服的金色集团总裁金昌盛正站在书案前临摹书法。

金成龙双手插在裤兜里溜达到书案前，看老爸练书法。字帖上"天道酬勤"四个字苍劲有力，金昌盛临摹的"天道酬勤"却苍白无力。金昌盛端详着临摹的作品，就像端详自家的孩子。

"有进步啊！"金成龙点赞。

金昌盛不理会儿子，满怀舐犊之情地欣赏着刚完成的作品。

金成龙东张西望，目光落到艺术品陈列架上。"哟！多了个大花瓶！有档次！"

金昌盛把毛笔放在笔架上。"好看不一定中用！这件是赝品。"他侧身指着架上的青花瓷："这是件真品，元代青花瓷，价值连城！"

金成龙扫了一眼青花瓷："就这破玩意？"

"你懂个屁！"金昌盛扫兴，失去了介绍的兴趣。他走向办公桌，金成龙尾随其后。金昌盛坐在老板椅上，金成龙坐在他面前的办公桌上。

"钱！"金成龙要钱。

金昌盛斜了一眼金成龙："你这钱都是怎么花的？"

金成龙说："谈恋爱能不花钱？"

"哪有你这样谈恋爱的？一年谈好几个！光叫唤，不下蛋！快三十岁了，还不结婚！"

"婚姻是爱情的坟墓，没听说过？"

金昌盛一脸无奈，从抽屉里拿出一万元一沓子的钱丢在办公桌上："早点结婚！"

"能不能爽快点？给张卡！让我想怎么刷就怎么刷，反正你的早晚都是我的。"

金昌盛冷笑道："给张卡？那我登寻人启事都找不到你。"

金成龙道："读万卷书，走万里路嘛。"

金昌盛白了儿子一眼："别恶心我！"

金成龙抱怨："每次给一点点，让我三天两头找你，听你训话，烦死了！"说罢拿起钱揣进裤兜，正待要走，金昌盛嘱咐："长点心眼：多许愿，少给钱！"

金成龙脸上露出会心的笑："共勉！共勉！"

金昌盛喝道："滚！"

金成龙刚要走，舒雨走进了总裁办。

舒雨三十四五岁的样子，大学毕业后应聘金色集团销售员，因形象可人、成绩突出深得金昌盛的赏识，不断晋升直至总裁秘书。

舒雨对金成龙视而不见，她把文件夹放在办公桌上，从桌边拎起红色暖水瓶，倒了半杯水，放在办公桌上，走到办公桌左侧靠墙的书橱前，书橱中放满各种药品，她打开书橱拿药，把药片放在小碗中，动作快得像采茶，一会儿采了小半碗，她把小碗端到金昌盛面前。"给！"

金昌盛看着药碗发愁："等会儿吃。"

"现在就吃！"

"早餐吃多了，实在吃不下！"

"医生怎么嘱咐的？"

金昌盛听了很泄气，背书似的："生命在于吃药。"

金昌盛吃药像吃爆米花，吃罢见金成龙看客似的站在一旁观察，感觉不爽，脸色一冷。金成龙如梦初醒，匆匆离开了总裁办。

金成龙走出办公楼，在路虎车前站了好一会儿，他回顾舒雨给老爸拿药吃的细节，没什么破绽，先是有些失望，最后感到欣慰。

四

金成龙请艾米逛公园看电影，请艾米乘船夜游黄浦江。

金成龙和艾米站在船上面向前方，左岸的外滩，右岸的东方明珠、世贸大厦等高层建筑，缓缓向后漂移。

"仿佛是梦幻！"艾米一脸沉醉。

"乘快艇在大海乘风破浪更刺激！晚上在海滨浴场沙滩上看海，又是一种情调。"金成龙的话相当于再次向艾米发出到海滨浴场旅游的邀请。

艾米没有回应，答应一起去旅游约等于同意一些事情。几次约会，金成龙对自己的家庭背景避而不谈，艾米猜测他家境不怎么样，羞于启齿，她理解，但理解不等于不想知道，连自己是谁都不愿说就邀人一起旅游，这算怎么回事？

金成龙刻意不谈家庭背景，除了怕一起玩腻了不好玩失踪，还有一个忧虑：一旦恋爱对象知道家庭背景，他担心自己分不清对方爱的是人还是钱，把握不住对方的真实情感。影视圈绯闻多，影视学院隶属影视圈，"解放天性"的训练课让好多人变得开放，恋爱跟握手一样随便。艾米"解放"到什么程度金成龙不得而知，但这并不影响他想跟艾米在一起的冲动，他甚至希望艾米性解放，那样就容易了。精心策划英雄救美的闹剧最终演变成苦肉计，差点被打瞎一只眼，目的就是为了迅速赢得艾米的心，从而缩短两个人在一起的时间。艾米再次拒绝邀请，让金成龙感到意外，他以为火候差不多了，结果判断失误！失望的同时，对艾米多了一份尊重：她不是那种随便的人。

"从上海洋山港码头去嵊泗，上下午各有两班船。嵊泗是个微城，旅游季节不提前预约找不到宾馆，当天必须返回上海——早班船去，晚班船回。"金成龙介绍道。

从这个介绍中，时间安排上没有时机，这就抹杀了他的真实动机，是重塑形象，也是进一步邀请。

艾米盯着金成龙看，没看出任何破绽，觉得是自己想多了，想歪了。他邀自己一起旅游，或许就是为了深入交流，以轻松的漫不经心的方式，聊身世，谈人生，谈爱情。很有情调！艾米内心为邀请点赞，锁着的眉宇舒展开来，但她没有立马答应，她要摆摆"腔调"。上海同学常常会说"腔调"，这个词的意思是"范""架子"。立马答应显得没"腔调"。

金成龙根据艾米细微的表情变化，捕捉到了她的思想——她答应了邀请。他轻轻地嘘了一口气，顿时感觉心灵的天空云开雾散，大地花开鸟啼。

"时间由你决定！"他说。

快艇在大海中乘风破浪。

艾米、金成龙一前一后地站在甲板上，艾米看海，金成龙看艾米。海风撩起艾米的黑发。

从上海洋山港码头到嵊泗码头大约50分钟，10点多出发，11点到达。从码头乘班车到嵊泗县城汽车站大约一刻钟。金成龙和艾米下车后找饭馆吃海鲜喝啤酒，吃完喝完已经是下午2点。金成龙叫了一辆出租车，10分钟后到达嵊泗的海滨浴场。

海滨浴场沙滩上，沿潮头一线，五颜六色的太阳伞星罗棋布。浴场的沙滩上仿佛在举行人体展览。成千上万的男人女人，没有高傲与卑微，像孩子一样，忘情于海天之间。

"哎——瞧一瞧看一看！全世界最有意思的事，一百年见不到第二次！"一柄五彩太阳伞周围围了一圈人，圈内传出吆喝声。

"瞧瞧？"艾米目光征询金成龙，她喜欢看热闹。

一个约40岁的男胖子，平头，赤膊，穿着一个大裤头，站在两个木箱的一边。木箱上堆着太阳帽、太阳伞、男女游泳裤等。胖子左后方约3米处，竖着一个人形靶。胖子见艾米和金成龙过来，接着吆喝："哎——瞧一瞧，看一看！有钱的捧个钱场，没钱的回家取点钱捧个钱场！掷镖、掷镖！两块钱掷一次，五块钱三次，十块钱七次，掷得越多越便宜！10环赢太阳帽一顶，9环赢太阳伞一把，8环赢游泳衣！"

艾米把脸转向金成龙，跃跃欲试。金成龙从包中拿出10块钱买七支镖，镖尖是铁的，镖羽是塑料，金成龙把七只镖递给艾米。艾米站到掷镖的位置上，深呼吸，掷镖，连掷六支，全部脱靶。只剩一支镖了，艾米闭眼掷，轮圆胳膊猛地将镖掷出，随即爆发出笑声掌声。艾米判断：10环！她睁开眼，扬眉吐气，向胖子伸出手："把太阳帽拿来！"

掌声、喝倒彩声再次响起。艾米看靶：靶上没有镖。她把脸转向胖子，胖子一副凶神恶煞的表情，他的肚脐眼上插着一支镖。

"太阳帽？！"胖子怒视艾米："不让你赔医药费就便宜你了！"

金成龙说："不许耍赖！"

胖子把脸转向金成龙。

金成龙说："扎肚脐眼难，还是掷十环难？扎肚脐眼比掷十环还难！凭什么不给太阳帽？你讲不讲理？"

胖子对围观的人群说："大家评评理，到底谁耍赖，谁不讲理！"

看热闹的人无人应答，静观待变。

艾米抓住金成龙的手腕："太阳帽质量太差，咱不要了！"

有台阶就下，没台阶找台阶下，金成龙与艾米撤离了是非之地，向淋浴室走去。

胖子把镖拔出，殷红的血像眼泪一样从肚脐眼中流出，像一条红蚯蚓。他冲着金成龙和艾米的背影吼道："见过掷镖臭的，没见过这么臭的！见过不讲理的，没见过这么不讲理的！"

艾米回过身："不跟你地球人一般见识！"

胖子无语，瞪着艾米与金成龙的背影，愣了好大一会儿才继续吆喝生意。

金成龙和艾米分别到男女淋浴室换衣服。金成龙先换完，在淋浴室前等艾米。艾米穿着黑色的泳装走出淋浴室。金成龙和艾米彼此看了一眼，仿佛不经意，其实很在乎。艾米的肌肤白皙如玉，金成龙感到一阵眩晕，心跳提速。金成龙身材匀称修长，胸肌不算发达，艾米喜欢这样的类型。金成龙和艾米相视一笑，似有某种默契，一起向大海走去。

"两小时五块钱，十块钱玩一天！"一个小姑娘对金成龙喊。

金成龙犹疑地看着小姑娘："十块钱玩一天？"

小姑娘点一下头。

金成龙惊讶："这么便宜？！"

"要吗？"小姑娘拍了一下身边的救生圈问。

金成龙的目光转移到小姑娘身后的一堆救生圈上，恍然大悟。"噢！租救生圈的！"

"要几个？"小姑娘问。

金成龙道："两个。"

艾米问："干吗？"

金成龙说："我不会游泳！"

"笨蛋！"艾米向租救生圈的小姑娘竖起一根指头："一个！"

金成龙左手挽着救生圈，右手牵着艾米的手，两人手牵手地奔向大海。

约四级风，潮头浪在潮头一线"哗"的一声绽开，洁白如雪；花开花落，有声有色。

艾米扑进大海。金成龙把救生圈套在身上，试探着往前走。

艾米与金成龙保持着三五米远的距离，每当金成龙靠近，艾米就笑着游开，向拦鲨网方向游去。

"成龙"在艾米心中还是个谜，艾米暗自决定在他不揭开谜底之前，以普通朋友的关系定位。她没有嫁给高富帅的强烈企图，嫁给一个自己爱又爱自己的人，在她的价值排序中居首位。

望着艾米的泳帽像彩色的球向拦鲨网漂去，金成龙有些无奈。

金成龙刻意不谈身世，担心谈了分辨不出对方爱的是钱还是自己，他的直接目的是"玩玩"，没想跟她结婚。结婚后会受家庭的约束，法律道德的约束，不结婚无拘无束。同时，他不能保证自己感情专一。想过专一，但玩一段时间之后就失去了新鲜感，不知不觉就移情别恋了。结了婚再移情别恋就得闹离婚，牵扯到孩子抚养、财产切分等一系列麻烦事，想想就觉得心烦。

金成龙打量着艾米：形象可人，但算不上绝色美女。放弃与选择都心有不甘，怎么办？真心谈一次恋爱？金成龙纠结一番理顺了思路：以后再说，走一步算一步。

艾米游累了，回到沙滩休息。金成龙挨着艾米坐下。

金成龙意识到艾米是刻意与他保持距离，要取信于艾米，必须介绍自己。介绍不一定说真话，能自圆其说让她相信就行。此时此刻无论说什么瞎话她都无法考证。金成龙介绍自己是市场营销专业毕业，老家在苏北，父亲做小生意，毕业后在上海一家公司做销售工作，因故离职。

听完简介，艾米感觉他出身农村，家境一般，他不作过多介绍是因为没有什么可炫耀的。艾米感觉心情舒畅了许多，因为这可以确认他是在和自己谈恋爱——态度有了！

夕阳西下，海滨浴场的游人潮水般退去。

艾米瞟了一眼金成龙，目光温顺得像一只羔羊。

"该回去了。"艾米软软地说。

金成龙点一下头，率先站起来，向艾米伸出手。艾米把手放到金成龙的手中，金成龙用力拉一把艾米，艾米站起来，两人一起向淋浴室走去。

艾米先从淋浴室出来，等了好一会儿金成龙才走出淋浴室。金成龙从裤袋里掏出手机看，看罢说："5点多了，没有回上海的船了。"

"怎么办？"艾米眉头紧锁。

"只好住下啦！"金成龙指了指临近海滨浴场沙滩的别墅型酒店。

艾米说："旅游季节不事先预定没有床位！"

金成龙说："去看看再说。"

艾米不说话，不知道说什么好。金成龙向别墅酒店走去，艾米跟在后面。走到别墅酒店前，艾米止住步："住这儿？一晚多少钱？"

金成龙道："大约一千。"

艾米吃惊："一千？！够吃多少顿麻辣烫？！"

金成龙说："我埋单。"

艾米白了他一眼："别摆谱！享受一夜，明天不过日子啦？"

金成龙说："过一天算一天。"

艾米逼视金成龙："你不是来自杀的吧？睡觉呗，哪儿不能睡？不如就在沙滩上过夜！"

金成龙吃惊地看着艾米："在沙滩上过夜？！没蚊子？"

"蚊子吸不了多少血！蚊子叮人有点痒，一挠就起疙瘩。不过没事，抹点牙膏，疙瘩就消了。买一支牙膏，够两个人用的！"

金成龙笑了："你倒挺会过日子的！钱不是问题！"

艾米斜了金成龙一眼："听口气像富二代！"

金成龙解释："我工作好几年了，攒了点钱。"

金成龙和艾米一前一后进了别墅酒店，走到前台，金成龙对艾米说："把身份证给我。"

　　艾米把身份证给了金成龙，金成龙把艾米的身份证递给前台服务员。

　　女服务员："两张都要！"

　　金成龙说："我的忘带了！"

　　女服务员轻蔑地笑笑，为他们办理房间。

　　走进房间，艾米把背包放在行李架上，金成龙把包往地上一扔，目光灼灼地盯着艾米。艾米感觉透不过气，身体微微颤抖，她不自觉地向后退了一步，回头看房间的门，她看到靠近房门的墙壁上张贴的告示。告示上有个警察头像和一行字——"禁止吸毒和卖淫嫖娼！"艾米指着告示让金成龙看。金成龙的视线转移到告示上，看罢像泄了气的皮球，内心骂了一句："真他×扫兴！"——告示的警示作用体现出来了。

　　"坐吧！"金成龙邀请艾米，好像房间是他的家。

　　艾米没坐："住一个房间……我还没想好！"

　　金成龙好像受侮辱似的，正色道："把我看成什么人了？住一个房间，不等于就做什么。坐怀不乱柳下惠，知道吗？"

　　艾米："我不想坐你怀里。"

　　金成龙苦笑道："我没让你坐我怀里。我睡地板！"

　　安排好住宿，金成龙与艾米到嵊泗夜市排档吃海鲜，吃完海鲜搭出租车回别墅酒店，出租车停在别墅酒店大门前，向门内走是别墅酒店，向门前走是海滨浴场沙滩。

　　月亮高悬，海滨浴场的沙滩上游人依旧很多。

　　"我想走走。"艾米说。

　　艾米和金成龙走到潮头边停下，面向大海。

　　海面上泊着星罗棋布的渔船，渔船上灯光闪烁；涌动的海浪，在临近海岸建筑群灯光的映照下色彩斑斓、变幻莫测，富有质感，远远近近的岛像天边的云。

艾米架着胳膊像做广播体操，像又不像。金成龙问："干吗？"

"身上痒。每次吃完海鲜就痒。"

金成龙撩艾米的后衣襟。

"干吗？"艾米抓住金成龙的手。

金成龙认真地说："给你挠痒痒。"

艾米哑然失笑，看金成龙一眼："坐一会儿。"

金成龙与艾米坐在沙滩上，艾米的笑，让他感到艾米的态度有所松动，似有可乘之机。金成龙试探着撩艾米的裙子。艾米按住金成龙的手，机警地环顾左右。

远远近近都有人，右侧不远处有一对情侣，女生坐在男生腿上，动作像骑马，左手执缰绳，右手扬鞭。

金成龙小声地说："他们正忙着呢！"他有些冲动，左手揽紧艾米的腰，右手生生地往艾米的裙下伸。

艾米急了："住手！干什么你！"

不远处的一对情侣应声跳起，向右前方奔去。穿裙子的女生在前，穿短袖球衣的男生在后……

艾米不悦地站起来，朝着和情侣相反的方向沿潮头一线往前走。金成龙不远不近地跟着。好久，艾米止住步，看着金成龙，金成龙双手抱胸，艾米问："读过何塞·奥尔特加·加塞特《关于爱》这本书吗？"

金成龙不屑地说："现在谁还读这种书？"

艾米面向大海仿佛自言自语："女人对于男人来说，最早只是个猎物，在这种关系中，男人拥有的只是女人的身体，拥有不了女人的心，男人感到不满足；渐渐开化的男人希望拥有女人的心，想拥有女人的心就要提升、改变自己，使自己成为女人心目中理想的男人。开化的男人懂得节制和尊重。"

金成龙不自觉地松开交叉抱胸的手臂，手臂自然悬垂。

涨潮了，潮头浪涌上沙滩的声响，像千军万马踏水过河。沙滩上的游人已经散尽。艾米和金成龙彼此看了一眼，回别墅酒店。

走进房间，艾米又瑟瑟发抖。金成龙怜爱地看了艾米一眼，萌生了一种放生的悲悯情怀，有了成为"懂得节制与尊重"那种"理想男人"的闪念。"今天，我就叫你见识见识什么叫'坐怀不乱柳下惠'！"说完把宾馆橱柜中的被子、枕头拖出来，打地铺。

艾米一声不响地看着金成龙打地铺。

金成龙打好地铺，脱去外衣，只穿一条短裤，关灯睡觉。

金成龙在地板上辗转反侧，最后爬起来，开亮灯。艾米条件反射似的坐起来，放声大哭。

金成龙被哭得心烦意乱，什么兴趣和心思都没了，他边穿鞋边说："我……我到沙滩上睡！不然……你就见识不到柳下惠了！"说完躬身拿起毛毯，挟在腋下慌慌张张出门，带门的声音很响。

五

金家别墅。

金昌盛夫妇住一楼，金成龙住二楼。晚睡晚起是金成龙的习惯，上午10点多起床，一个月只有两天除外——总裁班上课那两天。9点上课，最迟8点就得起床。金成龙起床看手机，微信上全是马骦骦的头像，他把微信点开：

"我肚子一天比一天大，躲避不是办法。下午2点我在世纪公园一号门等你，你不来我就去你家。"

"讹诈！"看罢微信，金成龙吼了一声。

一小时后，金成龙把车停在世纪公园一号门停车场，前往一号门。笑逐颜开的马骦骦小步快走飘一样地飘向金成龙。金成龙脸色铁青，一言不发，买了两张票，向检票口走去，马骦骦紧跟在后面。

进了公园大门，马骦骦径直走到金成龙前面，金成龙跟着马骦骦走，走到一个僻静处，马骦骦止步，盯着金成龙看："我真心爱你，你爱我一次会死啊！"

金成龙横眉冷对："别说些没用的！你想怎样？"

"想跟你结婚！"

金成龙比画："我们熟吗？了解吗？"

马骦骦带着几分骄傲："怎么不了解？你爸是金色集团总裁，喜欢收藏古董；你是他独生子，管理学院毕业，正在交大读总裁研修班。"

"你是特务！"金成龙右手食指指着马骦骦的额头。

"我哥帮我打听到的。我谈恋爱，我哥把关，他怕我上当受骗。"

金成龙不耐烦地说："别绕弯子，打算要多少钱？——不要狮子大开口。"

马骦骦态度坚决："我不要钱！"

金成龙态度更坚决："我不可能跟你结婚！"

马骦骦提醒："我哥脾气可不大好。"

金成龙怒视马骦骦："你威胁我？"

马骝骝叹息了一声："我哥说，世人不见棺材不掉泪。真是这样的！"

马骝骝话音刚落，一个光头——满头的刀疤横七竖八、三十多岁的男人幽灵般出现在金成龙面前，光头手中拎着一个沉甸甸的黑色人造革提包。

马骝骝介绍："我哥！马虎。马马虎虎的马，马马虎虎的虎。"

金成龙不情愿地打招呼："你好。"

马虎打量了一番金成龙，对马骝骝说："这个妹夫不错，我一眼就看上了！"

金成龙斜马虎一眼："少套近乎！"

马虎语重心长地说："骝骝怀上你的孩子，生米做成熟饭了。"

金成龙说："她自找的！"

马虎笑笑："这个我不管。我向骝骝保证，你百分之百娶她，你要是不娶，我赌命。"

"你……你想怎样？"

"跟我妹结婚！"马虎语气平静、坚定。

金成龙鼓起勇气问："要是不结呢？"

马虎把皮包放在地上，拉开皮包的拉链，从包中拿出一块砖头，握在右手。金成龙本能地后退几步。"你敢行凶，公安局抓你坐牢……"

"坐牢？哈哈……"马虎摸摸头上的伤疤大笑，笑罢突然变脸——面目狰狞："死都不怕，还怕坐牢？我早他×活腻了！不知活着有什么用，自杀吧，想想活了三十多年，吃了不少粮食酒肉，没派上用场就死了，可惜了。现在找到用途了：为我妹作贡献。你要不跟骟骟结婚……我先给你做个示范。"说完开始运气，脸色由红而紫，突然出手——用砖头猛击疤头：砖头断成两截，马虎晃晃悠悠倒在地上，血流满面，浑身痉挛。

"哥！哥……"马骟骟扑上去，把马虎抱在怀里，向金成龙求助："打120！"

金成龙迟疑了一会儿，说："那恐怕就来不及了！"他走到马虎面前，转过身，背对马虎蹲下。马骟骟把马虎抱到金成龙的背上，金成龙直起身背着马虎奔向世纪公园一号门。马骟骟拎起马虎的提包跟在后面。

金成龙把马虎背到停车场路虎车旁，按一下车钥匙的开门键，打开后车门，把马虎放了进去。马骟骟随即爬到车里。金成龙驱车送马虎去医院。

急诊室内，马虎头上缠着绷带，躺在病床上打点滴。马骟骟蹲在床边，双手握着马虎的一只手。金成龙站在床边观察马虎，马虎缓缓地睁开眼睛。

"哥！"马骟骟悲喜交加。

金成龙松了一口气。

"包呢？"马虎问。

"在这儿！"马骟骟拎起沉甸甸的包，给马虎看。

"东西在吗？"马虎问。

马骟骟拉开包："包里有一块砖。"她说。

马虎欣慰地点头，继而对金成龙说："这块是给你准备的。"

金成龙欲哭无泪。

六

医院停车场，金成龙坐在路虎车内思考良久，最后决定报案。他驱车前往自己所在城区的派出所。已是晚上下班时间。

派出所接待室，一张办公桌两边，坐着一男一女两位警官，男警官三四十岁，女警官二十四五岁。金成龙坐在警官对面。男警官提问，女警官作笔录。

"报什么案？"男警官问。

金成龙一声叹息："一言难尽！"

男警官无可奈何地说："那就慢慢说罢。"

"那还是在三个月以前。"金成龙开始说……

夜晚，金成龙、杨林进了一家歌厅。

"欢迎光临！"

十余位浓妆艳抹的"歌厅驻唱"站成一排，集体表示欢迎，欢迎后等待宠幸般地等待挑选。金成龙右手扶一下墨镜，伸一下左臂，左手腕上的名表昙花一现。杨林示意金成龙先选，因为在这种场合消费，都是金成龙埋单。金成龙酷酷的，巡视歌厅驻唱，形同唐伯虎点秋香。

歌厅驻唱们窃窃私语：

"有范！"

"满有'腔调'的！"

黄色胸牌是"5"的马骊骊向金成龙抛媚眼。金成龙不为所动，一脸小傲慢。马骊骊用金成龙所能够听到的声音对身边的6

号——一位小巧玲珑的姑娘说："从前有个人，不理睬我，第二天就死了。"说完瞟了一眼金成龙。

金成龙淡然——马骝骝的话没能引起他足够的重视。6号偷笑，6号名叫小红，是马骝骝的同事、闺蜜，合租一套房子。马骝骝瞪了小红一眼，压低声音说："笑多了会怀孕！"说罢又向金成龙抛一个媚眼，抛完又对小红说："后来有个人，也不理睬我，第二天又死了。很灵的！"

金成龙的目光终于落到马骝骝身上。马骝骝不失时机地走到金成龙面前，挽起金成龙胳膊，柔声地说："今晚我陪你，保证让你开心！"

金成龙如鲠在喉，跟着马骝骝走向包间。

"嗨！嗨！嗨！"派出所接待室内，提问的男警官不耐烦地打断了金成龙的介绍："简明扼要！别啰唆！"

金成龙的思绪从歌厅回到派出所："马骝骝陪我嗨歌，唱歌一般般，酒量蛮大，把我灌醉了，是她把我送回家的……"

出租车在金成龙的指示下到达金家别墅前，金成龙和马骝骝下车。金成龙从衣袋里掏出钥匙开门，好半天没找到锁眼，马骝骝夺过钥匙开门，两人进别墅。金成龙父母和保姆小窦已经睡了，金成龙没有开灯，马骝骝扶着金成龙蹑手蹑脚上二楼。金成龙卧室的房门虚掩着，金成龙踢开门，开亮灯。马骝骝把金成龙扶到床边，金成龙坐着，马骝骝站着，四目相视，会心会意。马骝骝慢慢脱光自己的衣服钻进金成龙的被窝，撩开被子一角，祖胸露乳……

"停！停！停！"男警官连续喊停，"细节可以省略，说结果！"

金成龙承认："结果……上床了。"

男警官若有所悟："来投案自首的！临走的时候，给了她多少钱？"

"没给钱。"

金成龙接着回忆。

阳光从窗外射进金成龙的房间。

马骝骝在金成龙脸上亲了一下，依依不舍地穿衣起床。金成龙裸着上身坐在被窝里，看马骝骝穿衣。马骝骝穿好衣服问："还不知道你名字呢！"

"金成龙。你呢？"人都到家里了，隐瞒或说假话没有意义。

"马骝骝。我爱你！"马骝骝向金成龙扬起手。

"悄悄出门，别让家里人看见！"金成龙叮嘱。

男警官问："为什么不给她钱？"

金成龙说："是她主动。"

男警官严厉地说："她主动就是不付嫖资的理由？卖淫嫖娼，无论谁主动都要依法惩办！"

金成龙申明："我们不是嫖娼卖淫，是两相情愿！"

男警官普及法律知识："卖淫嫖娼都是两相情愿，要是你强迫对方，就是强奸。"

金成龙急了："她说她爱我！我们是谈恋爱！"

"谈恋爱报什么案？"

"我不想跟她结婚，她非要跟我结婚！"

"不跟她结婚，把她骗到家里发生性行为，是玩弄女性、耍流氓，不是谈恋爱！"男警官拍桌子训斥。

金成龙欲哭无泪："不是这样的！"

男警官道："刚交代完就要翻供？"

金成龙哀求道："请听我把话说完！事情是这样的，她怀孕了，我给她钱让她流产，她不流，耍无赖！"

女警官忍不住插话："是你耍无赖！"

金成龙斜一眼女警官，有口难辩，双臂交叉抱胸，拧着脖子，以沉默表示不满。男警官按了一下桌面上呼唤铃按钮。呼唤铃传出声音："请讲！"男警官说："把棍送过来。"稍后，一名警察推门而入，把一根警棍递给了男警官。

"干吗？！"金成龙身不由己地站起来，吃惊地问。

"坐下！"男警官用警棍指着金成龙，命令。

金成龙不敢不坐下。

男警官喝道："把手放到膝盖上！"

金成龙把双手放在膝盖上，一副受审模样。

"继续交代！"

金成龙继续交代："下午，马骝骝约我到世纪公园见面。他哥威胁我说，不跟他妹结婚就玩命。接着从破皮包里掏出一块砖，往头上一拍，我×！血流满面，当时就昏过去了。"

"停！"男警官放下警棍，"是今天下午发生的事？"

金成龙肯定地说："是！"

男警官站起身，走到金成龙身边，检查一番他的头，问："下午刚砸开的头，一会儿工夫就好了，连个疤痕都没留下。你脑子进水了？"

金成龙澄清："他砸的不是我的头，是他自己的头。"

两个警官都摸不着头脑。男警官满脸狐疑："他砸自己的头威胁你？"

"是的！"

两名警官对视一下，都笑了。

男警官问："你有精神病史吗？"

"没有！"

"父母亲有吗？"

"没有！"

男警官想了想："继续！"

金成龙介绍："我怕他有生命危险，把他抱到我车上，亲自开车送他去医院，油门踩到底，一百四……×的，闯了个红灯！我把他送到医院抢救，都是我花的钱。好在没大事，谢天谢地！"

男警官女警官半晌无言，盯着金成龙观察。女警官把所录取的口供推到金成龙面前："仔细看看，没问题就签字按手印。"

金成龙没心情看，直接签字。女警官把红色的印泥盒放到金成龙的面前，指导他按手印。按完手印，金成龙站起身，正待要走。男警官说："我们要核实、研究你的口供，你不能走，等候处理决定。"

七

头发蓬乱、一脸憔悴的金成龙走进总裁办，走到老爸金昌盛的办公桌前。

金昌盛头也不抬，拉开抽屉，拿出一万元钱丢在办公桌上。金成龙把钱揣在裤兜里，依旧站着。金昌盛抬起头，见金成龙的模样，警告："夜生活不要太丰富！"

金成龙摇摇头，欲言又止。

金昌盛问："犯事啦？"

金成龙交代了他与马骠骠发生的事，金昌盛听后很平静，站起来在办公室踱步，踱了一会儿说："你把马骠骠带来给我看看！"

金成龙明白了父亲的居心，金昌盛抱孙子心切，三番五次催促金成龙结婚，全然不顾金成龙的感受，金昌盛想让马骠骠和金成龙结婚，把孩子生出来。

金成龙转身出了总裁办，走向电梯，撞见了从电梯中出来的朱可。朱可盛情地把金成龙邀请到自己的办公室。金昌盛一去世，金成龙就继位，和未来的总裁密切关系，很有必要。朱可从柜子里拿出一包茶，介绍："这种茶叫大红袍，过去是贡品，专供皇帝。"边说边为金成龙泡茶。

金成龙眉头不展，心不在焉。

"有心事？"朱可微笑着问。

金成龙观察朱可。朱可是金家常客，金昌盛让金成龙喊他叔，朱可断然拒绝，朱可说如果在旧社会，金成龙是"少东家"，两者之间是主仆关系。朱可让金成龙直呼其名，他确信让金成龙直呼其名比叫叔舒服——舒服比什么都重要。金成龙想到在家里做客时老爸对他的评价，有他在的场合评价是"小诸葛"，他不在场说他是老狐狸。他想到自己面对的难题，何不向"老狐狸"讨教？没招无害，有高招最好。金成龙以受害人的身份向朱可介绍自己的悲惨遭遇，然后问朱可："我爸说你是小诸葛，鬼主意多，请帮我支个招。"

朱可右手捻着想象中的胡须，边思考边念叨："结婚，你不愿意；赖婚，差点出人命；报案弄巧成拙……"

金成龙仰望着朱可，像仰望救星。

"三十六计，走为上计！出国旅游十天半月，关掉手机，看她能怎么着！世事了犹未了，不如不了了之。"朱可吊足胃口，献上一计。

夜晚，马虎与马骠骠兄妹俩在路边店面对面小酌。两人喝一瓶二锅头，马虎拿起酒瓶咕了一口递给马骠骠，马骠骠咕一口递给马虎。一瓶二锅头喝去大半。

马骠骠已满脸绯红："都关机十天了！"

马虎接过马骠骠递过来的酒瓶咕了一口："跑了和尚跑不了庙！"

周末上午10时许，马虎的头上缠着绷带，老六——马虎的朋友身上背着个鼓鼓囊囊的包，小红扶着马骠骠，一行四人来到金家别墅前。

"就是这家！"马骠骠指着金家别墅给大家看。

马虎满意地点点头。

"开始！"马虎对老六说。

老六把背包取下放地上，拉开背包，从中掏出鞭炮、爆竹。老六放鞭炮，马虎放爆竹。老六放了一挂鞭，马虎放了三个爆竹。放完不见金家有动静，老六又放了一挂鞭，马虎又放了三个爆竹。别墅门开了，一个20岁左右的女孩从门内走出。

马虎问："你是金家什么人？"

小窦说："保姆。"

马虎说："你回去通告金家人，媳妇上门了，叫他们全家人赶快出来迎接！"

　　小窦转身通报。不一会儿，金成龙母亲王淑英走出来。众人的目光集中到王淑英身上。马骦骦抽泣起来。马虎问王淑英："你是金成龙他妈？"

　　王淑英点头："是。"

　　马虎说："我妹怀孕好几个月了，是金成龙的，他答应下个月结婚，如今联系不到他了。我担心孩子出差错——那是你们金家的血脉！万一出个什么差错，做哥哥的担当不起，这不，我就把她给你送来了。"

　　"阿弥陀佛！"王淑英合掌念一声佛，对马骦骦说："闺女，进屋说话。"

　　马虎又要放爆竹。王淑英："不要放了。"

　　马虎把爆竹收拾起来，一行人进了金家别墅。

　　王淑英叫保姆小窦泡茶，请他们坐下说话。马骦骦请老六、小红到外面等着，有些话，当着外人不方便说，说了没面子。

　　金昌盛与王淑英夫妇在客厅听马骦骦诉说。马骦骦说自己与金成龙一见钟情，一不小心怀了孕，是个儿子，金成龙叫她流产，她认为流产就是杀死亲生骨肉，所以一定要把儿子生出来。马骦骦哭诉完，马虎提出诉求，阐明立场：马家不收金家钱，金成龙必须跟马骦骦结婚，不结婚那就是个死。

　　在马骦骦诉说的过程中，金昌盛不露声色地观察她：形象不差，小腹微突。金昌盛的目光在马骦骦突出的小腹上绕来绕去，那里面是他的孙子。儿子玩心太重不愿结婚，他身体不好，常担心看不到孙子就一命呜呼。如今，孙子真真切切地装在马骦骦鼓起的肚皮里，他意识到这是个可以把握的机会，他决定促成这桩婚事，让马骦骦把孙子生下来。以后的事以后再说——实在过不到一起去就离婚，把孙子留下，给她一笔钱走人。他看了王淑英一眼。金昌盛的心思王淑英明白，她除了念佛没别的事，也想抱孙子。救人一命胜造七级浮屠，更何况是孙子的性命！将心比心，如果马骝骝是自己的闺女，身怀六甲被人抛弃，做父母的是什么心情。金昌盛、王淑英彼此看了一眼，老夫老妻，只一个眼神，什么心思都明白。王淑英和蔼地对马骝骝说："成龙出国了，大约十天回来。十天后你们兄妹俩再来。"

金昌盛嘱咐："把胎儿保护好！"

金氏夫妇的表现出乎马骝骝和全体送亲人员的意料。马骝骝凝视着金氏夫妇，夫妇俩都很诚恳。马骝骝激动得浑身颤抖，她站起来，马虎等跟着站起来，马骝骝给金昌盛、王淑英深深地鞠了一躬，马虎跟着鞠躬。

夜，影视学院女生宿舍，艾米泪水汪汪。

小溪流关切地问："还没联系上？"

艾米垂头丧气："关机。"

"忘了他！"

"我一闭上眼，他就在我大脑的荧屏上挥着拳头打流氓。"

岳纪说："见义勇为不让你打110，登记房间不出示身份证。我分析，他是逃犯，到外地流窜作案，给警方抓起来了。"

艾米向岳纪翻白眼。

小溪流说："玩失踪就是分手！"

艾米抽泣，岳纪笑起来，小溪流不满地看着岳纪："太过分了！"

岳纪说："有位哲学家说，为失恋痛苦的人全是傻瓜！因为你失去的是一个不爱你的人，他失去的却是一个爱他的人，应该感到难过的是他。"

艾米与小溪流盯着岳纪看。

岳纪看上去像思想家。

八

金成龙归来，一家人在客厅开家庭会。金昌盛向金成龙通报了马虎等一行人送亲上门的前前后后，最后指出："目前只有两条路：要么准备结婚，要么准备死。"

王淑英说："马骊骊长得不错，看上去脾气也好！你爸早就想抱孙子，马骊骊怀孕了，正好！"

金成龙向金昌盛晬了一眼。

金昌盛严肃地说："作为一个男人要有责任感和担当精神。"

王淑英说："恶有恶报，善有善报。六道轮回：天道、人道、阿修罗道、畜生道、饿鬼道、地狱道。杀生害命会沉沦地狱的。"

金成龙叫道："好了！"

金昌盛站起来："这就对了！想通了就好。"说完出了家门。

金成龙对着金昌盛的背影喊："我不想跟她结婚！"

金昌盛指派朱可操办金成龙的婚事，同时要求朱可做好儿子的思想工作。杨林得知金成龙遭遇结婚，似信非信，到金家探听虚实，汤汤陪同。

金成龙躺在床上，额头上扎着湿毛巾，一副病态。杨林坐在床沿，汤汤站在他身后。朱可坐在床边沙发上，他在给金成龙讲故事：

"古代宋国有一女子，出嫁前哭得死去活来，就像爹妈死了。出嫁后，初尝禁果，男欢女爱，就说，早知道是这样，出嫁前还哭个屁！——结婚有结婚的乐趣！我结婚半年胖了十五斤。"

汤汤打量一番朱可："结婚之前，你是骷髅？"

朱可说："老婆生产之后，我伺候她坐月子，半年又瘦了十五斤。"

杨林奉劝金成龙："男大当婚，女大当嫁，生老病死都是人之常情。"

金成龙说："我一点都不爱她！"

杨林说："好久没听说过结婚是因为爱一个人了！结婚要么因为年龄大了；要么因为对方条件不错；要么因为找不到真爱，死心了；最常见的是，一不小心怀了孩子。你跟马骝骝这种情况是最常见的一种，我跟汤汤也是如此，就是因为她怀孕了，不然谁跟她结婚？"

杨林话音刚落，站在他身后的汤汤抬起腿往他的屁股上猛踹一脚，一脚把杨林踹坐到地上。杨林意识到说错话，爬起来解释说："我的意思是你不怀孕，不可能跟我结婚。"

汤汤骂道："放屁！我N次提出领结婚证，每次你都推三阻四。要不是怀孕了，我坚决不流产，你早把我甩了！"

杨林转过脸对金成龙说："听到了吧？——大家都一样，难兄难弟。"

朱可说："概括起来说……"

汤汤插嘴道："高富帅都不是好东西！"

朱可说："围着高富帅转的女人也不是好东西！"说完意识

到失言，于是向汤汤解释："你是例外！"继而把脸转向金成龙："我初恋的女友爱慕虚荣，把我甩了，嫁给了高富帅——一个局长的儿子，结果呢，又被人甩了，哼！哼哼！"

马骝骝与小红合租两室一厅。

上午11点多，马骝骝起床。她的心情很好，哼着歌："我爱上一个人，最多两个人……"

小红从房间里探出头，揉揉惺忪的眼睛抱怨："才11点就起床啦！"

"嗯哼！"马骝骝耸耸肩。

小红转身从她的房间中拿出一张收据对马骝骝说："昨天房东来收房租了，房租费六千，一人三千，这是收据。"

马骝骝把收据挡了回去："以后别跟我谈钱！钱是什么东西？就是个数字！下个月我就成阔太太了！"

小红愤愤不平："大家天天在一起，凭什么你成了阔太太？"

马骝骝说："这就是命！"

小红嘟囔："我爸给我打电话了，说家里要盖房子，我弟弟要结婚，叫我寄三万块钱，我到哪对付去……"

马骝骝说："我下月举行婚礼，婚礼之后，你家急用钱，我借给你两三万，有钱就还，没钱就算了！我要请你当伴娘！"

小红惊讶地张大嘴："真的吗？"

马骝骝说："我什么时候跟你说过假话？"

小红说："过去的事，还提它干吗！"

马骝骝意犹未尽："小红，你看到我老公的越野车了吗？"

小红说："是不是停在别墅前的那辆？——看到了。"

马骝骝感叹："我坐过，真他×大！结了婚，我天天跟老公玩去。"

小红说："以后，家里卫生让我打扫，午餐我帮你买，衣服我帮你洗，你只管睡懒觉、发育！"小红说罢东张西望，她发现马骝骝脱下了的袜子，三个指头捏起来，放在鼻前嗅嗅，皱眉："臭！"说罢伸直胳臂，继而又放到鼻前嗅，脸上露出恶心的表情："真臭！"伸直胳膊，然后再闻，脸上浮现出痛不欲生的表情："越闻越臭！"言罢，表情突然转换成大义凛然："臭袜子，我替你洗！"

马骝骝走来走去："我要宣布这个爆炸性新闻，让全国人民都知道！我要请客！把朋友，把瞧不起我的人都请来，瞎了他们狗眼！"她开始打手机："丹尼尔……"因为说话太急，她接连咳嗽儿声。小红急忙给马骝骝捶背，很卖力，因为太卖力，以致马骝骝打电话断断续续。"丹……丹尼尔，今……今天……今天晚上……我请客！"

丹尼尔的声音："在哪儿？"

"上海歌城。"她一阵咳嗽，转身瞪了一眼小红："轻点！"

"好的好的！"小红连连点头，轻轻捶背。

"晚上七点在上海歌城嗨歌！"

丹尼尔问："就我们俩？"

马骝骝说："我朋友、仇人都在！"说罢挂了电话，从包里拿出一张小条子，递给小红："这几个你帮我约。我的朋友你都认识。"

小红问："你自己不会约？"

马骝骝解释道："我担心他们自作多情，以为我追他们，不敢来。你就说是你请他们嗨歌。"

小红想了想："那你得帮我个忙。"

马骝骝拉下脸："别跟我讨价还价！"

小红说："你能钓到高富帅，就因为你会抛媚眼。你跟金成龙抛媚眼，我亲眼看到的！你教我抛媚眼。"

"这个容易！"马骝骝给小红抛了一个媚眼。

"抛得太快，学不来。"

马骝骝想了想，对小红说："抛媚眼一共五个步骤，一、锁定——目光盯着对方的眼睛；二、收紧——半眯缝着眼睛；三、抛出去——向右上方看，四十五度角；四、收回来——斜视对方，眉目含情；五、摆平——闭一下眼睛。现在跟我学，开始——"

马骝骝喊口令："锁定，收紧，抛出去，收回来，摆平……"

小红按照口令练习：锁定，收紧，抛出去，收回来，摆平……

小红站在上海歌城001号包厢门前迎接来宾，有客人来就抛媚眼：锁定，收紧，抛出去，收回来，摆平！

该来的都来了，001号包厢济济一堂，其中有一个黑人。马骝骝最后亮相：殷殷红唇，一袭黑色短裙，白色文胸与短裤清晰生动。马骝骝一进包厢，客人们顿时鸦雀无声。小红说："今天是骝骝姐请客，她最近很忙，让我电话邀约大家，她有话要说。"

"兄弟姐妹们，朋友们，大家好！"马骝骝高举双手挥动着，半晌无语，眼里闪着亮晶晶的泪花，她感慨万千："我这人跟林黛玉一样，重感情。现在我非常非常非常激动，我要向大家宣布一个爆炸性信息。宣布之前，我给大家唱一首老歌，来表达我此时的心情。"说罢操作电脑切歌，马骝骝演唱的是《萍聚》。歌罢大家鼓掌，等待她发布爆炸信息。

"现在，我要宣布——我已名花有主了！从现在起，对我有心的，立刻死心！对我没心的，继续装。"

大家相互观察。男生像等待宣判，女生像等待爆炸。黑人丹尼尔神情紧张，充满期待，当马骝骝目光落到他身上时，丹尼尔沉不住气，噌地站起来，向众人挥手。众人目光在丹尼尔与马骝骝之间梭巡，马骝骝介绍说："丹尼尔，是我英语老师，在美罗城认识的，大家别误会。"

黑人丹尼尔的脸仿佛更黑了。

马骝骝宣布："我的真命天子是——金成龙！"

谁是金成龙？大家的目光在搜寻。

"金成龙他爸是金色集团老总，天天开越野车。"小红介绍。

马骝骝说："我们下月结婚！"

"不会有什么变故吧？"有人担心地问。

小红说："骝骝姐已经怀上了金成龙的龙子，到医院做过鉴定了！"

"为骝骝名花有主，我建议共同举杯！"短暂的停顿之后，有位男生站起来。大家如释重负，端起酒杯，或举起酒瓶，纷纷站起。丹尼尔坐着，掩饰不住落寞。

有人窃窃私语："以后不用担心她追啦！"

"可喜可贺！"

"吓死我了！"一位胖哥双手合十。

"你也担心马骝骝追你？"

胖哥反问："怎么不担心？她看我都这样！"胖哥学马骝骝抛媚眼。

"她看谁都这样！"

马骝骝举杯："为了爱情，为了过去，为美好的未来，干杯！"

众人举杯欢庆。

九

周末的早晨，影视学院女生大多在睡懒觉，艾米有心事，睡不着，她在被窝里拨金成龙手机，通了！"成龙！"艾米惊叫一声坐起来。

同宿舍被惊醒的小溪流问："做噩梦啦？"

"为什么关机？出什么事啦？说呀！""……一言难尽？""那见面说！我到哪儿找你？……"艾米手忙脚乱地穿上衣服，匆匆离开女生宿舍。

滨江湖与黄浦江只隔一条江岸。滨江湖畔，艾米站在湖边的一块石头上东张西望。躲在树丛后的金成龙愁肠百结，仿佛是在自首和畏罪潜逃之间纠结，最后鼓起勇气自首——他从树丛中走出，感觉像爬出。

艾米凝视金成龙：金成龙像个稻草人，笑得像哭。

"你真是逃犯吗？"艾米问。

金成龙想否认，但想到艾米把自己当成逃犯，唾弃可以替代痛苦，未尝不是好事。

"罪行重吗？"

金成龙躲开艾米的目光。

艾米的眼神笼罩着深沉的悲哀："会判死刑吗？"

金成龙抬起眼睑："你就不能往好一点的方面想吗？"

艾米问："死缓？无期？"

金成龙说："总之，我们不可能了！"

"到底为什么？你说呀！"

"不要再问了，我不想说，给我留点尊严吧！"金成龙从衣袋里掏出两万元钱，放在艾米包中。"我一直想给你买礼物，现在……自己买吧！"

艾米把钱从包里掏出，抖抖地放在地上，拎起包，呜呜地哭着走了。

金成龙望着艾米的背影远去直到消失，心里很痛很痛，他颓然坐在湖边，下意识地捡起手边的土块扔进湖水，土块沉到水底。他突然想到艾米会不会想不开，做傻事？想罢连忙站起，向艾米消失的方向追赶。当看到艾米的身影，他放缓脚步，盯着艾米。湖边有许多树木，便于隐蔽。

艾米沿湖边前行，回首看一眼，没看到金成龙，她走近湖边，面向湖面茕茕孑立，影子在湖水中扭曲、破碎。她感觉五脏六腑都在燃烧，她把手中的包丢在脚下，双脚交替着踩掉鞋子，舒展双臂，踮起脚跟，纵身一跃扎进湖中，湖面上泛起一圈圈涟漪。

"艾米！——"金成龙飞奔过来，纵身跳进湖中救艾米。

艾米在湖中潜泳一会儿露出水面，向湖心游去，听到身后有动静，回过头，她看到金成龙在水中挣扎。金成龙不会游泳，在海滨浴场游泳还租个救生圈套在身上。艾米返身往回游，抓住金成龙的一只胳膊。金成龙呛了几口水，死死地抱住艾米乱扑腾。两个人在水中时隐时现。艾米蓦然想到救溺水者的应急措施，抡起一只胳膊往金成龙头部猛击三下，将金成龙打昏——打昏了便于营救。艾米把金成龙拖到湖边，金成龙面朝上，艾米喘息着弯下腰察看金成龙，金成龙气若游丝。艾米用力挤压金成龙的肚子，一下，两下，三下……浊水从金成龙的嘴里往外冒。"啊嚏！"金成龙打了一个大喷嚏，艾米松了一口气，停止挤压。金成龙睁开眼睛，喘息着。艾米双手叉腰，俯视着金成龙。金成龙深呼吸，嘴唇动了动。艾米读懂了他的唇语——他说的是谢谢。艾米心底涌出一股怨恨，她想往金成龙身上踹一脚，然而不忍心，她转过身毅然离去。

晚上，小吃街。艾米、岳纪、小溪流在一间小饭店吃饭。桌上，麻辣烫锅里的汤在冒泡，锅里有许多"串串"。

岳纪、小溪流在听艾米诉说："我跳湖不是寻死，我还没到为他殉情的地步呢！我感觉心里跟着火一样，跳湖为了降降温，清醒清醒头脑，我会游泳。成龙奋不顾身地跳进湖里救我……他不会游泳，要是我不回头看一眼，他就死了……他救了我两次！"

岳纪纠正："这一次是你救他！"

艾米强调："他是为了救我跳湖的！"

小溪流说："还替他说话！犯贱！"

艾米不与她俩分辩，自言自语："就这样结束啦？"

小溪流忖度半天："结尾仓促，感觉缺了点什么。"

岳纪说："过去的就让它过去吧！吃一堑长一智，关键要善于总结经验教训。"

小溪流说："我觉得艾米最大失误就是不该把那两万块钱还给他。两万块！够下多少次馆子！"她看着桌上的一串串麻辣烫。

岳纪说："把钱掏出来放在地上这个细节，改成把钱摔在他脸上更有表现力。"

小溪流瞟了一眼艾米："把钱放在地上，突出表现人物内心痛苦；把钱摔在脸上，表现的是愤怒，这不符合人物性格和心理。"

岳纪说："这件事给我最大的启迪，上升到哲学的高度来说……"

艾米和小溪流目不转睛地盯着岳纪上升到哲学高度。

岳纪半天没下文，大脑死机。

艾米期待听到宏论。小溪流为岳纪着急，见她实在上升不到哲学的高度，替她解围："有位哲学家说过：女人玩哲学，既糟蹋了女人，也糟蹋了哲学。"

小溪流说罢，三个人同时伸出手去拿麻辣烫锅里的"串串"。

十

金家客厅，金昌盛、王淑英、金成龙一家人在一起吃早餐。

金成龙睡眼惺忪，不满地嘟囔："又不逢年过节，上什么坟？"

金昌盛说："哪有结婚不上坟的？本该你跟媳妇两个人去。可祖坟在哪里，你都不一定记得清。"

金成龙眼睛突然一亮："我在网上看到有上坟公司，我上网搜搜，可以雇人上坟，用不着亲自去！"

金昌盛瞪了儿子一眼："那算什么东西？养儿育女干什么？

死了有人上坟！"

金成龙一脸惊讶："养儿育女就是为了上坟？！"

金成龙开路虎车行驶在山路上，金昌盛坐副驾驶位置指路。

"停！"金昌盛喊停。

路虎车停在山腰，父子俩下车。金成龙打开后备厢，金昌盛拿鞭炮、拎酒瓶，金成龙挎篮子、提一捆烧纸，父子俩一前一后走到一座坟墓前。

金昌盛手比画着面前的一块地："风水先生说，这是块风水宝地！把先人埋在这儿，可保儿孙有福。记好了！这就是你爷爷奶奶的坟。"

金昌盛燃放鞭炮，放爆竹。金成龙把篮子里的饭菜拿出来，摆在爷爷奶奶的墓碑前。六个小碗：鸡、鱼、肉、蛋四个菜，两碗米饭。

金昌盛点着烧纸，拧开酒瓶盖往烧纸的火焰上倒了大约半两，然后跪下，口中念念有词："爸、妈，成龙成人了，要结婚生儿子了，金家后继有人！"金昌盛祷告完，不见金成龙跪下，扭过头，但见金成龙两臂交叉抱胸，像个旁观者。金昌盛站起来，往金成龙腿弯上踹一脚，把他踹跪在坟前。金昌盛跪下磕头，金成龙跟着磕头，"此起彼伏"三起三落，三叩首之后，父子俩站起来。

"成龙，我跟你妈死后，你把我们埋在这儿，就是这里！"金昌盛指着坟墓的一侧。

金成龙斜了父亲一眼，他不喜欢听这句话。

金昌盛走两步，指着脚下的土地，对金成龙说："这块，是你跟你媳妇的。"

金成龙一脸惊讶，把目光投向属于他的那块墓地。

金成龙夫妇的墓地上，芳草萋萋，几朵黄花在微风中摇曳。

一月后，金昌盛夫妇为金成龙举行了一个盛大的婚礼。

夜阑人静，金成龙、马骝骝步入洞房，马骝骝坐在床沿，金成龙坐在凳子上。

马骝骝说："我一个小姐妹说过一句话。"

金成龙等着她继续往下说。

马骝骝说："男人耍够了流氓就结婚，你还没耍够？"

金成龙一声叹息。

马骝骝安慰金成龙："人生苦短，俗话说，眼一闭一睁，一天就过去了；眼一闭不睁，一辈子就过去了。跟谁不是过一辈子？"

金成龙无奈地看着马骝骝。

马骝骝问："你帮我脱，还是我帮你脱？"

金成龙说："各脱各的！"

十一

深夜，妇科医院，产房内传出婴儿响亮的啼哭。

一名护士走出产房，问道："谁是马骝骝家属？"

守候在妇产科病房外的小窦，揉揉眼睛说："我是。我替她老公值班，他去旅游了。男孩还是女孩？"

"男孩。"护士回答。

小窦连忙给金昌盛、金成龙打电话报喜。

金昌盛、王淑英喜不自禁，金昌盛挥动着紧握的双拳："骝骝是金家功臣！"说罢下床。

王淑英问："干吗？"

"看孙子！"

"这都下半夜了，看什么孙子，怎么着也得天亮去。"

金昌盛想了想，点一下头，他抑制不住兴奋的心情，倒剪双手，在卧室走来走去。"我担心，这辈子看不到孙子了。"

"少说这种话！"

次日晨，金昌盛早早起床，梳了个"大奔"发型，然后喷啫喱水定型。金昌盛开车，王淑英坐副驾驶位置，夫妻俩前往妇产科医院看孙子。

金昌盛喜气洋洋，王淑英乜斜了他一眼："生成龙时你也没高兴成这样！"

金昌盛解释："那时还年轻！"

妇产科病房，小窦照料马骝骝。

金昌盛夫妇满脸幸福的笑容，蹑手蹑脚地走进护理病房。一脸倦容的马骝骝听到动静后睁开眼，见公婆来到床前，连忙坐起："爸爸妈妈好！"

金昌盛夫妇连忙应答，王淑英把红布包着的厚厚的10万元现金呈到马骝骝的眼前："给孙子的见面礼。"

马骝骝接过见面礼，坐着给公婆鞠躬："谢谢爸妈！"

王淑英问："孙子睡了？"

马骝骝说："刚睡。"说罢，掀开被角，让婆婆看。

王淑英把脸凑近孙子的脸，突然一声惊叫，连退三步，退到墙根，双手合十念佛："阿弥陀佛！阿弥陀佛！阿弥陀佛！"

金昌盛瞟一眼王淑英，一脸疑惑，向前一步，伸头看孙子。

一个黑孩子在熟睡。

金昌盛连忙揉眼睛，再看：还是个黑孩子！他食指蘸口水，往黑孩子的额头上擦拭，放到眼前看，食指没有变黑。黑孩子睁开眼，金昌盛打了一个寒战："这这这……这么黑？！"

马骝骝轻描淡写地说："小孩都这样，长长就白了。"

金昌盛浑身颤抖，身体摇摇晃晃，病房在眼前旋转，随即摔倒在地。

王淑英对小窦喊："快叫医生！"

十二

人民医院，高级护理病房内，王淑英一脸憔悴地坐在病床边。

金成龙两手插在裤兜里走进病房，走到父亲病床前，问母亲："又怎么啦？"

"气的！"王淑英没好气地说。

"谁气的？"

王淑英问："你看到那个孩子吗？"

金成龙说："没。我一想到医院头就大！小窦替我值班，听说是个男孩。"

"孩子是黑的！你爸受刺激了！"

金成龙小声说："黑就黑点，至于嘛！"

王淑英气恼地说："你去看看再说吧！"

马骝骝、金成龙、马虎走进市人民医院。抱着孩子的马骝骝一脸委屈，边走边嘟囔："儿子长得跟你一模一样！就是黑点，就怀疑是黑人儿子。非要做DNA鉴定，伤人！"

一行三人进了化验科办公室，马骝骝把鉴定报告放在医师办公桌上，一位四十左右的男医生低头看鉴定报告。金成龙急不可待地问："什么情况？"

马骝骝手指头在金成龙与黑孩子之间画直线，急切地问道："他们是不是亲生父子？"

医生抬眼看金成龙和孩子，看完问马骝骝："肉眼还鉴定不出？用得着做DNA？男孩的父亲应该是黑人。"

马骝骝目瞪口呆："啥？！"

马虎手指着医生说："搞错了，我弄死你！"

医生说："可以肯定！"

马骝骝乞求医生："你再仔细看看，会不会是遗传变异？"

医生似有几分好奇，问马骝骝："你自己会不明白？"

四个人出医院大楼，金成龙不时用眼睛的余光看马骝骝兄妹。马虎怒视马骝骝。马骝骝耷拉下眼皮吞吞吐吐："不是成龙的，就是丹尼尔的，丹尼尔是个黑人……"

"啪！"马虎抽了马骝骝一个耳光，动作快如闪电。

马骝骝流出鼻血。金成龙瞪了马虎一眼，继而安慰马骝骝："你哥脾气不大好，他的心情可以理解。"

"啪！"马虎猛抽了金成龙一记耳光。

金成龙头晕目眩，双脚交叉挪动，身体摇摆，形同醉拳，最后站定。马虎的一记耳光把金成龙打成了斗鸡眼，两个瞳孔贴近鼻梁。金成龙校正了好一会儿，才把瞳孔校正到中间位置。

马骝骝兄妹盯着金成龙，直到金成龙把瞳孔恢复常态。

"啪！"马骝骝猛地抽了马虎一个耳光，马虎的鼻孔流出鼻血，马骉骉向马虎咆哮："不许你欺负我们家成龙！"

十三

马骉骉仰望墙壁，墙壁上挂着她和金成龙的结婚照。金成龙站在床边看着马骉骉。

"结婚照留给我做个纪念行吗？"马骉骉征求金成龙意见。

"行。"

马骉骉摩挲着结婚戒指："戒指留给我做个纪念行吗？"

"行。"

马骉骉目光落到孩子身上："孩子……留给你？"

金成龙连连摆手："你带走！留个纪念。"

马骉骉抱起孩子，目光像油尽灯残："我要走了。"

金成龙爱怜地看着马骉骉。

马骉骉叹息一声，低下头说："他叫丹尼尔，非洲来的留学生，我学英语时认识的，以前没跟黑人玩过，有点好奇……在你之前，就一次！我以为孩子是你的。你让我流产，我不能！我流过三次了，医生说，再流就不能生育了。逼你结婚，你讨厌我，孩子也有个爸爸，我没有爸爸。我想用加倍的爱赢得你的心，现在没机会了。对不起，给你添麻烦了。"

金成龙想想说："还好。要是双胞胎，一个黑的，一个黄的，那才麻烦。"

马骉骉给金成龙鞠了一躬，抱着孩子出房门，下楼。金成龙跟进到一楼，当马骉骉的一条腿迈出门槛，金成龙情不自禁地喊了一声："骉骉！"

马骉骉转过身，把孩子放到沙发上，走向金成龙。金成龙舒展双臂，两个人热烈拥抱，接吻。沙发上孩子响亮地啼哭。马骝骝松开双臂，凝视着金成龙，脉脉含情："你要是舍不得我，我就不走了。我再给你生个黄孩子。"

金成龙慌忙推辞："不……不用！"

马骝骝只得从沙发上抱起孩子，走到门口，转过身："我给丹尼尔打过好几次电话，打不通，要是他回非洲了，找不到他，我还找你，不管怎么说，孩子总得有个爸。"

金成龙信心百倍地说："我坚信，一定能找到！"

马骝骝走出门，转回来，拿起孩子的手，摇晃着："跟爸爸再见！"

金成龙："宝贝，再见！"

马骝骝母子的背影消失了，金成龙回到家中，感到解脱的同时又有一种失落感。他想了一会儿，给艾米打手机。

艾米、岳纪、小溪流说笑着走出上海影视学院大门。艾米接到了金成龙的来电："艾米，我是成龙，我想跟你谈谈。"

艾米委屈、哽咽得说不出话来。

金成龙的声音："我们见个面……"

艾米恼怒地说："不见！……"她身体瘫软，要倒下。岳纪和小溪流连忙架住艾米。艾米的手机滑落到地上。小溪流捡起手机，对着手机喊："呸！"岳纪把手机从小溪流手中夺过去，她对着手机嚷："去死吧！"喊罢，挂断手机。

小溪流愤愤地说："把你当什么啦？破鞋？想扔就扔，想捡就捡！"

岳纪说："估计他刚从牢里放出来！不许理他！"

金成龙听到了唾弃的"呸"声，也听到了"去死吧"的骂声。他回顾自己在恋爱的旗帜下的所作所为，他想到即便解释，也不会得到原谅。就走到镜子面前，审视着镜子中的自己，他感到面前的这张脸猥琐，他随手拎起一张凳子，狠狠地砸向镜子，响声之中，镜子变成了碎片。

十四

深夜，人民医院高档护理病房内，荧光灯灯辉如霜。身着蓝白相间病服的金昌盛躺在病床上，慢慢地合上了眼睛。一脸倦容的金成龙见父亲睡了，悄悄走出病房。他估计父亲会一觉睡到天亮，他到医院附近的宾馆开了一个房间，他要好好地睡一觉。

病床上，金昌盛醒来，他想喝水："水。水……水！"无人回应，睁开眼，想坐，经过一番艰苦的努力他总算坐了起来，喘息了一会儿，突然睁大眼睛，他有一个发现，他努力辨识发现的对象。

"是蟑老弟！"金昌盛喘息了一会儿，说，"蟑老弟，我问你：人活着有什么意思？"

蟑老弟不答。

金昌盛叹息："一辈子积攒财富，能够成龙挥霍几年？后继无人！哎……蟑老弟别走，别走啊！"他恳求。

被子上一只正在爬的蟑螂停下来。

"谢谢！"金昌盛对蟑螂说，"十年河东转河西，风水轮流转，公平！有人活着搞慈善，死后要裸捐，总觉得他们有点二，现在想明白了：儿子有出息，能挣钱养活自己；没出息，钱多是害他，会让他好逸恶劳、吃喝嫖赌……咦？想走？"

被子上蟑螂开始蠕动。

金昌盛一掌拍死蟑螂："你知道得太多了！"

金昌盛感觉到就像雪人在融化，自知不日将油尽灯枯，他把家人和公司要员召集到医院，安排后事。

首先召见妻子和儿子。王淑英和金成龙站起来走到床前，握住金昌盛的一只手。金昌盛嘱咐："把钱管好，公司倒闭也别动积蓄。"

金昌盛对金成龙说："我去之后，你当总经理，舒雨依旧当执行副总，提拔朱可当副总兼人事总监，两个人加薪百分之五十，留住他俩，公司才有希望。"

金成龙："我知道。"

金昌盛盯着金成龙看，然后把目光移向王淑英。

王淑英对金成龙说："我有几句话跟你爸说。"

金成龙走出了病房。

金昌盛再次嘱咐王淑英："把钱管好，无论发生什么情况也别动积蓄；房产不能过户到成龙名下，防止他卖掉挥霍。"

王淑英郑重地点头。

金昌盛的脸上露出一丝坏笑："有人说，成功人士最可悲的一种结果是，人在天堂，钱在银行，老婆跟别人上床。好在你一心向佛，对男男女女的事没兴趣。"

王淑英内疚："对不起！"

金昌盛："这话应该我说……"

王淑英心疼地抚摸着金昌盛的脸："别说了。"

金昌盛："叫朱可进来。"

王淑英把脸贴在金昌盛的脸上……然后匆匆出了病房。

朱可走进病房。

金昌盛笑笑："小诸葛，预测一下，我想要跟你说什么。"

朱可笑道："把金成龙托付给我跟舒雨，保金色集团基业长青。"

金昌盛问："还有呢？"

朱可说："主持你的葬礼。"

金昌盛想笑，力不从心，一阵咳嗽："小诸葛啊，悼词你给我写，你要敢阴阳怪气地调侃我，我就把你带走！"

朱可收敛起微笑："不敢，不敢！"

金昌盛说："叫舒雨。"

朱可走出病房。舒雨走进病房。

金昌盛道："这些年死去活来好几次，这次是真死，再不死都不好意思见人了。"

舒雨噙着泪笑。

十五

金色集团总裁办，新任总裁金成龙西装革履，当总裁就应该有总裁的"范"。金成龙在老板椅前，起立，坐下，再起立，再坐下，仿佛是测试椅子的结实程度，老板椅很结实。金成龙开始办公，他拨通一个电话："舒副总，把应聘秘书的报名表给我拿来。"

舒雨走进总裁办，把一个文件夹放在金成龙面前的办公桌上。

金成龙打开文件夹，翻了翻，问："就三个人投简历？"

舒雨道："简历有三十多份，我筛选了一下。"

金成龙说："秘书不光要能做事，还必须能装门面。这三个人形象太差，叫人提不起精神，带出去应酬，掉价！你把投的简历都给我拿来。"

舒雨犹豫了一下，出了办公室，把三十多份简历都拿过来交给了金成龙，等着他发话。金成龙端起茶杯，把盖拿下，将浮在茶水上面的茶叶往一边划了划，啜了一口茶。舒雨转身要走，金成龙说："等一下！"他打开文件夹，挑了十几份简历，对舒雨说："帮我把她们都约来。"

舒雨看着金成龙没有应答。

金成龙不悦："想多看几个，有问题吗？"

舒雨说："五点多了，快下班了。"

金成龙说："今天约，明天上午面试！"

金成龙一个人在小会议室面试，他要向公司全体员工证明：他可以独当一面。

一位打扮时尚的女郎站在金成龙对面。金成龙打量着女郎：棕色假发，粘着长睫毛，无镜片大框眼镜，脸上涂满油彩。金成龙看不出她的真实面目，好奇地问："你长什么样？"

女郎伸出手掌在金成龙眼前晃了晃："你眼睛有毛病？"

金成龙用目光把女郎扫描了一遍，最后锁定胸部，问："是真的吗？"

"你摸摸就知道了。"

"太夸张了！"

"炫酷无罪，卖萌有理！"

"有工作经验嘛？"

"当过总经理秘书。"

金成龙感到意外，问："为什么跳槽？"

"公司倒闭了。"

"什么公司？"

"房屋中介。"

"回去等候通知！下一个！"

一个胖女人走进小会议室。

金成龙打量胖女人，皱了一下眉，胖女人给了他一个甜蜜的笑。"你做过秘书吗？"

"没做过，我要挑战自我！"

"有什么特长？"

"工作卖力，不迟到，不早退，会玩电脑，脾气好，笑声甜，讨人喜欢，哈哈哈哈……"

"停！停！"金成龙做了暂停手势，"说说有哪些缺点？"

胖女人边动脑筋边回答："为人太忠厚，容易上当受骗；工作太投入，不注意身体健康；领导太偏爱，招人嫉妒……"

金成龙叫道："回去等候通知，下一个！"

一位女士走进小会议室，她的脸上荡漾着笑容，走到老板桌对面，主动向金成龙伸出手，金成龙无法拒绝，起身与她握手，握罢手女士不请自坐。金成龙连忙低头看简历上的照片，与女士进行对照，然后问："你是吴小燕……她妈？"

女士扑哧一笑。金成龙吓了一跳。

"我就是吴小燕！"

金成龙明白了："照片是年轻的时候照的！"

"哈哈哈哈……"吴小燕又笑起来，"你真幽默！——我喜欢跟幽默的人共事！照片是三年前拍的。"

金成龙问："这三年你是在地狱中度过的？"

吴小燕收敛起笑容，叹息一声："失恋了——失恋好几次！"

不待金成龙继续问，吴小燕自我介绍：艺校毕业后去美国，在美国七年，回国后做过啤酒推销员，给三个老总当过秘书，忠诚度高，擅长陪客。

金成龙问："忠诚度高为什么三次跳槽？"

吴小燕说："第一次没经验，老板说我废话太多，喧宾夺主，把我炒了；第二次因为老板想泡我，我对他没感觉，我把他炒了；这一次是老板死了，猝死。"

金成龙脸色一冷，他想到了去世的父亲。"擅长陪客，怎么个擅长法？"

"酒量大。"

"多大？"

"两斤茅台垫底。"

"最多能喝多少？"

吴小燕为难："没醉过。喝多了撑得慌。"

金成龙叹道："奇葩！回去等候通知！下一个！"

马娅进了小会议室。

马娅的妩媚把金成龙震撼得头晕目眩。他从没遇到过这样惊艳的美女，他暗暗发誓：不惜一切代价，一定要把她搞到手！

夜，马娅半卧在出租房里的沙发里，iPad摆在面前的茶几上。

iPad屏幕上，是张琦帅气的面孔。

"张琦！我今天去参加一个面试，应聘总裁秘书。总裁不到三十岁！"

张琦问："结果如何？"

马娅说："你猜！"

张琦说："还用得着猜？"

马娅有些扫兴："太聪明不让人喜欢！"

张琦："把公司地址发给我，你生日快到了，我送你个小礼物。"

马娅问："什么礼物？"

张琦说："你猜！"

"讨厌！"马娅猜不出。

十六

总裁办，正对门的窗前多了一张与红木家具不协调的灰白色办公桌，秘书马娅坐在灰白色的办公桌前。

金成龙把马娅叫到金鱼缸旁边，向马娅介绍缸中的观赏鱼："这些观赏鱼，一条就是十几万！不能受惊吓，强烈的光线、噪音都会导致观赏鱼死亡。"

马娅心里惊讶，面上不露声色。

金成龙走到古董架前，指着架子上的盆盆罐罐："这些东西，都是古董，价值连城！你能看出真假吗？"

马娅坦承："看不出！"

金成龙微笑着问："猜猜哪件最值钱。"

马娅的目光像一只小鸟，落在漂亮的大花瓶上："这个花瓶最漂亮！"

金成龙笑起来："你知道青花瓷值多少钱吗？"

马娅摇头："不知道！"

金成龙说："价值连城！起码一千万！"

"一千万！"这一次马娅没有掩饰住内心的惊讶。

金成龙打量着马娅。

马娅感觉不自在："干吗？"

金成龙认真地说："你很像一个人！"

"谁？"

"玛丽莲·梦露！"

"我？——开什么玩笑！"

"你是个旺夫相！你老公不是大富就是大贵。"

马娅迟疑片刻，摇摇头："我有个同学在日本，叫张琦。"

"请坐下！"金成龙示意马娅坐下。

马娅坐到自己的座位上。

金成龙说："让我给你看看手相。"

马娅犹疑地看着金成龙："你会看手相？"

金成龙说："我师傅是麻衣神相大师，大师说我慧根很深。"说罢抓起马娅的左手放在自己的左手心，搓动着："这条线叫婚姻线。瞧你这婚姻线！有分岔，恋爱注定有挫折，但结果圆满，你同学比你大几岁？"

"同岁。"

金成龙摇摇头："根据手相看，你老公应该比你大三四岁，跟我年龄差不多，可以肯定，跟你白头到老的不是这个同学。"

舒雨推门而入，进门后见金成龙拉着马娅的手，进退失据，感到很尴尬："对不起……有客户来考察……我等一会儿过来。"说罢匆匆离开，随手带上门。

舒雨出了总裁办，止住步，一脸懊恼。

"讨厌！"总裁办传出金成龙的骂声。

十七

星巴克咖啡馆。金成龙与马娅在一张小桌两边相向对坐。马娅搅动着咖啡。

金成龙说："我不会理财，你要是愿意，我把公司财务交给你管。"

"凭什么？"马娅佯装不解。

金成龙让马娅当财务暗含的前提——确定恋爱关系或是嫁给自己，这层含意马娅理解，她问凭什么，是让金成龙把话说清楚。金成龙以为她不想管理财务，想当总裁。

"如果你愿意当总裁，我给你当助理。"

金成龙分明是在向自己求爱，马娅把脸转向一边，她担心自己掩饰不住激动的心情。金成龙以为她既想当总经理又想管理财务，他感觉马娅有点贪；转念一想：如果她真能身兼两职岂不更好？做不到自然会知难而退。"好！你当总经理，兼管财务！"

——这不是马娅的本意。马娅爱张琦，但这份迟来的爱还是让她怦然心动。金成龙是高富帅，他背后拥有的财富帝国张琦一辈子都建构不起来。金成龙期待的目光是盛情的邀请，向前迈一步自己就是大厦的主人，一辈子一劳永逸，眼睁睁地错过心有不甘，金钱不是粪土！马娅慌忙向周围扫一眼，她感觉张琦的眼神无处不在，她如芒在背。"我想想……"她声音低得连自己都听不见，说完站起来，像逃离作案现场似的逃离咖啡馆。

金成龙开车送马娅回家。一路上马娅始终低着头一言不发。到马娅租房子的小区门口，金成龙踩了一脚刹车，看着马娅，他希望马娅邀请他到家里坐一会儿。

马娅没有做好心理准备，就算没有张琦，她也不会同意，进展太快别人会以为你轻浮，瞧不起你，而且房子是与雅丽合租的，也不便邀请男士。马娅下车，矜持地向金成龙挥了一下手。

金成龙按一下喇叭回礼，马娅的表现让他感到欣慰：如果面对高富帅，移情别恋一点不纠结那就太没人情味、太不可爱了，应该给她一些心理调适的时间。

马娅回到家，惶恐不安地坐在沙发上。

茶几上iPad响了，响个不停。马娅按了一个键，张琦出现在iPad屏幕上。马娅神不守舍，怔怔地盯着iPad中的张琦。张琦很帅，除了没有一个成功的爸爸，其他方面都算得上优秀。

"怎么啦？"张琦问。

"我……我希望你早点回来！"

"我希望你来日本发展！"

"跟你说过多少次了：爸妈不同意我出国！"马娅气恼地说。如果他不出国，或者早点回来，生活中就不会出现金成龙，出现了也不会纠结，纠结也不会分手：下班回家——哪怕是租的房子，两个人一起买菜烧菜，一起下馆子，一起嗨歌，一起逛公园、看电影、听音乐会，夜深拥抱一个有血有肉的爱人，一切妄想都会烟消云散。至于事业、车子、房子，都是未来的事，现在还年轻，有的是时间！她忽然觉得造成当下这种局面的责任不在自己而在张琦，她找到了分手的理由，没什么可内疚的。况且，张琦很优秀，身边不乏追求者，跟他分手，他很快会拥有新的彼岸；而自己呢，或许过了这个村，就没这个店了。

"你又不是你爸妈的私有财产，关键还是你自己。"

"凭什么让我去日本？你是太阳？！"马娅嚷道，"我也不想出国！中国梦更现实！"马娅中断了视频。

iPad又响起来，马娅把iPad关了。

室友雅丽走过来，坐在马娅的身边，以大姐大的口吻说："对人好点！人又帅，对你又好，别这山望着那山高。"

"帅能当房子住当车开？男人最重要的是事业！"

"张琦没事业心？"

"有事业心不等于成功！"

雅丽提醒："别昏头了！离开张琦，你后悔一辈子！"

马娅赌气地说："你要是喜欢，你嫁给他！"

雅丽站起身，翻一个白眼，嘟哝道："吃错药了。"说罢回了自己的房间。

十八

总裁办。

金成龙跟马娅正说笑到兴头上，听到敲门声，都有些扫兴。金成龙板起脸，模拟父亲的表情与口吻："请进！"

舒雨推开门，把一份报告恭恭敬敬地呈在金成龙面前，双手交叉搭在胸前，等待批示。金成龙漫不经心地扫了一眼报告说："我等一会儿看。"

舒雨请求："现在就看。"

马娅用冰冷的目光斜视舒雨，继而观察金成龙。金成龙目光落到舒雨的脸上，他认为舒雨在跟自己较劲，镇不住她，不仅在马娅面前没面子，将来她会越来越肆无忌惮，想罢用近乎威严的口气问："有什么要事？"

舒雨不答，不卑不亢地站着。金成龙无奈，低头看报告，随即抬起头："别拿辞职威胁我！"

舒雨一声叹息，目光像温柔的手把总裁办的一切物件抚摸一遍，毅然决然地转身离开。

金成龙和马娅相视无语，冷场。

舒雨来到员工办公室，三十几名员工集体办公，她的眼里噙着泪，要离开工作生活了十几年的公司和熟悉的同事，她不忍割舍，做不到洒脱，她一声不响地收拾东西，同事们都站起来，默不作声地看着她。一位女同事问："舒总，是不是那个妖精欺负你啦？"

舒雨苦笑："是我自己的原因，与别人无关，我辞职了。各位同事，以前有对不起大家的地方，请原谅！"说罢鞠了一躬，匆匆离开了办公室。

好一阵冷场之后，有人骂道："金成龙就是个屁！"

"花心大萝卜！"

"舒雨都走了，公司靠他有什么希望？"

"不干了！"

……

近40名员工辞职，金色集团员工办公室，只剩下两个人：一个是打扫卫生的老阿姨，一个是副总朱可。老阿姨站在员工办公室门旁，双手扶拖把好像挂拐杖，白发飘飘，她看上去有100岁。朱可若无其事地办公，他用鼠标点击电脑页面上的打印键，打印机发出富有节奏的响声。朱可不辞职，辞职有负九泉之下的金昌盛，也有损自身利益。员工跳槽还是员工，副总跳槽未必是副总。企业高层，好比一个国家的既得利益者，他们不希望政权崩溃。朱可发自内心地想拯救公司，而且充满信心。他把打印出来几页纸装订成册，走向总裁办。

　　朱可走进总裁办。为员工办完离职手续的金成龙颓然地坐在老板椅上，马娅茫然四顾，不知所措。马娅看朱可的目光就像看仇人；金成龙拿起笔，准备为朱可签离职手续。

　　"路遥知马力，日久见人心。关键时候见人品。俗话说，铁打的营盘流水的兵，员工辞职再招聘。三条腿的蛤蟆找不到，两条腿的人有的是！有我在，就有公司在！"朱可说。

　　金成龙站起来，看朱可的眼神就像看救星，他从办公桌那边绕到这边，双手紧紧地握住朱可的左手，一上一下拜佛似的抖动："我……我听你的！"

　　朱可说："诸葛亮看透魏延有反骨，就把对策安排好了。舒雨反水、员工辞职我早预测到了，对策早想好了：第一步，定战略；第二步，招聘；第三步，培训。我草拟了一份计划书，请过目。"朱可把计划书呈现在金成龙眼前。

　　"你不是人……是神！"金成龙松开朱可的手，接过计划书，激动地说："我任命你当执行副总，给你加薪！加一倍！"

　　朱可表忠心："人为……人为知己者用，女为悦己者容。"

十九

　　总裁办，金成龙和马娅无精打采，无所事事，都不知道该干什么。突然听到敲门声。

　　"请进！"金成龙说。

　　张琦推开门，站在办公室门前。

　　马娅惊讶得目瞪口呆不自觉地站起来，好半天才缓过神："张琦！"

　　金成龙和张琦彼此对视，谁都没有说话。马娅看一眼金成龙，走出总裁办，走向电梯，张琦跟在后面。

办公楼后面不远处有一个小公园。马娅和张琦一前一后走进公园，马娅转过身："日本那么好，回来干吗？！"

"为什么不开iPad？为什么关机？"张琦责问。

"爸妈都不希望我出国，我也不想！——你非让我去日本！你铁心不回来，我就不能为自己想想？"

"现在回来，迟了？"张琦逼视马娅。

对视良久，马娅妥协似的奄拉下眼睑，放缓语气："找个宾馆住下来，我要豪华的！把地址发到我的手机上。"

张琦疑惑地看着马娅。

"我还要上班。"说完马娅转身而去。

户外的阳光让人感觉不到温度。

上海徐家汇港汇广场是一个大型的购物中心，港汇广场背后有一条窄窄的巷子，巷子里有十多家咖啡馆、西餐店。金成龙和马娅进了一家咖啡馆，相对而坐。马娅点一杯拿铁咖啡，金成龙也点一杯拿铁。

金成龙看着马娅，马娅低着头，搅动着咖啡，她在等金成龙说话。

"表个态吧。"金成龙说。

与马骊骊离婚，父亲的离世，员工辞职，他感觉众叛亲离，有一种挫败感，他内心比任何时候都渴望得到温情，得到爱，他真心地想和马娅结婚，专心爱她一个人，他用近乎乞求的眼神看着马娅。如果马娅点一下头，他会扑进她的怀里，痛快淋漓地哭一场。

马娅问："你说我该怎么办？"

"结婚！明天我们就领结婚证！"

马娅嘴角露出一丝轻蔑："那不过就是一张纸。我怎么知道你真心对我好？"

金成龙宣誓似的举起右手："我对天发誓……"

马娅不耐烦地打断他的话："别搞虚的！结婚没房子行吗？"

金成龙一愣："我家是复合式别墅，我单独住一层！"

"别墅的产权是你爸妈的，跟我有什么关系？没有一栋在我名下的房子，结婚以后，你再喜新厌旧把我踹了，我怎么办？"

金成龙理解马娅的担忧，也有自己的无奈："现在财政大权掌握在我妈手里，没拿结婚证就以两个人名义买房，我妈肯定不同意。"

"那就不要再说了。"马娅来公司没几天，就听说过马骝骝的故事，金成龙在她的心中是花花公子，不值得信任。在金成龙与张琦之间选择，说白了是对金钱与爱情的选择。如果选择金成龙得到的只是一张空头支票，她宁愿嫁给张琦。马娅站起来："不是我太现实，是生活太残酷。"

"等一下！"金成龙猛然站起来。

马娅跟随金成龙回到总裁办。

金成龙走到陈列古董的架子前。父亲说过，青花瓷价值连城，他久久地端详着青花瓷，最后把目光转向马娅，他吃不准该不该下这么大赌注。马娅的目光聚焦在大花瓶上，金成龙意识到马娅可能把那件赝品——漂亮的大花瓶当成了青花瓷，他萌生一个念头，把赝品送给马娅。马娅可能会找人鉴定，但找专家鉴定需要时间，有个时间差，这个时间差足以把生米做成熟饭。他不露声色地打开艺术陈列架下方的一个抽屉，拿出一个包装盒，小心翼翼地把大花瓶放进去。他边包装花瓶边观察马娅，他看到马娅激动得涨红了脸。金成龙确信马娅把赝品当成了青花瓷。他双手托起包装盒，献宝似的把它呈献在马娅眼前。

马娅抬起头，脸上浮现出庄严与神圣，她象征性地拒绝一下，收下了礼物。"他从日本专程回来，我晚上跟他谈谈，谈清楚！"

金成龙看着马娅。

"相信我！"马娅的目光柔情如水。

金成龙说："绝对相信！"

马娅拎着大花瓶如获至宝，正要离开。

金成龙叮嘱："先把它送回家！一定！"

马娅郑重点头，匆匆离开总裁办。

金成龙给张探长打电话："张探长吗？我是金成龙，你跟条子和丸子马上过来……"

二十

马娅小区大门对面路边的商务车内坐着张探长和丸子。离商务车不远，条子坐在一辆摩托车上。

马娅把大花瓶藏在床下，然后去找张琦。马娅从小区中走出，站在路边，她招呼到一辆出租车。张探长开车不远不近地跟着出租车。条子骑摩托车跟踪。出租车停在宾馆门前。马娅下车，走进宾馆。

宾馆外，张探长给金成龙打电话，汇报情况。

宾馆房间内张琦不停地看手机，像热锅上的蚂蚁。

马娅一直让他回国，可他觉得自己在国外的空间比回国更大，所以希望她出国，两个人一直僵着。马娅不接电话、关掉iPad，他当初以为马娅在耍小姐脾气，跟自己较劲，随着时间的推移，他意识到问题的严重性，他想到了马娅说过的30岁的总裁。张琦从日本飞回上海，按照马娅提供的地址找到金色集团，推开总裁办的门看到金成龙的那一刻，他证实了自己的猜测。自卑、后悔、愤恨！自卑的是与金成龙相比，自己一无所有；后悔的是自己不该跟马娅较劲，为了多赚点钱失去更宝贵的爱情；愤恨金成龙金钱夺爱，愤恨马娅为了金钱背叛爱情。

张琦在房间里走来走去，心急如焚，在他感觉到五脏六腑快燃烧成灰的那一刻，响起了敲门声。他连忙打开门。马娅闪进张琦的房间，抱住张琦——瘫软在张琦怀里，嘤嘤抽泣。张琦像抱孩子似的抱着马娅，直到马娅渐渐平静，张琦才把她放下："出什么事啦？"

马娅没有回答："我洗个澡。"马娅脱去外衣，三点式走进盥洗间。

张琦从半开的一扇玻璃门中向盥洗间张望。

盥洗间热气腾腾，仙境般的缥缈。马娅泡在大浴缸内，露出冰肌玉肤的两只肩膀，其余的部分淹没在白色的泡沫之中。突然，马娅的脚从浴缸里伸出来，接着，小腿伸出来，大腿露出来……然后放下。浴缸中满是泡沫，五颜六色大大小小的泡沫。

张琦冲进盥洗间，把马娅从浴缸中抱出，抱到床上。接下来他们都很疯狂，只有体验，没有思想。

金成龙在家中心急如焚，他不时地打电话给张探长询问马娅出没出来，直到凌晨2点马娅依旧没有出来。

张探长在电话中说："很显然，她今夜不会再出来了。"

金成龙脸色铁青："撤了吧。"

马娅和张琦裸露着肩胛，并排躺在床上，各想各的心事。张琦侧身，把脸转向马娅，等着她说话。

"我累了，明天，好吗？"此刻马娅什么也不想说，有些话就像禅，说出来索然无味，失去了意境和美。她用身体跟张琦对话，一切尽在不言之中。

张琦不说话，他感觉不懂女人，不懂女人的心。

张琦关灯，好久谁都没有睡着。张琦首先进入梦乡，发出轻轻的鼾声。马娅睁开眼睛，轻轻地掀起胸前的被角，蝉蜕般地下了床，穿上衣服，拎起包，把房门轻轻地打开，又轻轻地带上。

深夜，灯火阑珊的街道上，马娅姗姗独行，这是她一个人的城市。

二十一

马娅从张琦住的宾馆回到家已是凌晨，又困又乏，她和衣而眠，醒来已是中午12点。手机响了，她拿起手机，看到张琦发来的一条微信："我回日本了。"马娅感觉整个人都空了，说不清是失落还是解脱。她给金成龙打了个电话，说身体不舒服请一天假，没等金成龙答应，她就把电话挂了。在和异性的交往中，她始终处在主动地位，她不太顾及别人的感受，习惯了傲慢与无理。

次日9点，马娅走进了总裁办。

金成龙坐在椅子上没站起来，不咸不淡地说："还以为你不回来了！"

马娅没搭理他，在自己的位置上坐下。

金成龙问："周末出去旅游，行吗？"

马娅一脸矜持。

金成龙再问："行还是不行？"

马娅勉强地点一下头。

金成龙似笑非笑："知道一起旅游意味着什么吗？"

马娅头也不抬："我又不是傻子！"

"这么说答应了？这意味着在精神上我已经占有了你，对于你的肉体，我已经没兴趣了。"金成龙轻蔑地看着马娅。

马娅怒视金成龙："你什么意思？！"

"什么意思？你心里还不清楚？前天夜里干的好事，今天就忘了？"

马娅知道事情败露，把脸转向一边，不敢面对金成龙的眼睛。

金成龙声音嘶哑，近乎怒吼："你爱的不是我，是钱！钱就那么重要吗？为了钱，你背叛张琦；为了张琦，你背叛我；金钱，爱情，你什么都想拥有，可能吗？！"

马娅恼羞成怒，奋起还击："美色就那么重要吗？为了美色，你背叛过多少人？你想拥有爱情，又想占尽天下美色，可能吗？我不爱你，对你谈不上背叛！"

马娅的话刺中了金成龙的软肋，金成龙哑口无言。

"不要再跟我谈钱！公司就剩一个空壳！再多的钱也经不起你挥霍，几件破古董价值连城，鬼都不信！那个青花瓷，我会还给你！"

金成龙笑笑："留着做个纪念吧。那不过是个赝品。"

马娅惊讶得半晌说不出话："金成龙，你是骗子！卑鄙！"

"彼此彼此！"金成龙坦荡地说，卑鄙的人在卑鄙的人面前不感到羞愧。

马娅愤然冲出总裁办。

马娅回到家，把装有大花瓶的纸盒从床底掏出来，取出花瓶，走到客厅，双手举起摔到地上，"嘭"的一声，大花瓶变成了碎片。

雅丽赤着脚冲出房间。

"金成龙是个骗子！——"马娅歇斯底里。

"没有爱，靠不住！"雅丽说。

马娅抽身回到房间。雅丽好久不见马娅出来，不放心，正要推马娅房门。马娅拖着一个行李箱从房间走出。"房间里的东西，你用得着就留下，用不着就扔掉。"

雅丽吓了一大跳："你想干吗？"

马娅说："去日本！找张琦！"

雅丽拥抱马娅："去吧！"

二十二

金色集团办公室又有了人气。朱可招聘了十几名员工，其中有三个是他家亲戚。金成龙心中窝火，但不敢发泄，他怕挫伤朱可的工作积极性，怕朱可辞职。如果老爸在，谅朱可不敢，金成龙感觉自己窝囊。他站在办公桌前，面对空空的老板椅，闭上眼，他想象老爸坐在椅子上办公，想象老爸饱含父爱的训话，那么温馨……可当初呢，自己烦透了，想逃离，想拥有无拘无束的自由……现在没人训话了，他感受到来自心底的深深的悲哀。

"爸，我没人管了！"金成龙满脸泪水，对着空空的椅子说。

金成龙思念父亲，想念艾米，想念马骝骝。短短一年时间，生离死别、盛衰荣辱，金成龙感觉恍若隔世。艾米，你还好吗？我们还有可能吗？金成龙反刍似的回忆与艾米相处的点点滴滴，对艾米除了欺骗、伤害还剩下什么？艾米去年大三，今年大四，暑假毕业，她现在还在影视学院读书。金成龙想看看她，又觉得没脸见她，怕遭到鄙视唾弃，她有一百个一千个鄙视的理由，但是他抑制不住想看艾米的冲动。

一连几个黄昏，金成龙戴着墨镜在影视学院大门附近徘徊，远远地看着进进出出的师生。

艾米、岳纪、小溪流说笑着由西向东向影视学院大门走来，金成龙紧张得心都要跳出来。当三个人走进影视学院大门的那一刻，金成龙呼救般地发一声呐喊："艾米！……"

艾米听到金成龙的声音，止住步，转过身。小溪流、岳纪也转过身。她们看见马路对面的金成龙走了过来。

"你……滚开！——"艾米喊一声，哭起来，她感到委屈，浑身瘫软。岳纪和小溪流连忙架住了艾米。

小溪流骂道："地痞流氓！"

岳纪打110报警："110吗……"

金成龙连忙逃离影视学院，惶惶然如丧家之犬。

金成龙有了失恋的感觉，夜不能寐，黎明前，他漆黑的脑海中一道闪电，灵感的火花飞溅，他想到了一个主意。坐起来光着膀子给艾米发微信。

影视学院女生宿舍，艾米嘤嘤地哭了起来，她收到了金成龙发来的微信。

岳纪、小溪流醒了。

"又怎么啦?"岳纪坐起来,披头散发。

"微信。"

岳纪撩起被子下床,从艾米的手中夺过手机。

"念念!"小溪流说。

岳纪念微信:"艾米,请给我一次解释的机会。如果不给,我就在影视学院大门外绝食,绝食到死!"

小溪流紧张地说:"得给他个机会,死人可不是闹着玩的!"

岳纪想了想说:"先看他是不是真绝食。"

上午课程结束,岳纪让小溪流到学院门口看金成龙在不在。小溪流走到学院门前,见金成龙盘腿坐在马路对面的人行道上。小溪流回到教室向岳纪、艾米通报:"成龙坐在马路边绝食。"

岳纪说:"刚到吃午饭时间,他现在的行为只能叫静坐。"

小溪流点头表示认同。

晚餐后,小溪流到学院门口窥探,回到宿舍向岳纪、艾米报告:"金成龙还坐在马路边。中午晚上两顿没吃饭,可以定性为绝食。"

艾米的目光向岳纪求饶。

岳纪瞪着艾米:"瞧你那点出息!他有什么好?"

艾米无奈地说:"我想忘了他,可他三天两头在我脑子里打流氓,在宾馆里当柳下惠,跳水救我……"

岳纪想了想,对小溪流说:"必须对他进行审讯。"

岳纪是学生会主席,有学生会办公室的钥匙,公器私用,她指挥艾米、小溪流把学生会办公室布置成审讯室。两张办公桌并列排在一起,上面铺着灰不溜秋的台布,靠墙的位置摆放着三把椅子，其他的物件堆放在角落。收拾完之后，岳纪把一台小型摄像机挂在墙角落，上面挂上一件衣服，摄像头对着"受审位置"。

"这是干吗？"艾米不解地问。

岳纪说："把审问过程摄录下来，便于研究。审讯的时候，都把脸给我板起来！"

艾米、小溪流一起点头。

岳纪叮嘱艾米："不要动不动就哭，晦气！"

艾米点头。岳纪是大姐大、室友、学生会主席，她的话艾米听得进去。

岳纪叮嘱："我跟小溪流不表态，不许你作决定。听到了吗？"

艾米点头说："听到了。"

岳纪说："点头就不用说听到了，说听到了就不用点头。视听课上老师没教过？"

艾米点头。

岳纪对小溪流说："把金成龙押过来！"

不一会儿，小溪流领着金成龙进了活动室。艾米、岳纪坐在椅子上，艾米正要站起来，岳纪瞪了她一眼。小溪流也坐到了椅子上。三人并排坐着，岳纪居中，小溪流在左，艾米在右，像三个法官。金成龙站在办公桌另一边，扫一眼艾米。

"蹲下！"岳纪命令。

金成龙迟疑了一下坐在地上。

岳纪审问："姓名？"

金成龙："金成龙。"

三人大惊。艾米不自觉地站起来，小溪流差点滑落在地上，岳纪抬起屁股站到一半又坐下了。岳纪见艾米依旧站着，拉了拉她的裤子。三人又恢复法官模样。岳纪继续审问："当初为什么说谎？老实交代！"

金成龙沉默。

岳纪喝道："说！"

小溪流喝道："老实交代！"

金成龙已经想好说出自己的真实身份，但立即回答会让人感觉是炫富、夸耀，沉默、停顿一会儿回答显得低调。"因为，我爸是金色集团的老总，金色集团上海许多人都知道。我不想让女生知道我的身份，我担心知道以后，我分不清女生爱的是钱还是我，我怕找不到真爱。"

三个人吃惊地站不起来了。随着时间的推移，岳纪感觉到大脑恢复了思考能力："为什么玩失踪？"岳纪不自觉地将审讯的口气转变成询问。

金成龙一声轻叹，把盘起的腿伸直。作为影视学院学生立马就明白：金成龙的体语表达的意思是——坐在地面上说话不舒服。小溪流连忙站起来，把自己的椅子搬给金成龙坐。

"谢谢！"金成龙受宠若惊。

金成龙以受害人的身份，介绍了他与马骊骊的故事，关键细节作了艺术加工，比如与马骊骊的一夜情，他说只记得在歌厅喝酒唱歌，之后就断片了。第二天早上醒来，发现一个陌生女子睡在身边，最初还以为是做梦呢。

金成龙讲完他与马骊骊的故事，三个人都陷入了沉思。

艾米想，金成龙跟马骊骊发生一夜情，是在认识自己之前，因此算不上背叛；他为了躲避马骊骊而失联，说明他爱的是自己；他迫于各方面的压力不得不娶马骊骊，果断跟自己分手，看似无情，实则有情有义；因为马骝骝怀孕，即使不爱她，但最终还是娶了她，这说明他有担当、有责任心、有良心。对一个不爱的人尚且如此，对爱的人还会差吗？艾米想不出金成龙有什么错。

岳纪与小溪流思考的是，金成龙的话哪些地方有漏洞。

"离婚之后，为什么不马上联系艾米？"岳纪想到一个漏洞。

"联系了，可艾米不原谅我，让我'去死吧'，我……不大想死。"

岳纪、小溪流彼此看了一眼，她们都想起来，是岳纪让金成龙去死的。

"你做了那么多坏事，骂你一句就不来了？"岳纪责问。

金成龙嗫嚅着说："这不是来了嘛。"

岳纪提高音量："为什么到现在才来？！"

"因为离婚没多久，我爸死了，公司员工集体辞职……"金成龙想哭。

艾米比他先哭，金成龙的遭遇达到了她的哭点。

岳纪扭头呵斥艾米："哭！哭！是真是假还不清楚呢！"

艾米控制不住。

岳纪站起来："你交代的情况是否属实，我们要调查取证。你可以走了，等候通知。"

金成龙站起来，目光落在艾米身上，他心疼艾米，眼里亮晶晶的。

"走啊！"岳纪催促。

金成龙说："我提供个线索，马骝骝的手机号，不知变没变。"

二十三

阳春三月，午后的阳光照耀着上海交通大学徐汇校区内的草坪；草坪四周铁栏杆外，黄杨嫩绿油亮；新上院前，铁栏杆内，草坪环绕十几棵老树，有银杏，有白玉兰，树上的枝叶间有许多小鸟，时不时地发出鸣叫，树下有圆形的石桌石鼓——石鼓就是石凳；栏杆西侧，百年建筑"总办公厅"和"新建楼"前紫荆花红得发紫；草坪南，是浩然高科技大厦和围墙，围墙外是徐家汇商圈。

马骝骝在草坪上逗孩子玩耍，等待陌生客人来访——

马骝骝接到一个女生打来的电话，自称是金成龙的朋友，想见她，请她帮忙。我能帮什么忙？马骝骝纳闷，莫非想跟我复婚？她也有些好奇，同意见面，把见面地点选择在"交大"徐汇校区的草坪上。

岳纪和小溪流走向马骝骝，岳纪开门见山说明来意，马骝骝满怀深情、充满眷恋地讲述了他与金成龙的故事。她把所有的责任都揽在自己身上，说她与金成龙的一夜情是自己对他一见钟情，无怨无悔。马骝骝先是站着说，后来坐着说；小溪流和岳纪先是站着听，后来坐着听；三个人坐在草坪上，像闺密说私房话。马骝骝讲到离开金家的时候哽咽了，小溪流、岳纪唏嘘不已。

"如果孩子是金成龙的，最完美！"岳纪感叹。

马骝骝感叹："这都是命！"

小溪流问："现在，日子过得还好吗？"

马骝骝黑色的眼睛宛如幽深的隧道，穿越时空。

小红是马骝骝的闺蜜和倾诉对象，马骝骝的婚变小红一清二楚，得知马骝骝回来，小红特意买了许多菜，为她接风。

马骝骝抱着孩子回到出租屋，小红十分亲切，脸上的笑容花一样地开放：回来就不是阔太太了，肩膀一样齐了，心理平衡了！

"欢迎回来！"小红是真心欢迎马骝骝回来。

马骝骝瞪了小红一眼。

小红从马骝骝怀中抱过孩子："乍看跟假的一样！"

马骝骝坐在破沙发上，一脸无奈地说："小红，你说骏马跟河马能生马吗？"

"不能！"

"狮子跟海狮能生狮子吗？"

"不能！"

"黄种人跟黑种人能生人吗？"

"不能！"

"我跟丹尼尔为什么生出一个？"

小红一愣，说："你跟丹尼尔干的好事，还来问我？"她用手指戳一下孩子，说："瞧，眼睛还会动呢！"她的注意力在孩子身上。

"以后怎么办？"马骝骝欲哭无泪。

"怎么办？找丹尼尔！"

"手机打不通！"

小红心里一愣怔："会不会'潜逃'回非洲，当索马里海盗了？"

马骝骝咬牙切齿地说：“他就是死了，我也要把他从坟墓里挖出来！”

斜阳，草坪，几只鸟在草坪上憩息。

“找到丹尼尔了吗？”岳纪问马骝骝。

马骝骝说：“我天天来这里，就希望能见到丹尼尔，天天给丹尼尔打电话……”

冬天枯萎的草坪呈灰白色。草坪上，马骝骝左手抱着孩子，右手拨丹尼尔手机号。

“马骝骝你好！”手机中传出丹尼尔的声音。

马骝骝激动得手舞足蹈，把孩子放到了草坪上。

马骝骝双手握手机：“你在哪儿？！”

“我在谈恋爱。”

“谈你个头啊！这么长时间躲哪儿去啦？！”

“回国了，刚回来。”

“我在‘交大’，你马上过来！”

“有事吗？”

“少废话！”

在摩托车排气管刺耳的轰鸣声中，丹尼尔骑三轮摩托车绕着“交大”校内的草坪转圈，边转圈边寻找马骝骝。

草坪上，马骝骝抱着孩子站起来。

三轮摩托一个急刹车，停在草坪铁栏杆边。丹尼尔下了摩托车，轻轻一跃跳进草坪，小跑到马骝骝面前，咧开嘴，一脸灿烂。他握着双拳左右快速移动步伐，向马骝骝出拳——做拳击的假动作。

马骝骝看着丹尼尔，爱恨交加，最后含着泪笑了。

丹尼尔凑到马骝骝面前看孩子："生小孩啦？男孩女孩？"

"男孩！"

"金成龙有福气，儿子很漂亮！"

马骝骝怒视丹尼尔："金成龙儿子会这么黑？！"

丹尼尔惊讶："不黑呀！"

马骝骝盯着丹尼尔："他是你儿子！"

丹尼尔耸耸肩："开玩笑！我的儿子会这样白？"

马骝骝指着儿子责问："这他×的还算白？！"

丹尼尔肯定地说："比我白！"

马骝骝解释说："混血儿！"

丹尼尔不敢相信，审视马骝骝，继而盯着孩子，神情变得庄严肃穆，突然挥动紧握的双拳，咬牙切齿地说："我要跟金成龙谈判、决斗！还我儿子，我要把儿子带回非洲，当酋长！"

马骝骝有气无力地说："我跟成龙……离了，孩子归我。"

丹尼尔凝视着马骝骝，突然单膝跪下："骝骝，你是鲜花，是空气，是太阳！嫁给我吧！"

马骝骝一脚把丹尼尔踹翻在地。

丹尼尔不知所措。

"两手空空求什么婚？买个金戒指来！"

丹尼尔一脸惊喜，跪在地上点头鞠躬。

马骝骝强调："要大的！"

"没问题！"丹尼尔爬起来，从马骝骝怀中抱过孩子，缓缓举起，像高举圣物。孩子开始撒尿，尿到了丹尼尔额头上，尿花四溅，丹尼尔像享受免费的淋浴。丹尼尔高举孩子的造型像一尊塑像。

二十四

金成龙接到岳纪打来的电话："艾米现在我家，她手机丢了，她让我转告你，想跟你谈谈。我把地址发到你手机上，晚8点准时到达！"

晚上8点，金成龙开路虎车准时到达指定地点——一栋居民楼前。站在楼前等候的岳纪身披黑色外套，指挥金成龙停车。越野车停在路灯下。岳纪引领金成龙进一单元一楼，门是开着的。进屋后，岳纪随手带上门。

客厅整洁，温馨。岳纪脱下外套挂在衣架上，转过身，面向金成龙。岳纪一袭红裙，轻纱薄雾一般，依稀可见没戴胸罩。

金成龙不敢正视，东张西望："艾米呢？"

"请坐！"

金成龙依照岳纪的手势，坐在双人沙发上。

岳纪问："茶还是咖啡？"

"咖啡。"

岳纪边给金成龙泡咖啡边说："小溪流刚接了个电话，我们寝室有个同学急病，要送医院抢救，艾米和小溪流送她去医院了。她让我转告你，明天在这里会面。"

金成龙一脸失落，站起来。

岳纪笑笑："既然来了，就坐一会儿。"她走到沙发前的茶几边。

茶几上有一个水果盘。岳纪弯身拿苹果，丰满的胸部突出在金成龙眼前。岳纪挑苹果，挑来挑去，饱满的乳房在金成龙面前颤动着。

金成龙揉眼睛，揉左眼睁右眼，揉右眼睁左眼，始终保持睁一只眼闭一只眼。

岳纪选中一个苹果，挨着金成龙坐下，削苹果，边削边问："相信一见钟情吗？"

金成龙试探着问："相信好还是不信好？"

岳纪一声轻叹，用幽怨的眼神看着金成龙。"第一次见到你，我的心就在战栗。我真切地意识到，你就是我的真命天子。"

金成龙说："别、别、别、别开玩笑！"

岳纪一笑："我和艾米是好姐妹，我对艾米羡慕嫉妒恨，可无意横刀夺爱。我内心深藏着一个秘密：假如命中注定，我与所爱的人今生无缘，我就把我的贞操奉献给他！让我的欲爱、德爱、情爱不残缺，成全我的神爱；让我的灵魂得到拯救，获得永生的安宁。从此，我把这个秘密，这份真爱珍藏起来，直到花落人亡，红消香断！"岳纪深情告白，眼中噙着晶莹的泪水。

金成龙震撼，目瞪口呆。

岳纪缓缓站起："我在卧室等你。"她款款走向卧室，走到房间前深情回眸，目光充满了期待，红裙滑落在脚下。

金成龙诚惶诚恐，突然像从梦中醒来，打开门冲了出去，来到路虎车前，他从口袋里掏出车钥匙，按一下开门键，前后车灯同时亮一下。他站在车门前深呼吸，努力让自己平静下来。

此刻，小溪流和岳纪幽灵似的出现在金成龙面前，岳纪捧着小型摄像机拍摄金成龙。

金成龙惶惶然。

小溪流伸出大拇指："好样的！你通过了测试！"

岳纪还在拍摄。

金成龙恼羞成怒，向岳纪逼近。

岳纪停止拍摄，转身逃回房间。

金成龙恼怒的目光转移到小溪流身上。

小溪流忙说："岳纪是主犯！她非要测试你，看你到底是不是采花大盗，说这是对艾米负责。还说表演课重在练习，她创造了一个千载难逢的练习机会，一箭双雕，一步到位！这是个天才的创意。"

金成龙吁了一口恶气："艾米呢？"

小溪流说："在学校呗。我们没让她知道。岳纪说，她知道了肯定不同意。"

金成龙发狠道："我想把你们杀了！"

金家一楼客厅。金成龙、杨林和汤汤散坐在沙发上。

"是人是兽，只在一念之间！"金成龙心有余悸。

汤汤看金成龙，看了又看，刮目相看："过去，我以为你是花心大萝卜，怕你把杨林带坏了，看走眼啦！这事要换成杨林，还说不定会发生什么事！"

杨林斜一眼汤汤，然后审视金成龙："你把安全套放在车上了？是不是跑出来拿安全套了？"

金成龙一愣，瞪了杨林一眼："不要以小人之心度君子之腹！"

汤汤问："打算什么时候结婚？"

金成龙道："夜长梦多，她一毕业就拿结婚证，秋天结婚。"

二十五

秋雨迷蒙，路虎车在山路盘旋，最后停在了山脚下。金成龙与艾米下车，金成龙打开后备厢，把竹篮烧纸拿下来。金成龙把冥钞揣进裤兜，左手拎着竹篮，右手提一捆烧纸走向墓地，艾米跟在后边。

金昌盛墓碑前有一簇枯萎的花。

金成龙把竹篮、烧纸、冥钞放在墓碑前，凝视着墓前枯萎的花，仿佛是默哀，他向枯萎的花鞠了一躬："舒雨阿姨，对不起！"

金成龙把篮子里的祭品拿出来，摆在墓碑前的台子上：六个碗，四个碗中是菜，两个碗中是米饭，两双筷子分别放在两个盛米饭的碗上，一瓶打开盖的茅台酒。金成龙点燃烧纸，把一沓子冥钞打开，正要往燃烧的烧纸上放，艾米劈手夺过去："你们家上坟烧钞票？！"

金成龙说："这是冥钞！"

艾米检查冥钞，感叹："科学太发达了！这冥钞做的！连金丝水印都有。"说罢把冥钞还给金成龙。

金成龙把冥钞放到烧纸上焚烧，拿起筷子夹碗中的饭菜往火焰上放，继而往火焰上浇茅台酒，浇了又浇，直到把一瓶酒倒光，仿佛不如此就不够诚心。金成龙跪在墓碑前祷告："爸，我找到真爱了！她叫艾米。"

艾米挨着金成龙跪下，随着金成龙虔诚地磕了三个头。

金成龙站起来，艾米跟着站起来。金成龙走了几步，向艾米招手，艾米走到金成龙的身边，金成龙指着脚下对艾米说："这块地是我和你的，我们死后都埋在这儿，永不分离！永远陪伴老爸老妈。"

艾米凝视属于她和金成龙的土地：野花明艳，芳草萋萋。

艾米把头搭在金成龙胸前，两人紧紧拥抱。

上完坟回家，金成龙、艾米刚进客厅。王淑英白了金成龙一眼："交代你好几次，给你爸上坟把冥钞带上，结果还是忘了！……我放在桌上那一万块钱你拿了吗？"

金成龙、艾米面面相觑。

金成龙苦着脸说："烧给我爸了。"

王淑英吃惊："烧给你爸了？！"

金成龙讷讷地说："我爸给我的都是真钱，我不能忽悠我爸……"

王淑英说："……吃饭吧。"

二十六

丹尼尔西装革履，戴着墨镜骑三轮摩托，马骝骝坐在边斗车中，打扮得像出嫁一样，三轮摩托沿中山东路由南向北行驶，路右侧的外滩风景，路左侧的上海海关、友邦大厦、和平饭店一掠而过。丹尼尔、马骝骝前往浦西濒临黄浦江的红玫瑰婚庆礼堂，参加金成龙与艾米的婚礼。丹尼尔加油门松油门，摩托车的轰鸣声紧一阵松一阵。边斗厢中，马骝骝左手攥着一小纸袋瓜子，嗑瓜子吐瓜子皮……

阿拉迷你歌舞团成员走进红玫瑰婚庆礼堂大堂，阿拉迷你歌舞团成员是艾米的"娘家人"，艾米曾是这个大家庭的成员。艾米和金成龙热情迎接，伴娘小溪流和岳纪如影随形。

"姐夫今天更帅！"小溪流打量了一番金成龙。

金成龙矜持地笑笑。

小溪流继续赞美："姐夫在我们影视学院都成明星了！老师点评，你对人物的心理把握很准，表演不露痕迹，到位！"

金成龙一脸困惑："我的表演？"

"就是你跟岳纪姐演的那场对手戏！我们在客厅安装了三个摄像头，从三个角度拍摄那场戏。我们把它剪辑成了一个微电影，叫《一念之间》。我们还要拿它去参加电影展，评奖呢！"小溪流骄傲地说。

岳纪洋洋得意。

金成龙恨恨地说："你俩想把我害死！"

小溪流、岳纪脸色面面相觑。

"成龙！"马骝骝挎着丹尼尔胳膊进大堂，向金成龙和艾米走来。

金成龙惊惶失措，他不知马骝骝会干出什么事。

马骝骝笑着说："别紧张！我是来贺喜的，不是来逼婚的。"

金成龙松一口气："你从哪得到的消息？"

马骝骝骄傲地说："小溪流、岳纪说的。现在我们是朋友！"

金成龙向艾米介绍马骝骝："马骝骝！"

艾米观察马骝骝："久闻大名！"

马骝骝放声大笑，笑罢，拍拍艾米的肩，好像发小似的。她指着金成龙向丹尼尔介绍："金成龙，我前夫。"

丹尼尔微微鞠躬："前夫好！"

"No！"马骝骝不失时机地教丹尼尔学汉语，"前夫的意思是前任丈夫。你不能叫他前夫。"

丹尼尔明白了，接着说："小丹尼尔是我儿子，我是你前夫，他是你后夫；后来，他又成了前夫，我成了后夫；现在，我又成了前夫，他又成了后夫。"丹尼尔边说边比画。

马骝骝感叹："现在，他成不了我后夫了。"

丹尼尔问马骝骝："现在，我们什么关系？"

"什么关系？"马骝骝想了想说，"连襟！"

丹尼尔向金成龙伸出手："连襟你好！"

金成龙与丹尼尔紧紧握手。

"请——"金成龙请马骝骝夫妇进宴会厅。

马骝骝、丹尼尔边秀恩爱边向宴会厅走去。

张探长、条子、丸子前来贺喜，三人同时抱拳："恭贺新禧！"

金成龙抱拳："欢迎光临！"

张探长、条子、丸子也前往宴会厅。

艾米神色慌张，抱住金成龙的左胳膊："流流流……流氓！"

金成龙问："什么流氓？"

艾米提示："那天晚上抢劫的流氓！你们认识？"

金成龙连忙否认："不认识！绝对不认识！"

艾米疑惑不解："他们怎么来啦？"

金成龙闪烁其词："开车来的吧？也可能是打的，再不然就是坐地铁。管它呢，来的都是客！"他岔开话题，引领客人进宴会厅。

艾米机警地环顾左右，拿出手机，打110报警。

红玫瑰婚庆礼堂宴会厅摆了50桌，凉菜已经上齐，客人寥寥无几。

证婚人朱可走到金成龙身边："6点了！该开始了。"

金成龙说："这才到几个人？"

朱可说："该来的都来了！这局面我早预测到了：你去年结婚，客人大多是金总的人脉，人走茶凉，能不来的都不来了。"

金成龙脸色一冷。

朱可说："摆这么大场面，来这么点人，真坍台！"

艾米问朱可："能不能把菜退了？"

朱可摇头："不可能！菜是小事，关键是面子！重要的是把场面撑起来。"

岳纪说："不收礼，请客吃饭，还不容易？"

金成龙、朱可把目光投向岳纪。

岳纪说："影视学院有两千人。学生会会长是我推荐的，我给他打个招呼，估计可以动员一千五百人过来。"

朱可忙说："五百人就够了！"

金成龙对岳纪说："往返打的费报销，每个人送一个红包。"

"我去把队伍拉来！"岳纪说。

"我也去！"讨好的事谁都想去。

小溪流、岳纪像两只燕子飞出大堂。

岳纪、小溪流率领影视学院500余名学弟学妹来红玫瑰婚庆礼堂捧场，宴会厅济济一堂。阿拉迷你歌舞团的乐手演奏《喜洋洋》。司仪手执话筒走上宴会厅前小舞台，向阿拉迷你歌舞团做了个暂停手势。阿拉迷你歌舞团停止演奏，司仪宣布婚礼开始。播放婚礼进行曲，金成龙、艾米手牵手步入婚礼殿堂。摄影师捕捉精彩瞬间。接下来按程式化的流程走：一对新人交换戒指，拥抱接吻，司仪请证婚人朱可上台宣读证婚词：

> 各位来宾、各位朋友：
>
> 今天我应新郎、新娘委托，担任金成龙先生和艾米小姐的证婚人。十分欣喜，万分荣幸。新郎、新娘从相识到走进婚姻殿堂就像唐僧取经，今日修成正果，可喜可贺！下面我们有请新郎、新娘讲述相爱的理由——新郎先发言！

金成龙深情地凝视着艾米：“我爱她，因为她爱的是我，不是钱。”

台下，马骝骝黑脸。

“我爱她，因为她包容、善解人意；我爱她，因为她很美！”

台下响起掌声。马骝骝噘了一下嘴，她不以为然。丹尼尔悄悄拍马屁：“你比她美十倍！一百倍！”

马骝骝跟丹尼尔亲了一个嘴。

朱可说：“下面由新娘讲述爱的理由——”

艾米手执司仪递过来的话筒，看着金成龙，柔情似水地说：“我爱他，因为他勇敢无畏！”

金成龙低下头，哈着腰，像在接受审判。

艾米满含深情地继续说：“我爱他，因为他节制，像坐怀不乱的柳下惠！"

金成龙一脸羞愧，额头上满是汗水，身不由己地单膝跪下。

"我爱他，因为他爱我，为了救我，奋不顾身……"

金成龙双膝跪下，双手扶地，哽咽着说："我一定好好做人，好好做事，好好爱你……"

艾米感动得说不出话，躬身抱住金成龙，话筒滚落到地上，她把金成龙搂在怀里，像拥抱孩子。金成龙伏在艾米的怀中放声恸哭，不能自抑。影视学院500余名学弟、学妹，金成龙母亲王淑英，艾米的父亲母亲，亲朋好友陆陆续续全站了起来，注视着这温馨的一幕。艾米的父母手牵着手，眼里噙着泪花。王淑英浑身颤抖，她双手合十，泪水直流到下巴，她嘴唇微动着，告慰金昌盛的在天之灵。

舞台上，阿拉迷你歌舞团演奏《爱是蝴蝶》的前奏。艾米捧起金成龙的脸，亲了他一下，金成龙站起来，艾米捡起地上的话筒，姗姗走上舞台，倾情演唱：

青春的岁月像春天

爱情似翩跹的蝴蝶

欲望是盛开的花朵

春深似海蝶恋花

蝶似鲜花花似蝶

鲜花本是无情物

爱到深处成孤独

花开花落春去也

青春的岁月像春天

爱情似翩跹的蝴蝶

欲望是盛开的花朵

春深似海蝶相恋

一天就是一百年

蝴蝶原是梁祝变

今生再续前世缘

生生死死永相伴

歌声未落，一群警察冲了进来："谁打的110？"警察问。

艾米立即举手："是我，警察先生。"

艾米指点张探长、条子、丸子："他们是流氓，抢劫过我！"

张探长、条子、丸子齐刷刷地把求救的目光投向金成龙。金成龙欲哭无泪，一时说不出话来。

鸟的天空

一

　　这里本是郊区，因城市扩张成了市区，这里人的身份便从农民变成了市民。土地被征用，补偿的是房子，原始的物物交换方式枯木逢春似的在这里焕发着勃勃生机。

　　颜子义、妻子曹秀英和女儿颜小芹住一楼，两室一厅。颜子义左腿瘸，住一楼出入方便。

　　早晨，颜小芹挎着一个绿色的包走出楼道，她要到公司开晨会，她是保险公司业务员，保险公司天天开晨会。一辆红色的别克轿车横在楼栋前。

　　"怎么停的！"她不满地往车轮子上踹了一脚，踹罢不见动静，以为车中无人，又往车窗上吐了口唾沫。

　　车门开了，车内下来一位约二十五六岁的美女——时下美女泛指女性，美女衣着时尚，浓妆艳抹，戴着墨镜。颜小芹冷着脸，一副准备应战的神情。美女摘下墨镜："哈啰！"

颜小芹盯着美女，大脑皮层的神经元将声音与笑脸联结："明霞姐！"颜小芹喜出望外："怎么扮成这样？"

"三分长相，七分打扮。"曹明霞上下打量了一番颜小芹："真是女大十八变，越变越好看，你长成这样还让不让别人活了？"

颜小芹笑了："你的车？"

"嗯哼。"曹明霞耸了耸肩，摊开两手。

颜小芹点头："买了好车，回来炫一下！"

"李婷婷过几天结婚，请我当伴娘，顺便炫一下。上车！"

城区车多人多红灯多，不是飙车兜风的地方，曹明霞把车开出城区到了车稀人少的路段，她加大油门，红色的别克轿车在市郊的公路上奔驰，背景的小城向远方漂移。

城西有湖，双湖联袂，中亘一堤，堤上游人不多，驾车无须精力高度集中。曹明霞问："你还在新华书店卖书？"

颜小芹说："书店倒闭了，现在改行做保险。"

"做什么保险！操的是卖白粉的心，赚的是卖白菜的钱！跟姐去上海，姐给你介绍份工作，既轻松又赚钱。"

堤上一桥，状如彩虹，贯通南北两湖。曹明霞把车停在桥东路边，两人下车，坐堤南坡上，面前湖水碧波荡漾。

"什么工作既轻松又赚钱？"颜小芹急不可耐地问。

"'歌坛助唱'。"

"没听说过。我一个中专生，行吗？"

"妹年方二十一二，人见人爱，花见花开，车见车爆胎，走在大街上，帅哥回头，美女跳楼。你这条件，能让世界充满爱！"

颜小芹笑道："你做保险，能当讲师了！'歌坛助唱'到底做什么？"

曹明霞说："也就是唱歌跳舞什么的。"

颜小芹惊讶地问："当演员？"

曹明霞想了想，给"歌坛助唱"归类："跟演员差不多，都是娱乐圈。"

颜小芹瞋一眼曹明霞："别卖关子！"

"笨蛋！"曹明霞乜斜一眼颜小芹："你妈是我姑妈，你我是表姊妹，不是外人，实话跟你说了，不怕你笑话，'歌坛助唱'就是在歌厅陪人唱歌跳舞喝酒助兴，遇到喜欢你又舍得为你花钱的男人……自己看着办！"

颜小芹连连摇头。

曹明霞开导地说："我还有个哥，爸妈养老的事不用我操心。你家就你一个，姑父是瘸子，姑妈有心脏病，是个药罐子，他们过一年老一年，年老多病，你不趁着年轻捞点钱，以后怎么办？要是连治病的钱都没有，那就惨了！我是为你好，也为身边有个贴心人，彼此有个照应。"

曹明霞所说的都是现实，颜小芹比外人更清楚，现实就像没有痊愈的伤疤，越揭越痛。"……唱歌还行，别的不干！"

曹明霞说："就算你不'出台'，凭你这条件，一月赚一万，包在姐身上！"

"是一年赚一万吧？"颜小芹以为曹明霞说错了。

曹明霞笑了，用怜爱的目光看着颜小芹："一个月一万！"

"一个月赚一万？！"颜小芹的心怦怦直跳，眼中闪着灼灼的光芒，"只唱歌？"

曹明霞重申："只唱歌！别跟姑父姑妈说是在歌厅工作，很多人对这份工作有偏见。"

二

颜小芹向父母表示要和曹明霞去上海，到一家公司做销售员。颜子义坚决反对："她是做什么的？不说我也清楚！跟她走，那是蚂蚱往火坑里跳！别说开红轿车回来，就开红飞机回来也没用！"

颜小芹执拗地说："我拿定主意了。"

颜子义警告："你跟她走，我跟你妈不用你养了！"

颜小芹毫不示弱："你少吓唬我！"

曹秀英骂道："你们爷俩都是犟驴！好端端的一个家，想拆散它吗？"

父与女都不说话，彼此较劲。

曹秀英抱怨颜子义："都是你惯坏的！处处由着她，现在可好，不听话了！"

颜子义坚定地说："这次由不得她！"

曹秀英抱怨小芹："保险做得好好的，怎么能说走就走？"

颜小芹反问："做保险能赚几个钱？"

颜子义道："一年换三份工作，没定力，什么事都做不好！当初你说，有人做保险一年赚十几万。"

颜小芹说："那是凤毛麟角，一千个人中顶多两三个。"

颜子义问："为啥你不是那两三个？"

颜小芹道："站着说话不腰疼！有能耐你做给我看看！你一年能赚十万，我哪都不去！爸，我长大了，能照顾好自己。"

颜子义说："你就像一只小鸟，翅膀上还没长几根毛！"

颜小芹说："在你心里，我翅膀上一辈子都不长毛！"

颜子义沉默了一会儿，对小芹说："要是我做保险一年赚十万，你就不走，这可是你说的，说话得算数！"

颜小芹说："你做保险？！……你是想拖住我，浪费我一年时间。"

颜子义沉思了一会儿说："一年赚十万，一个月要卖多少保险？"

颜小芹随口说："十份！平均三天卖一份保单。"

"你给我一个月的时间。"颜子义说完站起来，拣起旧沙发边一个黑色的破塑料包，擦了擦，挟在左腋下，准备出门。

颜小芹问："干吗？"

颜子义反问："还能干吗？到保险公司应聘。"

颜小芹叫道："爸！这是不可能的！"

曹秀英说："你爸说到就能做到！"

三

赵燕直接推开总经办的门进了办公室，赵燕是总经理助理，赵燕后面跟着瘸子颜子义。"宋总，他非要见你，你看着办吧！"

"宋总"是保险公司总经理宋一兵的简称，宋一兵四十多岁，蓝色西服，白衬衣，红领带，"大奔"发型。

坐在办公桌前的宋一兵抬起头。

赵燕说："他是颜小芹她爸，他也要做保险！"

宋一兵说："这是好事嘛！"

赵燕解释道："他今年55岁，初中文化，而且……你瞧他的腿。"

宋一兵打量颜子义，像阅兵：颜子义一脸倔强，宁死不屈的模样，右腿直立，提着左腿，左脚尖着地——这是他立正的标准姿势。宋一兵感到满意，做销售工作，精神状态远比形象重要，他决定给颜子义一个机会。"年龄不是问题，心理学家威廉·詹姆斯研究表明，人到40岁的时候才心理成熟，从40岁到65岁之间，是人生创业的黄金时代；学历也不是问题，诸葛亮有什么学历？农民！照样当丞相；腿更不是问题，做保险又不是做体操运动员。明天来参加新员工培训！"

颜子义向宋一兵深深地鞠了一躬。

保险公司新员工培训会场。

赵燕做主持人，她手持话筒姗姗走上主席台，发嗲："亲爱的伙伴们，早上好！"

台下，保险公司全体业务代表齐声呐喊："好！很好！非常好！越来越好！好得不得了！耶！——"在喊"耶"的时候，业务代表们高举右臂打"V"字手势。

"今天是新员工培训的最后一天，主讲人是我们公司的总经理也是业界著名培训师宋一兵先生，为了能有饱满的热情聆听宋总的精彩演讲，我们先活动一下——做做按摩操，全体起立！"

赵燕说完，走下主席台排队，她站立在舞台一侧，面向舞台当排头。五十余名"新兵"以准军事化的速度排在赵燕身后，双手搭肩绕会场连成圆弧形纵队，排尾是颜子义。会场响起《宝贝对不起》的音乐旋律，赵燕高举双手作龙角状，摇摆着屁股前行，队伍宛如长龙绕会场游动，五十多个屁股随着音乐的旋律左右夸张地摇摆，动作整齐划一，神似长龙摇头摆尾。龙尾是瘸子颜子义，颜子义大幅度地摇摆屁股，龙尾就显得格外生动。

四

傍晚，颜子义回到家，面带喜色，宣布："培训结束了！开门红计划开始了！"

"什么是开门红计划？"曹秀英问。

"就是举行比赛，看一个月内谁销售保单多，一个月结束召开颁奖大会。明天正式开始！"说完，颜子义瞟了一眼小芹。

颜小芹乜了老爸一眼，嘴角上扬。颜子义舒一口气，他担心小芹斤斤计较，把培训时间算在做保险期限内。

开门红计划第一天。

颜子义开始陌生拜访（业内简称"陌拜"或"扫楼"），他拐进一个小区，东张西望，状如行窃，他拐进一幢居民楼，站到一楼的一扇门前，额头上渗出汗，他做了几个深呼吸，敲门，当颤抖的食指触到门的时候，却仿佛触电似的缩回来，如此反复两次，最后赌气似的抡起拳头义无反顾地往门上连击两拳。门豁然洞开，门内，一张面孔像长坂坡喝退曹操百万大军的燕人张翼德："干什么？！"

颜子义心惊胆战——太突然了："……我是推销保险的。"

"哦！"门关上了。

颜子义愣半天，缓过神，从左边衣袋里掏出一枚一角面值的硬币，放到右边衣袋里，然后向二楼攀登。颜子义每陌拜一个客户，就从左边的衣袋中掏出一枚硬币放到右边的衣袋中，当左边衣袋中的50枚硬币全部转移到右边口袋，颜子义收工——他给自己规定一天拜访50个客户。

　　一连三天大同小异，陌拜情境千篇一律，结果都是一无所获。第三天陌拜完50个客户后，颜子义看了看天色，收工尚早，他茫然地站在某居民小区大门前，仿佛迷失了方向。最后，他想到耕耘了大半生而今被征用的土地。在土地上，一分耕耘一分收获，庄稼从萌芽到成熟一目了然，不像做保险，拿不着看不见，充满失望和悬念。他怀念土地，不知不觉地走向他耕耘了近30年的一块土地。

　　昔日的良田上，耸立着一幢独栋别墅：面南三层小楼，一个院子，院门西开，一扇大铁门，大铁门上有个小铁门。颜子义伫立在别墅门前出神，小铁门里走出一条狼狗向颜子义狂吠，颜子义如梦初觉，连忙逃离。

　　次日，颜子义展开了对别墅主人的调查，并初步摸清了户主的底细。

　　黄昏时分，颜子义拖着疲惫不堪的身体回到家门前，他在门前稍稍停顿了一下，振作精神，他不愿老伴看到自己疲倦沮丧的模样，他要表现得坚强，男人的坚强是女人的希望。掏出钥匙开门，推开门，最先迎接他的是小花，小花是小花狗的名字。小花亲昵地拱颜子义的腿。老伴曹秀英从沙发上站起身，走过来，边帮颜子义脱外套边问："咋样？"

　　颜子义故作轻松，轻描淡写地说："万事开头难。培训老师说：做保险'三年泥泞路，三年石板路，三年青云路'。"颜子义是安慰老伴，也是安慰自己。

　　曹秀英已为颜子义准备好了凉开水，颜子义端起满满的一碗水，咕噜咕噜一口气喝下，他用衣袖擦了擦嘴角上的水，从塑料黑皮包里拿出一支笔，把包放在沙发上，走到客厅的一面墙壁前。

　　墙壁上挂着一幅墨绿色的窗帘。颜子义拉开窗帘，露出一幅市级地图，地图的左上角边画着一个红五角星。他用红笔在红五星的右侧，靠近地图的边缘位置画一个硬币大小的红圈，随后拿起竖在墙根的一根小木棍，指着地图上的红五星，敲敲，对曹秀英说："这儿，代表我们家。"然后棍头移到红圈儿上："这儿，就是我们家村东那三亩三分地。如今竖起了一幢三层小洋楼。"

　　曹秀英道："要是盖个破烂房子在上面，糟蹋我们家那块地了！"

　　颜子义道："我费了不少周折，摸清了他家的底细：户主姓于，叫于得贵，是个老板，他老婆叫黄春花，儿子在省城念大学。得把他们拿下！"

　　曹秀英不无担心地问："能拿下吗？三天培训能学到啥？"

　　颜子义坚定地说："能不能都得拿下！再说，还有宋总撑腰，宋总说了，有问题只管找他。"

<h2 style="text-align:center">五</h2>

　　黄昏，颜子义来到于得贵家大门前。大铁门关着，小铁门敞着。小铁门内走出一条狼狗，向颜子义狂吠。颜子义呵斥："死狗！不要叫！我是贵客！"

　　于得贵从小铁门中走出来。狗仗人势，狼狗见主人出来作势欲扑，颜子义吓得发抖，于得贵喝道："坐下！"颜子义连忙坐下——出乎于得贵的预料。"请起，请起！"于得贵忙说："对不起！我是让赛虎坐下。"赛虎是狼狗的名字。

　　颜子义站起来，于得贵瞪了赛虎一眼，赛虎耷拉下眼睑，知错似的坐下。

"我是颜子义。"颜子义自我介绍。

于得贵一脸疑惑。

颜子义说："我们是同学！"

作为同学，没认出来就不应该，缺乏热情那是失礼，于得贵脸上浮现出笑容："噢——差点没认出来！请进！"

颜子义跟随于得贵进了客厅。坐在沙发上吃零食的于得贵的妻子黄春花，打算站起来迎宾，当看清颜子义尊容后，又把抬起的屁股放了下去。颜子义东张西望，于得贵家的摆设显然超出了他的想象。于得贵指着一个单人沙发："请坐！"

颜子义坐在指定的沙发上："认识吗？"

于得贵站在颜子义的身边，他想不起这位老同学，他正在读总裁研修班，总裁研修班一个月只上两天课，因为自己忙，经常缺课，研修班里有不少同班同学都不认识，他推断颜子义是他总裁研修班的同学，想罢，亲切地说："怎么不认识？你叫颜子义……我们是总裁研修班同学。"

颜子义摆了一下手。

"对了！是大学同学，不是一个班。"于得贵继续推断。

颜子义摇头："不是！"

"想起来了！高中同学！不过……那时候你这条腿还是好好的。"不是总裁班同学，大学同学，就是高中同学，高中同学中没有瘸子。

颜子义说："我们是小学同学！东方红小学。"

"……不好意思，想不起来了。"于得贵承认。

"想不起来就对了，我比你最少高十届。"

"高十届？！——那是校友，小学校友。"

"一笔写不出两个东方红！分那么清做什么？"

"那倒是。找我有事？"

"好事！"

"什么好事？"

"保险！"

"噢——卖保险的。"于得贵精神放松下来，舒一口气，坐在沙发上。

"如今车越来越多，交通事故家常便饭。你不撞别人，别人撞你，不买保险能行吗？知道我这条腿是怎么回事吗？"颜子义活动活动左腿。

于得贵盯着颜子义左腿看。

黄春花插嘴说："知道，瘸了。"

颜子义的目光转移到黄春花身上："知道怎么瘸的吗？"

黄春花酸溜溜地说："小儿麻痹症留下来的后遗症。"

颜子义正色道："什么小儿麻痹症？！给曹大水的卡车撞的，大水卖了卡车给我治腿，钱花完了，他到处借钱。一来二去，我跟大水成了好朋友。后来伤好了，人成了瘸子。一个瘸子，家里又穷，我担心打一辈子光棍。大水他妈到处张罗帮我找对象，找了七八年，大水妹妹秀英从十七八长到二十五岁，秀英对她妈说：'别找了，我嫁给他。'我是因祸得福！"

黄春花说："绝对是因祸得福！"

颜子义说："因为两家人都没参加保险，所以穷困潦倒大半辈子！"

黄春花说："就是参加保险也好不到哪里去。"

颜子义不以为然："买了保险，发生交通事故，咔嚓！腿断了，保险公司除了报销医疗费、住院费，还会再赔一笔钱；咔嚓！下身瘫痪了，成植物人了，保险公司给你的赔偿费更多；咔嚓！时运不济，死了，保险公司给你一大笔安葬费、抵命费。像你家这样有钱有势，依我看，不光你们一家三口，两头父母，兄弟姐妹都该买，又不是买不起。"

于得贵一个劲地皱眉头。黄春花额头冒虚汗。

颜子义问："听明白了？"

于得贵点头。

颜子义松一口气："听明白就买吧！"

于得贵不好意思直接拒绝，婉转地说："考虑考虑再说。"

黄春花直截了当："考虑个屁！什么乱七八糟的，我们不买！"

颜子义说："不买，是没听明白，听明白了你肯定买！没明白我再给你们讲，再不明白再讲，直到你明白为止。"

黄春花不耐烦地说："别讲了！累了！"

颜子义摆手说："一点不累！保险利人利己，救苦救难……"

黄春花打断了他的话："救苦救难的是佛祖。我们年年烧香拜佛，有佛祖保佑，用不着保险公司保佑。"

颜子义道："出了天灾人祸，佛祖能真金白银地赔你钱？买保险实实在在，拿得着，看得见。"

黄春花说："烧香拜佛，佛祖保佑不出事，不出事还用得着买保险？"

颜子义不知如何作答，无话可说了，他起身告辞，无人相送。颜子义走后，黄春花不屑地说："连条坏腿都派上用场了！什么卡车撞的？——分明是小儿麻痹症！"

六

晨会后，颜子义跟着宋一兵进了总经理办公室，搬一把折叠椅，放在宋一兵办公桌对面，不请自坐，不把宋一兵当外人，也不把自己当外人。他有问题要请教，宋总说过，有问题只管找他。

赵燕给他泡了一杯茶水，放在宋一兵的办公桌上。

颜子义问："你说保险利国利民，利人利己，为什么那么多人瞧不起你？"

宋一兵道："原因是多方面的，最重要的原因是'自我歧视'——就是自己瞧不起自己。职位有高低，工作无贵贱，人格是平等的，做保险一定要树立这种观念，要挺直腰板，不卑不亢！"

颜子义不自觉地挺直腰板，不卑不亢，看上去像债主模样。

宋一兵见状，补充道："做保险必须放下身段，拜访客户要面带微笑、点头、鞠躬。"

颜子义看着宋一兵，面带疑惑。

宋一兵解释："鞠躬就是……"宋一兵站起来作示范，面带微笑鞠躬。

颜子义明白："鞠躬就是点头哈腰。"

宋一兵说："形式上很相似，但鞠躬是以平等的心态弯腰，点头哈腰是以低三下四的心态弯腰。"

颜子义问："那拜访客户到底是挺直腰板，还是点头哈腰？"

宋一兵说："心理上，挺直腰板、不卑不亢；行为上，面带微笑，点头哈腰。"

颜子义说："这不成两面三刀了？"

宋一兵笑道："有些问题，只可意会，不可言传。还有问题吗？"

"昨天，我到于得贵家推销保险，我说保险救苦救难；他老婆黄春花说，他们家年年烧香拜佛，有佛祖保佑不出事故，不用买保险。我该怎么跟她说？"

"只要烧香拜佛，佛祖就保佑他，那佛祖不成贪官了？"

"就这么跟他说？"

"……当然不能！"

"那怎么说？"

宋一兵想了想："我先给你讲个故事吧。某地区发洪水，洪水湮没了村庄，一个人爬到大树上，有个老人划小船前来救他，他固执地拒绝了：'我信佛，佛祖会来救我。'水不断上涨，他被淹死了。他的灵魂见到佛祖后问：'为什么不救我？'佛祖说：'那个划船的老人就是按我的旨意去救你的，你拒绝拯救，自取灭亡。'佛祖保佑人，从来不亲自出马。黄春花说他们经常烧香拜佛，佛祖在他们家将要遭受灾难时，派你保佑他——到他家推销保险。于氏夫妇就像爬在树上的那个人，你就好比那个划船的船老大。"

颜子义犹疑地盯着宋一兵。

宋一兵强调："佛说：信即得救。信比不信好！"

七

黄昏，颜子义又来到于得贵家大门前，一阵狗叫之后于得贵又从小铁门中露出头，拒人于门外，于得贵不好意思，内心厌烦，表面上还算热情。颜子义随于得贵进了于家的客厅。

颜子义把宋一兵讲述的发大水的故事，转述给于得贵和黄春花听。讲故事的过程，颜子义的表情严肃而认真。严肃认真的表情，是颜子义没有表情的表情。

于得贵审视着颜子义，觉得他有些迂。

黄春花脸上挂着笑："这么说，你是佛祖派来保佑我们的？"

颜子义说："这种玄乎事，谁说得清？"

黄春花打了一个哈欠，然后观察颜子义的表情，见颜子义没有起身告辞的意思，她高举双臂，打了一个哈欠。

颜子义说："我再给你们讲个小故事——今天晨会上宋总讲的。一个军营里流行一个游戏：军官每年一次集合一千个兵，每人发一把手枪，军官告诉士兵，这一千把手枪中有3把枪里有子弹，叫他们每人朝自己脑袋上放一枪，结果有三个倒霉蛋报销了。游戏每年玩一次，你要是这中间的一个兵，你敢不敢朝自己脑袋上放一枪？"

于得贵、黄春花彼此看了看，都没有回答。

颜子义用命令的口吻说："不敢朝脑袋上开枪就买保险！"

黄春花问："凭什么？"

颜子义睁圆眼："还用问？！"

于得贵、黄春花看着颜子义，都感觉脑子不够用了。

颜子义站起来："中国人一年死亡千分之三，跟军营一模一样！"

送走颜子义，于得贵和黄春花无精打采地上了三楼，三楼是卧室。上了床，都没心思看电视，夫妻俩坐在床上，都在想心事。

"如果你是这一千个兵中的一个，你敢不敢对自己的脑袋开一枪？"黄春花问。

于得贵反问："谁敢？！你敢？"

黄春花打了一个寒战："想想心里就发毛！何况，这个杀人游戏一年玩一次，一年到头一天到晚心里悬着这件事，谁受得了？你说这个军官怎么喜欢玩这种游戏？"

于得贵道："变态！纯粹变态！"

黄春花发愁："这可怎么办？"

于得贵问："什么叫'这可怎么办'？"

黄春花发愁："往后日子怎么过？"

于得贵想了想，觉悟似的："我们又不是士兵，用不着烦这个心！"

黄春花白了于得贵一眼："中国死亡率是千分之三，跟军营里一模一样！"

于得贵、黄春花沉默无语，仿佛都在想办法。

于得贵无计可施："这是上帝跟我们过不去！"

黄春花诅咒："这个该死的颜子义，太烦人了！日子过得好好的，他没事找事，成心给我们添堵，让我们郁闷！"

于得贵愤愤然："明天他再来，有他好看的！睡觉！"说罢缩进了被窝。

黄春花躺下，不无担心地说："我恐怕要失眠。"

于得贵转过身给黄春花出主意："你不妨转移一下注意力。"

黄春花问："怎么转移？"

于得贵说："数数，从一开始数起，数到一万，就睡着了。"

黄春花开始数数："一、二、三、四、五、六、七、八、九、十……"

于得贵心烦："你这么嘟嘟哝哝，跟和尚念经一样，还让不让人睡觉？"

黄春花说："不是你让我数数的吗？！"

于得贵说："不要数出声，要默念！默念！"

黄春花的嘴翕动着，默念着转移注意力，但总也转移不了，在床上辗转反侧，最后猛然坐起："他哪里是佛祖派来的，分明是魔鬼派来的！"

于得贵发狠道："明天他胆敢再来，有他好看的！"

黄昏。于氏夫妇站在三楼的一扇窗前，黄春花撩起窗帘一角，从这个角度看大门内外，一览无余。颜子义如期而至。黄春花放下撩起的窗帘，向于得贵扬了一下下巴。于得贵转身下楼，推开一楼客厅的门，走到院中，吹一声口哨。狼狗赛虎应声拱出狗窝，摇头摆尾。于得贵蹲下，支着耳朵倾听院外动静，当脚步声临近，他往狼狗的背上拍了一下。狼狗从小铁门中窜出，窜到颜子义面前，颜子义本能地连连后退，狼狗向颜子义狂吠，颜子义转身奔逃，狼狗正要追击，于得贵从小铁门中探出头，吹了个口哨。听到口哨，狼狗转身返回，摇头摆尾向主人请功。

八

保险公司天天开晨会，晨会正在进行。

宋一兵说："下面请颜子义给大家分享心得体会。"

会场响起掌声。保险公司会场，该有掌声的时候一定有掌声，让人感觉特别上档次。颜子义涨红了脸，坐着没动，他从没在众目睽睽之下讲过话。

宋一兵道："做保险一定要练好口才。有一名推销员叫阿宝，得了抑郁症，活腻了，跳河自杀，被一名路人救了上来，路人劝阿宝不要轻生，猜猜结果如何？"

"路人成功地说服了阿宝，使他打消了自杀的念头。"一名女业务员回答。

宋一兵道："错！结果是阿宝成功地说服了路人，路人和阿宝一起跳河自杀了。——如果有阿宝这样的口才，还怕做不好保险？晨会上分享心得体会，一是相互学习，二是锻炼口才。请颜子义上台讲话。"

会场再次响起掌声。

颜子义鼓起勇气走到讲台前，分享销售保险的心得："拜访客户——大家伙叫'扫楼'，有个诀窍：就是要从楼的高层往低层'扫'，不能从低层往高层'扫'，从低层往高层'扫'，白眼珠看多了，就会没力气往高层爬；从高层往低层'扫'就不会，不管怎么着，你总得下楼回家。扫一个少一个，越扫越轻松！"

又到该有掌声的时候了，掌声又响起来。

　　晨会结束，颜子义跟着宋一兵，走进总经理办公室，做保险要学会跟进。颜子义搬了把折叠椅，放在宋一兵办公桌前，坐下。"于得贵家有钱，两头父母兄弟姐妹都有钱，我建议他们一家三口，两大家子都买保险，他两口子就是听不进去！"

　　宋一兵点点头，手指头敲着桌子说："关键的问题就在这里！知道什么叫登门槛效应吗？……理论问题太深奥，跟你直截了当说吧，就是先要求于得贵一个人买保单，他觉得轻松就买了，他买完你再要求他老婆买，他老婆买完再要求他儿子买，一个一个来，直到他们两大家人全买。"

　　颜子义问："就这样跟他说？"

　　宋一兵摇头说："不要直接说出来！要讲究点艺术。"言罢意识到颜子义不一定懂什么叫艺术，于是改用大白话补充："'艺术'就是绕几个弯子。"

　　颜子义说："跟喂狗不一样！"

　　宋一兵问："怎么跟喂狗扯一块了？"

　　颜子义道："你扔一根骨头给狗吃，狗是直扑骨头，还是绕骨头转几个圈？"

　　宋一兵答："直扑骨头。"

　　颜子义问："连狗都知道，人为什么要绕弯子？"

　　宋一兵想了想，说："我用案例给你讲吧！譬如帅哥追求美女，首先请求一起吃饭，逛公园，看电影等小要求，然后得寸进尺：拉手，拥抱，接吻，最后请求结婚。如果帅哥跟美女第一次见面就提出：嫁给我吧！美女可能会说：'神经病！去死吧！'"

　　颜子义明白了，点一下头。

九

　　颜小芹还在熟睡，床前，梳妆台兼写字台上的小闹钟指示的时间是9点，床头的上方的墙上贴着一张白纸，白纸上记录着她父亲做保险的时间。白纸上自上而下写着是：第一天、第二天……最下面一行字是第九天。颜小芹已放弃推销保险，只等满一个月后去上海。

　　枕边的手机响了，颜小芹从睡梦中醒来，拿起手机，按一下接听键。

　　"小芹，姐中弹了。"手机中传出曹明霞有气无力的声音。

　　颜小芹条件反射似的弹起来："中弹了？！……在哪？要报警吗？"

　　"报什么警！"

　　"要叫救护车吗？"

　　"叫什么救护车！你过来就行。我在西湖双孔桥边等你。"

　　颜小芹手忙脚乱地穿好衣服，拎起墨绿色的挎包，神色慌张地出了家门，搭上出租车，直达西湖双孔桥。

　　曹明霞从停在路边的红色别克轿车中钻出来，颜小芹冲上去握住她的手，上下打量着她："伤在哪？重吗？"

　　"重！"

　　"哪里中弹？"颜小芹没有发现中弹的部位。

　　"心上。"曹明霞指了指心的位置。

　　"心上？！"颜小芹大惊。

　　"是丘比特的弹。"

　　颜小芹一愣，继而明白曹明霞所谓的丘比特的弹，是指丘比特的箭，她揪着的心放松下来，同时感觉感情被玩弄了，委屈的泪水刷地涌出，她猛地推开曹明霞，转身跑开了。曹明霞一怔，意识到玩笑开得太过，同时感受到了颜小芹的那份灼热的真情，心头为之一热，随即追赶颜小芹。曹明霞工作的特点是黑白颠倒，酒歌过度，体力不济，与颜小芹之间的距离越拉越大，但她依旧紧追不舍。颜小芹心软了，脚步慢下来，最后站住了，依偎着路边的一棵树。曹明霞赶上来，抱住颜小芹，两个人都哭了。

　　"小芹，姐错了！"当情绪慢慢平静下来，曹明霞松开颜小芹，真诚地检讨。颜小芹抢起右拳往曹明霞的肩上恶狠狠地击了一拳。"我只听过有丘比特的箭，没听说过有丘比特的弹。"颜小芹向曹明霞翻了一个白眼。

　　曹明霞说："有个诗人说过：黑夜给了我们黑色的眼睛，你却用它来翻白眼。"

　　"还说风凉话！"颜小芹又抢起拳头。

　　曹明霞解释："姐是想，中弹比中箭还严重！"

　　颜小芹问："是个白马王子？"

　　"白马王子过时了，现在流行'高富帅'！姐给李婷婷当伴娘，伴郎叫安国，'高富帅'！姐见到他，大脑当场死机，一片空白，心上中了丘比特一弹。我在心里发誓，生是他的人，死是他的吉祥物！你不能眼睁睁地看着姐变成吉祥物！"

　　"我能帮你什么？"

　　"做红娘！你是最理想的人选！"

　　"我没做过红娘。"

　　"姐教你！按姐教的去做就行了。"

　　"你直接跟他挑明就是了，绕什么弯子？你还会不好意思？"

曹明霞摇头："主动送上门，他认为不值钱，不珍惜。得想办法让他主动追我，我再用杀人不偿命的眼神迷翻他，让他拜倒在我的石榴裙下！"

颜小芹盯着曹明霞看了许久说："有个网民说：恋爱的'恋'是个会意的字，它的上半部取自变态的变，下半部取自变态的态，恋爱就是变态！"

十

黄昏如期而至，颜子义来到于家院门前。狼狗赛虎蹲在大门旁，警惕地盯着颜子义。进不了于得贵家大门，颜子义就在院门外喊："于总——你一个人先买保险也行！你天天开车，常在河边走，哪能不湿脚？你是一家人的顶梁柱，来不得半点闪失！性命是1，钱是1后面的零蛋，1没了，零蛋再多也是零蛋！"

于家客厅内，于得贵用目光征询黄春花。

黄春花说："别理他！我一见他就心烦！不敢往自己头上开一枪就该买保险，凭什么？这个谜团现在还悬在心里呢！"

颜子义鹤立在于得贵家大门前。院内悄无声息，人烦了，狗都懒得叫一声。

次日晨会后，颜子义按照惯例到总经办向宋一兵请教问题。

"我到于得贵家喊话，他们就像缩头乌龟，都厌烦了。"

宋一兵道："这就好比老师教育调皮捣蛋、不爱学习的学生，学生会烦老师，等到他考上名牌大学，有出息了，就理解了老师的一片苦心，会感激老师。推销保险也是这个道理，不要怕人烦。"

颜子义点头："是这个道理！就好比我左边这条腿，没瘸之前，谁要是三番五次地向我推销保单，我也会烦，可他要是把我说通了，买了保单，出车祸之后，我会感激他一辈子。"

宋一兵盯着颜子义的瘸腿，目光炯炯有神："你这条腿，是推销保险活生生的教材，撒手锏！得天独厚！一般人难以克隆和复制，这叫核心竞争力。你要学会现身说法，充分利用这条腿，用真情实感，打动客户！"

颜子义斜着眼看宋经理："腿不瘸就做不成保险啦？"

宋一兵道："这么好的腿不利用，太可惜了！"

颜子义说："不提腿的事！提了他们也不信，黄春花说我这是小儿麻痹症。你说下一步，我该怎么做？"

宋一兵说："只在门外喊话不行！西方推销人员发现，如果在门外推销产品，多半会失败。而一旦进入主人家里，推销成功的概率就会大大提升。"

"我都进入他家两次了。"

"两次算什么？十次也不算多！"

颜子义道："他家的狼狗不让进！"

宋一兵道："我们都能把宇宙飞船发射到太空，狗不让进门的问题还解决不了？"

赵燕说："老颜，要学会自己动脑子。做保险遇到的问题千奇百怪，不可能都在宋总的大脑里找到答案。"

颜子义站在地图前，右手拿红笔，左胳膊别在身后，眉头紧锁，自己动脑筋，独立思考怎么过狼狗这一关。

曹秀英端着一盘西青椒炒鸡蛋，从厨房里出来。

这时，颜小芹推开门，她拖着一个刚买的崭新的红色拉杆箱，她在为出行作准备。听到动静，颜子义扭过头，看到了颜小芹的拉杆箱，目光充满嫉恨，他转过脸用红笔在地图右上方的红圈上打一个大叉，恶狠狠地说："干掉他！"

啪！——曹秀英手中的盘子摔到地上。"你……疯了？！杀人要偿命的！"

颜小芹扫了一眼地上盘子的碎片，抗议："爸！你用杀人威胁我，是耍赖皮！"

颜子义斜了她一眼："想哪去啦？'干掉他'就是让他买保单。"

颜小芹松一口气，嘟囔道："受不了！"说完进了自己的房间。

曹秀英蹲下，边捡盘子碎片边问："找到对付狗的办法了？"

颜子义道："快了。"

曹秀英问："宋经理没给你支个什么招？"

颜子义道："他也没招。"

曹秀英说："我当宋经理是诸葛亮呢，到头来让一条狗难住了，简直是废物！多大点事？我在厕所里打个盹，就想出个高招。"

十一

黄昏，颜子义再次来到于得贵家院前，当他看到狼狗赛虎时，赛虎也看到了他。赛虎蹲在大门一侧。颜子义从黑塑料包里掏出一个肉包子，扔给赛虎。赛虎嗅了嗅，吃了，感觉味道好极了，抬起头看着颜子义的黑塑料包。颜子义又扔一个，赛虎又吃了一个，颜子义把带来的五六个包子全喂了赛虎，赛虎意犹未尽地盯着颜子义。为取信于赛虎，颜子义把包翻过来给它看："你看，真没有了！"颜子义确信赛虎看清楚后，慢慢地试探着往小铁门走，赛虎睁一只眼闭一只眼，让颜子义进了院子。颜子义感慨："狗跟人一样，吃人的嘴短，办事没原则！"

颜子义突然出现在客厅门前，于氏夫妇吃了一惊，感到意外。

于得贵惊讶地问："你……怎么进来的？！"

颜子义感叹："老同学，要过你们这一关，得先过狗这一关！"

黄春花睁大眼睛："你对赛虎做了什么手脚？！"

颜子义说："我给它肉包子吃了。"

黄春花松了一口气。

于得贵无奈："进来吧。"

三个人都坐到沙发上，于得贵、黄春花坐在大沙发上，颜子义不请自坐，坐在单人沙发上。于氏夫妇看着颜子义，等着他说话。颜子义道："我跟你们分享一个故事……"

黄春花打断颜子义的话："先不要分享故事，你上次分享的故事，到现在还悬在心里，你说说看，为什么不敢往自己头上开一枪，就应该买保险？"

颜子义吃惊："还没想清楚？"

黄春花、于得贵彼此看了一眼，都感觉脑子不够用了，都把脸转向颜子义，等着他解惑。

颜子义道："虽说往自己头上开一枪，死的可能性是千分之三，可是你愿不愿意花点小钱，买个钢盔戴在头上？"

黄春花说："愿意。"

颜子义点一下头："戴上钢盔，就不怕是那千分之三的倒霉蛋了。买保险就好比是买钢盔。"

黄春花释然，仿佛了结了一桩夙愿。

颜子义说："我再跟你们分享一个故事：一个老板开车撞上一头牛，老板和牛都死了。老板是肇事方，按照国家规定，养牛的农民得到老板家给的一千元补偿金，老板死了白死。牛死了，把皮剥了卖牛肉，牛皮割成皮带卖，牛角做成梳子卖，死牛比活牛还值钱。老板死了，工厂关门，老婆改嫁，儿子改姓……"

黄春花条件反射似的站起来："别讲了！……我们晚上不要在家谈业务！"

颜子义问："不在家谈在哪儿谈？"

于得贵无可奈何，为了让颜子义尽快离开，做出一个打电话的动作："电话联系。"

颜子义想想，点一下头："也好，我们电话联系。"

深夜，黄春花在床上辗转反侧不能入眠，她开亮灯，坐起来。于得贵醒了，他依旧躺着。黄春花说："今夜我又要失眠了。"

于得贵问："悬在心里的谜团解开了，还失什么眠？"

黄春花说："那个谜团解开了，颜子义又在我心头上压了块大石头，压得我喘不过气！"

于得贵说："说给我听听。"

黄春花摇摇头。

于得贵说："说出来心里就轻松了，就不失眠了。"

黄春花说："说出来怕你忌讳。"

于得贵说："老夫老妻，百无禁忌！"

黄春花说："颜子义讲的那个故事太吓人了！"

于得贵说："我怎么不觉得？"

黄春花说："我心里不由自主地想，那个开车撞死牛的人是你，牛死了，你也死了，我们家企业倒闭，我改嫁，儿子改姓……"

于得贵突然坐起来，怒视着黄春花："就算你改嫁，也不该让我儿子改姓！"

黄春花意识到说错了话，像做了亏心事，推卸责任道："这都是颜子义干的好事！"

于得贵斥责："你干的事也不咋样！"

十二

清晨，颜子义坐在沙发上，探着身子，双手搭在面前的茶几上，神情专注地看资料。资料旁有一杯茶。小花狗趴在茶几下。

曹秀英走到颜子义面前问："想好怎么给于得贵打电话啦？"

颜子义直起腰："想好了，给他传达中央文件。"颜子义手指头点了点茶几上的材料。

曹秀英问："国家有什么文件？"

颜子义道："中共中央国务院关于贯彻落实保险工作的会议精神。我先熟悉熟悉。"

曹秀英点点头，去厨房做早餐。

颜子义坐在沙发上，神情专注地学习。学了一会儿，拿起手机看时间，估计于得贵已经起床，他把学习资料放在茶几上，喝了口茶，拨于得贵电话，电话通了："喂！老同学……"电话断了。"咦？——怎么回事？"颜子义重新拨，电话通了，没人接。颜子义再次拨于得贵手机，手机通了一会儿，最后传出："您拨打的电话暂时无人接听，请稍后再拨。"颜子义想，于氏夫妇可能刚起床，正在洗手间忙活，他决定过一会儿再打。他拿起资料学习，学了一会儿，估计他们夫妇忙活完了，放下资料，拨于得贵家电话，电话忙音，拨于得贵手机，手机中传出："对不起！您拨的电话已关机，请稍后再拨。"

站在餐桌边的曹秀英问："他不接电话？"

颜子义说："……都关了。"

曹秀英为颜子义着急，但爱莫能助。颜子义站起身，把黑色的塑料包挟在腋下，出了门，前往保险公司参加晨会。

颜子义到达保险公司会议室，晨会正在进行中，他找了个座位坐了下来。

宋一兵站在讲台前，他向众人抛出一个问题："怎么叫猫吃辣椒？谁想到了，请举手。"

好久，没人举手。颜子义举手。

宋一兵道："说说看！"

颜子义站起来回答："猫不吃辣椒！"

宋一兵问："怎么才能叫不吃辣椒的猫吃辣椒？"

颜子义很有把握地说："怎么叫它都不吃辣椒！"

宋一兵说："张三就能叫猫吃辣椒！"

颜子义一脸惊讶："张三的话猫也听？！它……它能听懂？"

宋一兵示意颜子义坐下。颜子义坐下，认真的模样像个小学生。

宋一兵说："有一次张三问：'如何让猫吃辣椒？'李四

说：'把猫的嘴扒开，把辣椒捣进去！'王二说：'先把猫饿它几天，再把辣椒夹在猫食里，它就吃了。'张三又问：'如何让猫心甘情愿地吃辣椒？'大家想想看，想到的请举手。"

没人举手，会场静寂无声。

宋一兵说："哲学家狄奥佛拉斯塔说：'在社交场合一言不发，对傻瓜来说，是最聪明的表现；对聪明人来说，是最愚蠢的表现。'"

这句话等于说谁不举手谁就是傻瓜，不是傻瓜一听就能明白，反应迟钝的，多想一会儿也能明白。陆陆续续，全体业务员都举起手。

宋一兵对颜子义说："你再说说看。"

颜子义站起来回答："把猫送到四川去？"

宋一兵摇摇头："四川的猫也不吃辣椒，送也白送。"言罢示意颜子义坐下。

颜子义坐下，腰板挺得直直的。

宋一兵说："张三对李四和王二说：'把辣椒酱抹到猫的屁眼上，它辣得难受，回头就舔，一会儿舔得干干净净，心甘情愿，感觉味道好极了！'"

会场响起笑声、掌声。颜子义也笑了，忘了鼓掌。

宋一兵总结："成功者找方法，失败者找理由；找到方法，虽难亦易；找不到方法，虽易亦难！没有解决不了的问题，没有克服不了的困难！"

晨会后，颜子义紧随着总经理宋一兵出了会议室，一直跟到总经理办公室。颜子义请教宋一兵："昨晚去于得贵家，于得贵说电话联系，早上给他打电话打手机，都关了。怎么办？"

"继续去他家！搬家了找到他新家，失踪了进行人肉搜索，这是意志的较量！"宋一兵咬牙切齿一副不信邪的样子。

受宋一兵意志品质的感染，颜子义感到浑身充满了力量。"于得贵老婆黄春花说，他们晚上不在家谈业务。"

宋一兵说："那你就改到早上谈！"

十三

灰白色的背景上，一个黑点心脏般脉动，由远而近，由小而大；步履声声，渐次激越，仿佛剥离画面剥离市声的鼓点。鼓点的节奏是我们熟悉又陌生的嘭嘭心跳，激越，清远。颜子义坚毅的脸庞伴着鼓点一上一下，一上一下……颜子义左胳肢窝夹着一个旧塑料包，一步一拜地走在路上。

太阳冉冉升起，颜子义来到于家院门前。黄昏拜访，颜子义的影子在前；早晨拜访，颜子义的影子在后。赛虎蹲在大门一旁。颜子义向赛虎打招呼："辛苦了！"赛虎摇摇尾巴。颜子义通过小门向院中窥视，轿车还停在院子里，这说明于得贵没有出门。他想进院，赛虎站起来挡在小铁门前，在人情与忠诚之间，它选择了忠诚，兼顾人情——它没有叫。颜子义理解赛虎的处境，他蹲下身，赛虎也蹲下——或者叫坐下，狗的蹲与坐是一个姿势。颜子义对赛虎说："兄弟，我是为你主人好，保险利国利民，利人利己，懂吗？"

赛虎向颜子义发出哼唧声。

颜子义说："你要是真能听得懂，再哼唧一声。"

赛虎又哼唧一声。

"狗通人性！"颜子义很惊讶，拍了一下狗头。

因为拍狗头的力度偏大，赛虎由坐而站，向颜子义发出抗议：汪汪！汪！

颜子义屁股着地，就势一滚，与赛虎拉开距离。赛虎没有进一步反应。

于得贵听到赛虎的叫声，披衣下床，走到西窗前，撩起窗帘一角，俯瞰院前，他看到了颜子义，颇感意外："以前都是傍晚来，今天怎么改了？"于得贵放下窗帘，愁容满面。

"看样子像诸葛亮，脑子里一团糨糊！连一个瘸子都对付不了。"黄春花说完，在床上翻了一个身，背对于得贵。

于得贵穿着睡衣，倒剪双手在房间里踱步，思考对策，最后顿悟似的："有了！我想出一个一箭双雕的妙招！"

于得贵向黄春花讲述他的妙招，黄春花听后笑逐颜开："我去迎接他！"黄春花撩起被子，穿着睡衣下楼，身轻如燕。

"要像对待大客户一样！"于得贵对着黄春花的背影喊。

黄春花打开大铁门上的小铁门，脸上的笑容像花儿一样开放："贵客临门，有失远迎！老同学，请到屋里说话。"

颜子义深感意外，由惊而喜，跟着黄春花进了于家客厅。于得贵已在客厅等候。黄春花笑眯眯地说："老同学，请坐！"

于得贵笑容满面："请上座！"

颜子义坐在于得贵指示的"上座"上。黄春花为颜子义倒水，于得贵认为水不足以表达情感的深度，吩咐："泡茶！"黄春花改倒水为泡茶，泡一杯茶放在颜子义面前的茶几上，然后给颜子义削苹果。

"这段时间企业琐事太多，心里很烦，对老同学多有得罪，还请海涵！"于得贵检讨说。

颜子义说："哪里哪里！"

于得贵问："老同学，你每月工资多少？"

颜子义如实相告："我是新兵，没固定工资，拿提成，上不封顶。"

于得贵释然："要是这样，我就开门见山跟你直说了，我想聘你到我公司工作，底薪一千，外加提成，也是上不封顶，如何？"

颜子义诧异地看着于得贵："我能替你做什么？"

于得贵说："我公司外面有不少呆账，我想聘请你帮我催款。你有一股钉子精神，做这份工作，我觉得你是最理想的人选，是秃子当和尚——巧料！"

颜子义说："说白了，就是替你讨债。"

于得贵说："现在讨债都不叫讨债了，叫催款。"

颜子义当下最要紧的是推销10份保单，留住小芹，赚钱多少尚在其次，况且，他对催款——讨债有心理障碍：他这大半辈子生活在贫穷中，借亲朋好友的钱，到期无力偿还，亲友登门要账，那种羞愧和无奈，揪心！

"我只做保险！"颜子义一口回绝，毫无商量余地。

于得贵感到失落。

颜子义说："保险……"

黄春花不耐烦地打断颜子义的话："我们不买保险！不要再浪费口水……"

于得贵担心黄春花言语过激伤人，忙插嘴转移话题，也给颜子义一个台阶："老颜，你不妨再考虑考虑到我公司上班的可能性。"

十四

太阳从于家别墅黑色的剪影中熠熠升起。

早上起床，于得贵撩起窗帘俯瞰院前：大门外，一旁蹲着狗，另一旁蹲着颜子义。床上的黄春花见于得贵皱着眉，知道颜子义已来到大门前。黄春花说："以前也见过脸皮厚的，做梦也没想到天下还有这么厚脸皮的！——就是不理他，看他怎么办！"

于氏夫妇该洗漱洗漱，该吃饭吃饭。吃过饭，于得贵推开客厅的门走到院中，掏出轿车钥匙，想到门前颜子义那张真诚的充满期待的脸，心中纠结，他在院中徘徊，绕轿车转圈，最后把车钥匙揣进裤兜，走到院墙边，先爬到狗窝上，然后翻越墙头。因为缺乏翻墙头的经验，翻越墙头的刹那只听一声"咔嚓"，于得贵的裤裆绽开一道大口子，随即以自由落体的形式从墙头上摔下，左腿先着地，痛得他龇牙咧嘴，爬起来，一拐一拐以颜子义的行走姿势逃离现场，于得贵拐到路边，搭出租车上班去了。

颜子义不时地从小铁门缝隙中向院内窥视，轿车还在院子里，早该出门上班了，却迟迟不见动静，他在大门外焦急地走来走去，不时地看手机上的时间，终于他等不下去了。颜子义回到保险公司，晨会已经结束，他直接走向办公楼，他有事要请教宋经理。

宋一兵站在窗口向楼下望，看到颜子义向办公楼走来，好像债主上门逼债，宋一兵一脸惊慌，对赵燕说："坏了！颜子义来了！今天晨会没见到他，还以为今天他不来了呢！我到隔壁躲躲，你尽快把他打发走。"说完匆匆离开办公室。

稍后，总经办传来敲门声。

赵燕说："请进！"

颜子义进了办公室，一脸是汗，喘息着："宋经理呢？"

赵燕说："出去拜访客户了。请坐！"

赵燕拎起暖水瓶准备给颜子义泡茶，忽然想到泡茶需要时间，放下暖水瓶，走到纯净水桶边，拿一个纸杯，掀一下开关，象征性地放了一点水，放到颜子义面前宋经理的办公桌上。"宋总今天到市里开会，不回公司了。"

颜子义点一下头，端起杯放到唇边，昂起头，把纸杯里的水一饮而尽，像干杯，与此同时发出"啵"的一声。他扭头用质询的目光看着赵燕，他不明白为什么就倒那么点水。

"水杯是纸做的，质量不好，倒水多了，会漏。您老走好！"赵燕连忙解释。

赵燕的话相当于送客，她不下逐客令颜子义也要走，静坐在这里有什么意思？

总经办隔壁的宋一兵，把耳朵贴在门缝上听。一轻一重的脚步声由清晰而模糊，直至无声无息。他如释重负，从门内走出，推开总经办的门，坐到办公桌前。

赵燕说："跑得了和尚跑不了庙，天天躲也不是个长久之计。"

宋一兵无计可施，随口说："过一天算一天！"

"他做不了保险，适当的时间你跟他谈谈，建议他不要做了，这无论是对你、对他、对于得贵一家来说都是解脱。"赵燕建议。

十五

晨会后，宋一兵出了会场，颜子义跟在后面，从会场跟到总经办，他自己动手拿了一把折叠椅，摆放在宋总的办公桌前，坐上去，他正要请教问题，宋一兵抢前提问："今天也让我请教你一个问题：天下的人有的是，你为什么非要一口咬定这该死的于得贵？"

颜子义想了想说："我觉得他买保单希望最大！我多次进过他家客厅，他两口子还能听我讲保险故事，其他客户，没一个人有这个耐性。"

"上帝啊！"连于得贵都被当作"最有希望"成单的客户，其他客户还有什么希望？宋一兵一脸绝望，替颜子义感到绝望，他用怜悯的目光看着颜子义："老颜，知道什么叫NLP神经语言联结吗？"

颜子义盯着宋一兵，他不懂。

宋一兵端起杯，喝口茶，润润嗓子："理论的问题太深奥，给你举个例子罢。总经理助理小王走马上任第一周，向总经理报告三件事：第一件公司仓库失火，第二件总经理太太出车祸……腿压断了，第三件总经理母亲突发心脏病去世。总经理料理完母亲丧事回公司上班第一天，小王推开总经办的门说：'报告！……'总经理听到小王报告，咕咚一声，连人带椅子翻了过去——他吓昏了。——这就叫NLP神经语言联结。小王每次给总经理带来的都是坏信息，经过三次强烈刺激，总经理大脑皮层的神经元上，就把灾难和小王的报告联系在一起，听到小王报告就如同灾难降临，心脏受不了了。你天天到于得贵家卖保险，给于得贵造成了巨大的心理压力，于得贵大脑神经系统，就把你卖保险和心理压力联结在一起。见到你，他就感到有压力，就差昏过去了。"

颜子义盯着宋一兵看，他不明白宋一兵的意思。

宋一兵审视颜子义良久，问："你拜访客户，就穿这身行头？"

颜子义点头。

宋一兵道："你这打扮，看上去像古装戏里的丐帮大侠。做销售工作，行头太差，你上门推销，别人会以为你是骗子，现在连骗子都穿西装。"

颜子义说："明天我就叫小芹给我买件西装。"

宋一兵摇晃着手说："对你来说，还不单是西装问题。老颜，你年轻的时候帅不帅？"

颜子义说："一般化。"

宋一兵说："腿瘸之后，好比是雪上添霜，比一般化还差，你能接受这一现实吗？"

颜子义不情愿地点一下头。

"老颜，你是什么学历？"

"初中。"

"学历太低！多大岁数？"

"五十六岁。"

"再过四年就六十岁了！人是产品的形象代言人，代言人形象不佳，严重影响产品销售，保险是一种无形产品……"

"够了！"颜子义猛一拍桌子，站起来，一脸愤怒，手指头指着宋一兵。

宋一兵弹跳起来，他怕颜子义失去理智，本能地往后退，身后有椅子，宋一兵摔倒在地，在哪里摔倒，就在哪里爬起，他一脸警惕，高度关注颜子义下一步的反应。

"当初你是怎么说的？怎么全变了？！"颜子义质问。

宋一兵辩解道："塞翁失马，事物会相互转化，塞翁失马的故事听说过吗？……"

赵燕站起身，走到颜子义身边，面带微笑，和风细雨地说："颜老，宋总是为你着想，与其劳而无功，不如放弃，长痛不如短痛。回去好好想想，我送你。"

"不用送！我又不是下身瘫痪，自己会走！"颜子义说罢，愤然而去。

宋一兵像被打败一样，蔫头耷脑。赵燕看着宋一兵，充满同情。

十六

颜子义坚持按计划拜访客户，回到家门前，心力交瘁，他掏出钥匙开门，手哆哆嗦嗦，好半天才把钥匙插入锁孔。进了屋，曹秀英要帮他脱外套，他摇摇手，瘫坐在沙发上。

"爸爸，没事吧？"颜小芹见爸爸脸色蜡黄，眼里布满血丝，吃惊地问。

"没事！有点累了。"颜子义笑笑。

"累了，眯一会儿，我给你做几个小菜。"曹秀英说。

颜小芹给爸爸倒了半杯热水，然后把桌子上大杯子的凉开水，倒到半杯开水中兑了兑，递给爸爸。颜子义一口气喝完，把茶杯递给小芹，躺在沙发上。

颜子义闭上眼睛，心情沉重。宋一兵劝他放弃保险事业，这对他的自信心是沉重的打击，他开始怀疑自己，他这一整天都在思考：我真的不行了？……最后的结果是否定的，只能是否定的。他认为自己行，睁开眼，站起来，走到地图前，眉头紧锁，谋划下一步行动计划。

颜小芹一直站着，目不转睛地看着爸爸，一副恶狠狠的表情，她暗暗发誓，一定要赚到大钱，让爸爸妈妈过上幸福的日子！见爸爸站起来看地图，脸色也好看了些，颜小芹松了口气。

曹秀英对小芹说："发什么呆？给你大舅打个电话，就说好酒好菜，叫他来陪你爸喝二两！"

颜小芹给大舅打电话，打完电话进洗漱间洗漱，然后回房间换了身衣服：白上衣，牛仔裤。她挎着一个绿色的挎包从房间走出。上午曹明霞来电相约：晚上六点半，海马歌厅五号包厢见，不见不散。

"我晚上有个聚会。"颜小芹对爸妈说。

颜子义转过身，老两口看着小芹，谁都没有说话，当小芹出了家门，他们彼此看了一眼，很会心。曹秀英把嘴巴凑到颜子义耳边，压低声音："你说小芹是不是去谈恋爱？"

颜子义说："巴不得的！"

曹秀英说："有个人拴住她的心，她就走不了了！"

颜子义点一下头，两个人的脸上都浮现出笑容。他们把希望与想象当作现实，回避现实。

接到小芹电话，曹大水立即骑着破旧自行车赴宴，一路上噘着嘴吹口哨，吹的是南斯拉夫电影《桥》的主题歌《朋友，再见》，边吹口哨，边随着口哨的旋律耸动着双肩。

当曹大水到来，曹秀英已经做好了一桌菜：炒花生米、青菜炒豆腐、萝卜带鱼、辣椒炒鸡蛋。一瓶二锅头摆在四盘菜的中间位置。

颜子义与曹大水坐对面，用牛眼盅喝酒。曹秀英不喝酒，她吃饭。

颜子义与曹大水端起酒盅，碰一下，干了，约定俗成。醉翁之意不在酒，如今人人都像醉翁，一斤酒喝完八两，曹大水对颜子义的保险事业有了初步认识。

颜子义说："我琢磨，讲大道理没用。不出车祸，于得贵两口子不知道车祸的厉害。"

曹大水说："他们早晚会知道！"

颜子义道："等他知道，再想加入保险就晚了，能后悔死！"

曹大水说："得死好几个来回，死去活来，活了再死！"

颜子义道："那时他们会想，早知有今天，当初花多少钱都应该买保险。"

曹秀英说："那就想办法叫他提前知道车祸的厉害。"学历低不等于智商低，再加上没有喝酒，曹秀英头脑清醒、思路清晰。

"怎么叫？"因为曹秀英在厕所里打个瞌睡就想出了对付狗的办法，不打瞌睡想必思考能力更强，颜子义等着老婆支招。

曹秀英没有现成的答案，但对想出办法有信心："办法是人想出来的！"

成功者找方法，失败者找理由。颜子义沿着曹秀英指引的思路思考，漆黑的大脑里雷鸣电闪，灵感的火花飞溅，他想出了办法。"我让他见识见识车祸！"颜子义咬牙切齿地说。

曹大水一愣，碰翻了酒盅，酒盅从桌面滚落到地上，破碎的声音很清脆。曹大水缓过神，建议："制造个小车祸！车灯坏了，人没事。"

曹秀英问："都醉了？"

<h1 style="text-align:center">十七</h1>

颜小芹徒步前往海马歌厅，她没有搭出租车，搭出租车需要钱。因为出门耽误了时间，颜小芹到达海马歌厅五号包厢时，大约迟到了半小时。

曹明霞站起来，她身穿黑色连衣裙，领子开口不大，像个职业经理人，她瞋了颜小芹一眼，然后向大家介绍："颜小芹，我助理。"

大家站起来跟颜小芹打招呼。颜小芹微笑点头，随后按照曹明霞手势的指引，坐在她身边的沙发上。面前长方形的茶几上，堆着许多花花绿绿的小食品，摆满半斤装的啤酒，其中喝空的啤酒瓶已有十几个。

"哟！都有助理了！开什么公司？"李婷婷问曹明霞。

曹明霞谦逊地说："一家小公司。"

颜小芹说："上海天志文化传播有限公司。"

颜小芹看上去不像是说谎的人，不像说谎的人说谎更具有欺骗性。

"哇！"李婷婷叫道，"明霞，你可真行！都开公司了，也不说一声。看你开一辆新车回来，我心想做什么生意挣这么多钱？想问没好意思问，生怕你是做'小姐'的，问了伤自尊。"

大家笑起来，曹明霞也笑，颜小芹没笑，她笑不出来。

"安国，轮到你了，秀一个！"曹明霞把大家的注意力转移到唱歌上。

安国为难地说："我唱歌真不怎么样……"

曹明霞说："过分谦虚就是骄傲！"

赵凯鼓励道："唱吧，唱自己的歌，让别人呕吐去吧！"

安国无奈点唱一首《爱是你我》：

> 爱是你我
>
> 用心交织的生活
>
> 爱是你和我
>
> 在患难之中不变的承诺
>
> 爱是你的手
>
> 把我的伤痛抚摸……

安国一开口，歌惊四座，尽管他有言在先，还是让大家感到意外，他唱的歌也太离谱了，当唱到"这世界我来了，任凭风暴旋涡"时，安国发出的声音就像是脖子被绳子勒住了，勒断气了。大家面面相觑，最后忍不住都笑起来。安国放下话筒，木讷地说："起头高了。"

大家鼓掌安慰。曹明霞脸上露出形似灿烂的笑容，但就像蜡做的花，形象逼真，然而没有花香，曹明霞看似逼真的职业化笑容与心情没有必然联系。安国的表现没有让她失望：如果"高富帅"再能歌善舞，成了偶像派歌星，那就没自己什么事了。曹明霞拿起两瓶啤酒，递一瓶给安国说："歌声……很响亮，再飙高点就是海豚音！"她跟安国碰了一下瓶子，各喝一口。

"小芹，秀一下！"曹明霞放下啤酒瓶，向颜小芹扬一下下巴。

颜小芹说："曹总，你唱一个。"

曹明霞虎着脸说："叫什么曹总？上班的时候叫曹总，下班之后叫姐，说过多少次了，还叫！"

颜小芹点头："我点一首《我是一只小小鸟》。"

曹明霞在电脑上搜索出《我是一只小小鸟》，按一下确认键，包厢里响起《我是一只小小鸟》的音乐旋律。颜小芹坐着，双手抱着话筒唱：

> 有时候我觉得自己像一只小小鸟
> 想要飞却怎么样也飞不高
> 也许有一天我栖上了枝头却成为猎人的目标
> 我飞上了青天才发现自己从此无依无靠

颜小芹用心在唱，开始，她意识到听众的存在，渐渐旁若无人，身心化入歌的境界，每一声鸟啼都是鸟的心曲，仿佛她就是那只向世界诉说的小小鸟，长歌当哭，是内心的无奈与渴望：

> 每次到了夜深人静的时候我总是睡不着
> 我怀疑是不是只有我的明天没有变得更好
> 未来会怎样究竟有谁会知道
> 幸福是否只是一种传说我永远都找不到
>
> 我是一只小小小小鸟
> 想要飞呀飞却怎么样也飞不高
> 我寻寻觅觅寻寻觅觅一个温暖的怀抱
> 这样的要求算不算太高

所有知道我的名字的人呐你们都好不好

世界是如此的小我们注定无处可逃

当我尝尽人情冷暖当决定为了你的理想燃烧

生活的压力与生命的尊严哪一个重要

……

　　李婷婷的情绪受到感染，把头伏在赵凯胸前，为自己寻找到一个温暖的怀抱而欣慰。曹明霞眼里闪着灼灼的光芒。安国双手交叉抱胸审视着颜小芹，像评委。歌罢，包厢静寂无声，大家沉浸在歌与歌者营造的氛围中，随即掌声响起。曹明霞情不自禁，往小芹的肩上猛拍一下："你天生就是吃这碗饭的！……你应该改行当歌星！"

　　李婷婷说："现在有好多选秀节目，你不妨去试试。"

　　颜小芹苦笑一下，她不认为自己有这个实力。

　　每人都唱了一首歌，歌如其人，大家就像彼此了解似的，气氛轻松起来，唱歌喝酒放松了许多。快乐的时光转眼即逝，两个小时的时间快到了，曹明霞按计划提前出包厢到前台埋单，今天她请客。

　　颜小芹按计划行事，对安国说："曹总平时骄傲得像只大公鸡，有好多'高富帅'追她，她都不搭理，我觉得她对你挺好的。"

　　安国笑笑，笑而不语。

　　赵凯说："安国身边美女多得像一群蝴蝶！"

　　安国脸上露出轻蔑，用调侃的语气说："一群小小的黑蝴蝶！"

颜小芹敏锐地意识到安国所谓的"一群小小的黑蝴蝶"暗指苍蝇，这让她很反感，但这句话透出的信息，又让她为明霞姐感到欣慰：安国身边没有满意的美女。

"周围一群小小黑蝴蝶，中间是什么？"颜小芹的潜台词自然是指"狗屎"。她没有嫁给"高富帅"的企图和奢望，无欲则刚，她不需要讨好他。

安国明白颜小芹的潜台词，也感觉到了她的反感情绪："那我就是臭狗屎！"安国调侃自己相当于认错，也是给自己一个台阶下。

颜小芹一笑，算是谅解，她想到了自己的使命。"过几天曹总就要回上海了，她的手机号码是……"她停顿一下，给安国留出记录手机号码的时间。

安国不慌不忙地打开小皮包，从中拿出一张名片递给颜小芹。他的这个举动，给颜小芹的感觉是傲慢，颜小芹指了指面前的茶几："放这儿，待会我转给曹总。"

安国看了颜小芹一眼，他把名片放在颜小芹指定的位置，又拿出一张名片呈给颜小芹："欢迎骚扰！"颜小芹接过名片，和安国放在茶几上的第一张名片摆放在一起。

颜小芹的傲慢刺激了安国，他突然萌生一种征服的欲望。"可以给我一个联系方式吗？"

"我没有名片。"

"那就给我个电话号码吧！"

颜小芹迟疑了一下，再拒绝就失礼了，她报出了自己的手机号。

赵凯和李婷婷好像什么都没听到，什么都没看见，赵凯走到电脑旁，点唱了一首《情场如战场》。

曹明霞回到包厢，大家不由自主地都盯着她看，没人说话，氛围有些诡谲。曹明霞明白，颜小芹按计划行事，把要紧的话说了。

"时间到了，加不加钟？"曹明霞问大家。

没有人要求加钟。见好就收，天下没有不散的筵席，曹明霞果断地一挥手说："撤！"

颜小芹把茶几上安国的名片拿起来递给曹明霞，把另一张揣在裤兜里。曹明霞以主人的身份送客，她亲自招呼出租车，李婷婷、赵凯上了第一辆出租车，第二辆出租车停在众人面前，出租车司机是个女的。曹明霞请安国上车。

"我先走！"颜小芹抢先上了出租车，她要给明霞姐与安国创造一个独处的机会。

曹明霞和安国望着出租车远去直到消失，彼此都有些失落。

"我想走走。"曹明霞说。

曹明霞和安国走在小城的街道上，好久，谁也没有说话。

"我哥重男轻女，嫂子生了，是个侄儿！"曹明霞率先打破沉默，随便找个话题说。

安国随便地问了一句："你侄儿是男的还是女的？"

曹明霞故弄玄虚："你猜！"

安国故作思考状："女的！"

曹明霞骄傲地说："错！男的。"

十八

太阳冉冉升起，颜子义像太阳一样准时，升起在于家大门旁。

入职培训时，培训师就讲过，做保险就是改变人的观念，观念改变了就会买保单，观念落后的人就像蒙在鼓里，改变观念需要耐心。颜子义不和蒙在鼓里的人一般见识。

大小铁门都没开，颜子义在铁门外徘徊，不时地把脸贴在铁门上，用一只眼从门缝中向院内窥视。狼狗赛虎其实早就知道，懒得理睬他。颜子义突然警觉起来，他听到了动静，他从门缝中窥视到于得贵和黄春花走出客厅。机不可失，他迅速从塑料包里掏出一个黑色的铅球大小的球状物，退后几步，用力地掷了出去，由于用力过猛脚下失重差一点摔倒。于氏夫妇眼见一黑色球状物飞进院子，像躲避炸弹一样返身冲回客厅，卧倒在地，黄春花双手紧捂着耳朵，好久没听到爆炸声，夫妇俩爬起来，小心翼翼地从客厅探出头，仔细观察陨落在院中的球状物。

黄春花说："这是个什么不明飞行物？"

于得贵看不出来，摇摇头。

黄春花说："会不会是我们不买保险，颜子义怀恨在心，气急败坏了，扔进来一颗定时炸弹？"

于得贵说："不可能！颜子义又不是恐怖分子，他到哪去弄定时炸弹？"说罢往门外走，他想看个究竟。

"别动！"黄春花一把抓住于得贵的后衣领："这年头小心不为过。用东西砸它一下，看会发生什么事。"

于得贵以为有理，点一下头。黄春花进了洗漱间，拿来三个洗发水空塑料瓶，递给于得贵。于得贵向不明飞行物投掷洗发水瓶，前两个投偏了，第三个洗发水瓶命中球状物。球状物滚动几圈静止下来。于得贵直起身，大胆地走向球状物。黄春花站在门旁没动——没必要夫妻俩一起冒险。于得贵捡起球状物，掂了掂，分量很轻，初步排除炸弹的可能性，他打开外面包裹着的黑色塑料纸，里面是报纸，小心翼翼地打开报纸，里面是一张光盘。

颜子义从铁门缝中窥见于得贵发现了光盘，松一口气，喊道："看看吧！好好看看！"喊完，像了结一桩心愿转身离去。

于得贵和黄春花四目相对，一脸困惑，黄春花突然觉悟似的："该不会是偷窥我们那个的……黄色录像吧？"她两手来回比画着，暗示于得贵。

于得贵转身回到客厅，黄春花紧随其后，夫妻俩连滚带爬匆匆上楼。黄春花手忙脚乱地打开DVD机，于得贵把光盘放进去。两人绷紧了神经，站着看DVD。DVD机播放着几组惊险血腥的车祸场景。

——光盘是交通安全宣传资料。

夫妻俩松了一口气。黄春花不耐烦地说："关掉关掉！"

于得贵关了DVD。

黄春花说："我当是颜子义偷窥我们那个的录像，拿来讹诈我们的呢！"

于得贵说："警匪片看多了！"

黄春花说："颜子义吓唬我们，想叫我们买保险。"

于得贵说："要不，就买份保险吧，也不是坏事。"

黄春花瞪了于得贵一眼："你就是个窝囊废！原本要化狼为狗，结果呢？反过来投降了，你丢不丢人？"

于得贵向黄春花翻了一个白眼，下楼，他懒得与她争论，他要上班。

十九

手机响了，颜小芹从梦中醒来，摸起枕边的手机，睁开惺忪的睡眼，按一下接听键，懒懒地问："谁呀？"

"还睡！活着的时候尽量少睡，死后有的是睡觉时间。"手机中传出曹明霞的声音。"你二十分钟后下楼，我开车接你！"

颜小芹起床，拿起笔，在床头的白纸上写了四个字：第十九天。

曹明霞与颜小芹来到公园，在水边的一个长椅上坐下。

"跟安国进展到哪一步啦？"颜小芹问。

曹明霞一声叹息："他把姐抛弃了……姐失恋了，失恋到半夜！要不是电视剧难看，说不定失恋到下半夜。你说姐哪点配不上他？瞎了他的狗眼！前几天鬼迷心窍了，我怎么会看上一个冷血动物？——瞎了我的狗眼！'高富帅'怎么啦？见多了！全是流氓，臭流氓！"

颜小芹安慰道："明霞姐，想开点，天涯何处无'流氓'！"

曹明霞又一声叹息："这个世界上最难以自拔的除了牙齿，就是爱情！姐跟林黛玉一样的，是个痴情人，多愁善感。"

颜小芹说："我听说分手后的思念不叫思念，叫犯贱。林黛玉多愁善感，就是因为她天天不干活！——找点活干干，就没事了。"

曹明霞道："现在没事了，他长什么样我都忘了。就像做了个梦，梦醒了，梦里的事想不起来了。那天听了你的歌，姐想哭，你唱歌很感人，到上海一定能唱红，成不了一流的也能成二流的，成不了二流的也能成下流的！"

颜小芹一脸尴尬。

曹明霞意识到说溜了嘴，补充道："姐是把你放到全中国、全世界歌坛上说的，在我们歌厅，你绝对是超一流的！"

颜小芹摇摇头。

"小芹，你我除了这点资本，还有什么？你要不是我妹，我推荐你那是脑子进水了！你会抢我的风头，你会成老板的红人，小姐妹们会拍你马屁、看你脸色行事，你会取代我，可转念一想，老板喜新厌旧，你不取代我，别人也会取代我，与其叫别人取代，不如让你取代！你成了老板的红人，还能罩着姐点。"曹明霞的脸上有几分凄凉的表情，好像这一切已经发生了。

颜小芹道："别拿我开心！我没那个能耐。"

曹明霞坚定地说："绝对有！姐在家没什么事了，准备明天回上海，跟姐一起走吧。"

颜小芹道："我跟老爸约定一个月，今天是第十九天！"

曹明霞说："管它呢！先斩后奏！"

颜小芹摇摇头："我爸最讨厌说话不算数了，反正没几天了。"

曹明霞想了一会儿说："姐给你支个招，要是管用，明天跟姐一起走！"

二十

晚餐后，颜子义站在墙壁上的地图前出神。

颜小芹在身后对老爸说："老爸，已经过去十九天了，还有十一天……"

"还有十二天，这个月有31号！"颜子义纠正。

"十二天卖十份保险，想都别想，还是算了吧！"颜小芹奉劝老爸。

颜子义头也不回，尽管心里着急，表面上还算平静。

"别说这些话，叫你爸烦心！"曹秀英斥责颜小芹。

颜小芹抓住母亲的手，拉进自己的房间，关上门，让母亲坐在床沿，她看着母亲，几番欲言又止。

"有什么话，想说就说！"曹秀英道。

颜小芹问："妈，今年你多少岁？"

曹秀英想了想，有几分怅惘："一眨眼工夫四十七八了！一辈子的二分之一就这么过去了！"

颜小芹知道老妈心态好，但没想到有这么好。"妈，我知道你乐观，可是，你脸上的皱纹比十年前多了。"

曹秀英说："你都这么大了，我脸上还能不长皱纹！"

颜小芹说："妈，我说了你可别生气，保险公司里有不少'资深美女'，比你有魅力。"

"什么美女？"

"资深美女！——就是漂亮大妈！"

曹秀英不明白女儿的意思："怎么啦？"

颜小芹循循善诱："妈，你说老爸有没有男子汉气概？"

"怎么没有？"

"像我爸这样的，最讨漂亮大妈喜欢！"

曹秀英脸上露出得意的表情。

"妈……跟你直说了吧！有人告诉我，有个单身的漂亮大妈，对我爸有意思，有机会就向我爸抛媚眼。"说罢，示范性地抛了一个媚眼。

曹秀英想了想，摇摇头："不可能！你爸不是这种人。"

颜小芹说："我知道我爸不是这种人，可古人说了：'英雄难过美人关。'妈，好好掂量掂量，不能眼睁睁看着老爸给狐狸精拉下水，抢走了！"

曹秀英表情沉重，心烦意乱。

"妈，你可不能跟我爸说，这事是我告诉你的。不然，以后不跟你说悄悄话了！"

曹秀英出颜小芹的房间，见颜子义依旧站在地图前，她咳嗽一声，颜子义回过头，她盯着颜子义，审视良久，越看越觉得可疑："做什么亏心事啦？一看你这样子，就知道你心里有鬼！"

"我心里哪来的鬼？"

"保险公司的鬼！单身女鬼！我问你，是不是有个寡妇在勾引你？"

"没影的事！"

"无风不起浪！想过安稳日子，保险咱不做了！"

"那不行！"

"你还真想跟我离婚？！"

"我生是你的人，死是你的鬼，生死在一起！"

"那你想在外面包二奶？"

"包什么二奶！"

"别装糊涂！有人都告诉我了，你跟一个小寡妇眉来眼去。"

"这……这是陷害！我要跟他对质！"颜子义怒不可遏。

曹秀英吆喝："小芹，出来！"

颜小芹打开房间门："什么事？"

曹秀英对颜子义说："是小芹说的，亲闺女还能害你？！"

颜小芹耷拉下眼皮："妈，我跟你说着玩的……"说完"啪"地带上门。

曹秀英发怒道："这种事也能说着玩？！"

颜子义冷着脸说："跟明霞学坏了！这事准是明霞教唆的，她想通过散布谣言，制造内部矛盾，干扰我做保险，达到把小芹带走的险恶目的，无论如何不能让她的阴谋得逞！"

二十一

新的一天开始了！

天刚亮，电闪雷鸣，暴雨倾盆。

床上，于得贵夫妇都睁开眼睛，黄春花扭头看了看于得贵，用抒情的口吻说："下大雨了！下雨真好！"

于得贵懒懒地说："下就下呗。"

黄春花道："下雨真好！"

于得贵问："好什么好？"

黄春花说："颜子义今天总不会再来吧？"

于得贵说："我有种不祥的预感……"

黄春花说："不——会吧？"

于得贵翻身下床，右手撩起窗帘向院门前张望：院门前，颜子义打着一把黑色的雨伞，提着一条坏腿，金鸡独立地站在雨中。于得贵放下撩起的窗帘，像被打败了一样："下雨了，也不放天假！"

"我都不想活了！"黄春花说罢，拉起被子往头上一蒙。

打盹当不了死！躲在被窝里，终究解决不了问题。过了一会儿，夫妻俩忍不住都站在窗边，于得贵撩起窗帘，两个人望着院门外，他们希望颜子义离开，但颜子义的行为不以他们的意志为转移，他挺立在雨中，像一棵松。

于得贵心软了："一个残疾人，养家糊口不容易！"

黄春花退缩了："祸到临头了，装死也不是办法。这件事不作个了断，他是不会放过我们的，哪天才有个出头之日？不如给他点钱，叫他以后别再来了。"

于得贵表示认同："咱就当是买过路费啰！"

于得贵拿起钱包，钱包里有一沓子钞票，该给颜子义多少？于得贵开始揣摩颜子义的价值和他的心理价位，最后从一沓子钞票中抽出三张，撑着一把绿色的雨伞，走出客厅，打开小铁门，出了院子。赛虎跟在主人身后。

颜子义见于得贵出来，面露喜色，问于得贵："光盘看了？"

于得贵点头说："看了。"

颜子义道："知道车祸厉害了吧？"

于得贵说："知道了！"

颜子义长长地舒一口气，仿佛大功告成："那就好了！"

于得贵问："老颜，你卖一份保险能赚多少钱？"

颜子义说："不知道。你是第一份。"

于得贵觉得颜子义很惨，掏出300元钱递给颜子义。

颜子义问："买三百块钱保险？"

于得贵摇摇头："不是买保险，这是给你的，你辛苦了，以后别再来了，啊？"

颜子义听明白了，感觉受了污辱，他怒视着于得贵。

于得贵有些紧张，连忙又掏出二百："五百！五百总行了吧？"说罢把500元钱塞到颜子义外衣口袋里。

颜子义气得浑身哆嗦："你……你把我看成什么人了？！"说罢，把500元钱从衣袋里掏出来，掷在地上，转过身往回走。雨中，路滑，腿瘸，颜子义跟跟跄跄，三步一个跟头，咣当！五步一个跟头，咣当！摔将远去。

于得贵与赛虎共同凝望着颜子义远去的背影。

于得贵回到客厅，黄春花问："处理好了？"

于得贵摇摇头："他是敬酒不吃吃罚酒！不动用绝招，看来不行。"

二十二

雨还在下。

于得贵开车到派出所门前，踩了一脚刹车，把车停下来，他莫名其妙地感到有些畏惧。派出所大门一侧有一幅醒目的标语：有困难找人民警察！仿佛是受到标语的鼓励，他松了刹车，把车开进派出所。

办公室内，录口供的警察一男一女：罗警官和姚警官，两位警官并排地坐在办公桌一侧，于得贵坐在办公桌另一侧的小木凳上。

姚警官打开一个文件夹，她负责记录。

罗警官负责提问："什么事？"

于得贵说："报案！请问你贵姓？"

罗警官说："罗。"

于得贵问姚警官："你贵姓？"

姚警官答："姚。"

于得贵说："我怎么不认识你俩？"

罗警官不冷不热地回答："你要是经常来报案就认识了。"

于得贵问："你们是新来的吧？"

于得贵讲话的口气像领导对部下，这令两位警官不爽，罗警官说："与案件无关的事不要多问！"

于得贵感觉到罗警官的话生硬，于是说："我跟你们李所长很熟。"

罗警官说："我跟李所长比你更熟！姓名？！"

于得贵感觉有些无趣，讪讪回答："于得贵。"

罗警官继续提问："年龄，家庭住址，单位，职务！"

于得贵一一回答，当介绍到自己的职务是总经理时加重了语气，同时观察罗警官的表情，他没有看到他希望看到的诸如羡慕、惊讶或崇拜的表情，作记录的姚警官头也没抬，他的财富现在显得很苍白，于得贵感到泄气、无奈。

罗警官问："报什么案？"

于得贵想到了此行的目的："是这样：有个老头天天到我家推销保险。"

姚警官作完记录，迟迟听不到于得贵有下文，抬起头看着于得贵。

罗警官提醒于得贵："你只管说！"

"他是个瘸子！"

"这个特征很重要，继续。"

"他天天到我家推销保险。"

"他具体在什么时间、地点，实施了什么作案行为。"

于得贵强调："他天天到我家推销保险！"

罗警官有些不耐烦："不要来往重复这一句话！"

于得贵看着罗警官："就是天天到我家推销保险……"

姚警官放下手中的钢笔，和风细雨式地开导于得贵："不管有什么羞于启齿的难言之隐，既然来报案，就得实话实说，该保密的我们一定保密，不要有任何思想负担和顾虑。"

于得贵看着姚警官，欲言又止。

罗警官问："你几个孩子？"

于得贵："一个。"

"男的女的？"

"男的，上大学了。"

罗警官推断："这么说，是他对你妻子非礼？"

于得贵连忙否认："不是！"

罗警官继续推断："是两相情愿？"

于得贵一脸愤怒。

罗警官安抚于得贵："不要激动。将心比心，遇到这种事，谁心里都窝火，慢慢说。"

于得贵怒视着罗警官："别扯淡！想哪去了？！那个瘸子叫颜子义，天天到我们家推销保险，骚扰我们！"

于得贵的恶劣态度让两位警官反感，以这种态度报案的人很少见。两位警官彼此对视了一眼，有几分默契。

罗警官脸色一沉，把后背靠到椅背上，双手交叉放在胸前，用公事公办的腔调问："请问，他是怎么骚扰你的？"

于得贵提高声音："他天天到我家推销保险，你说烦不烦人？！"

罗警官质问："就为这事报案？！"

于得贵点头："是的！"

罗警官说："你要是不愿买，跟他说清楚，让他走，难道还需要警察替你驱赶一个卖保险的？你当警察是你家门卫？！"

于得贵分辩："问题是他不走，放狼狗咬他，他还来！"

罗警官调整坐姿，威严地审视着于得贵，手指头指着于得贵的脑袋："你竟敢放狗咬人？咬得怎么样？老实交代！"

"颜子义跑得很快，没咬着。"

"一个瘸子能比狼狗跑得快？老实点！"

"我吹一声口哨，狗就跑回来了。"

罗警官提高音量："说实话！"

于得贵说："我说的是实话！"

罗警官提醒："作伪证是要负法律责任的！我们的政策是'坦白从宽，抗拒从严'。知道吗？"

于得贵一脸苦相："知道！我说的句句是实话！"

罗警官说："是不是实话，我们会调查清楚的！有养狗证吗？"

于得贵低低地说："……没有。"

罗警官步步紧逼："为什么不办养狗证？"

"……忙。"

"哪条法律条文规定，忙就可以不办养狗证？"

于得贵耷拉下眼睑。

罗警官说："给你一个星期时间把养狗证办好，否则依法处理！"

狼狗赛虎在黄春花心目中的地位仅次于儿子，于得贵本不爱犬，但爱屋及乌。"一定照办！"

次要问题解决了，姚警官把话转入正题："人家卖保险，你凭什么说是骚扰？"

于得贵以咨询的口气问："天天到我家门外卖保险，还不算是骚扰？"

罗警官说："全人类都在你家门外卖东西，要起诉你应该起诉全人类！"继而语重心长地说："总经理不是总理，法律法规不是由你制定的。连国家都号召发展保险事业，到你这儿怎么就成骚扰了？"

于得贵不能回答，他擦了擦额头上渗出的亮晶晶的汗水。

姚警官说："到这里来报案的应该是颜子义。一个残疾人到你家推销保险，这是好事！你不买也就算了，放狼狗咬人，还到派出所报案，太离谱了！"

罗警官说："推销保险又不是推销海洛因，报个什么案？该干吗干吗去！"罗警官向于得贵扬了一下手。

于得贵如释重负，连忙站起来，向两位警官深深地鞠了一躬，匆匆离去，好像稍有迟缓就会被扣押起来一样。

出了派出所，于得贵开车去公司，坐在办公室里，回顾报案的经过，越想越郁闷。他找几个中层主管谈话，准确地说是轮训，轮训一个上午，心里舒服了许多，又感觉喉咙不舒适，中午没应酬，于得贵开车回家。

于得贵和黄春花分坐在餐桌两旁，于得贵扫一眼餐桌上的菜，对黄春花说："喝二两！"

黄春花拿了一瓶酒，一个酒杯放在于得贵面前，问："那个'绝招'效果怎样？"

提到"绝招"，于得贵情绪激动，他边喝酒边骂骂咧咧地向黄春花介绍到派出所报案的经过，最后发牢骚："派出所墙上有条标语：有麻烦找人民警察。不找还好，找了更麻烦！旧麻烦没解决，又增添新麻烦：一周内必须把养狗证办好，不然依法处死。"

黄春花讥讽道："天天装大尾巴狼！昨天出奇招，今天出绝招，结果灰头土脸给警察轰出来了。"

于得贵自斟自饮，一杯接一杯，就像破罐子破摔，堕落了一样。

外面传来敲门声，黄春花露出机警的神情，于得贵一脸惶恐，好像受过惊吓，草木皆兵。

"大舅！——大舅！——"

于得贵神经松弛下来："是外甥小虎。"

黄春花说："我看到他比看到颜子义还烦，不务正业，满嘴谎话！三天两头来借钱。"

二十三

早饭后，颜子义挟着黑塑料包要出门，曹秀英问："还去？"

颜子义说："我感觉他们的防线要崩溃，今夜我做了个梦，梦见他们买了保单。我的梦一向很灵！"

曹秀英点头，她支持他唯一的做法，就是对他的言行表示认同。

颜子义一步一拜地走在前往于得贵家的路上。

于得贵的外甥吉小虎戴头盔、墨镜，开摩托车，不即不离地跟踪着颜子义。吉小虎前后观察了一番，路上前无行人，后无来者，他一加油门，然后一个急刹车，摩托车冲到颜子义前面横在路中间。吉小虎把摩托车支起来，从摩托车后座拿出一根一米多长的木棍。

颜子义四顾无人，以为吉小虎要打劫："青天白日，和谐社会，你敢打劫？！"

吉小虎笑道："打劫？你有几个钱？"

颜子义本能地夹紧胳肢窝下的塑料包，不自觉地拍了拍左边衣服口袋。口袋里的50个硬币发出哗哗的声音。"有多少钱非得告诉你？"

"我敢肯定，你那破包里掏不出一百块钱！"

"工作证、文件比钱还重要！"

"别恶心人！我不要你那点东西！"

"不要滚蛋！要也不给！"

"滚蛋？想得美！今天我要给你点颜色看看！"

"我跟你有冤还是有仇？"

"自己干的好事，自己不清楚？"

"我告诉你，不要以为戴个乌龟壳、黑眼镜，我就认不得你！"

吉小虎用大拇指指了指自己的鼻子："老子是谁？"

颜子义说不出他的姓名。

吉小虎见颜子义说不出，骂道："瘸老头，还跟我耍心眼！"说罢，在颜子义面前耍了一套少林棍术，意在震慑。

颜子义意识到打斗不可避免，决定先下手为强。"我让你看看我包里到底是什么……"边说边打开塑料包往吉小虎面前凑。

吉小虎好奇地把目光投向颜子义的塑料包。颜子义挨近吉小虎时突然出手抢夺吉小虎的木棍。吉小虎对颜子义主动出击缺乏心理准备，被动应战，与颜子义抢夺木棍。颜子义伺机用头往吉小虎的面部猛一撞。吉小虎猝不及防，鼻子受到重创，疼痛难忍，松开手，退后十余步。

　　吉小虎的两个鼻孔流出两股血来，他摸了摸鼻孔下方，摸了一手血，他愤怒了，握紧双拳，咳咳地吼叫着表演了一套花拳绣腿。

　　吉小虎的拳术明显带着广播体操"冲拳运动"的痕迹，如黔驴"蹄之"，效果适得其反。颜子义看出了破绽，士气大增，双手握棍，怒目圆睁。

　　吉小虎见颜子义一副决一死战的阵势，不免心虚，心生退意，可摩托车在颜子义身后，欲罢不能。

　　颜子义见吉小虎胆怯，斗志更加旺盛。

　　吉小虎不敢贸然向颜子义靠近，忖度良久，他握着双拳，颠着碎步，或左或右，进攻风格从中国武术骤然变成西洋拳击。吉小虎绕着颜子义转悠，寻找可乘之机。

　　颜子义以好腿为圆心，以坏腿为半径，调整应对姿势，以静制动。顺时针移动时向前进，逆时针移动时向后退。

　　吉小虎发现颜子义顺时针移动时灵活，逆时针移动时笨拙，于是绕着颜子义逆时针方向迅速机动。

　　颜子义调整应对姿势腿忙脚乱，仰面朝天摔倒在地。

　　吉小虎趁机冲到颜子义面前。

　　颜子义就地一滚，翻身爬起，此时吉小虎已冲到面前，颜子义抢木棍向吉小虎扫去，这一棍结结实实地扫在吉小虎臀部。

　　吉小虎痛得龇牙咧嘴，恼羞成怒，往颜子义的坏腿上踹了一脚，将颜子义踹翻在地，随即又往颜子义的坏腿上补踹一脚。

　　颜子义挣扎着，想爬起再战，但努力几次都没成功。

　　吉小虎看着地上的颜子义，感到解恨，做贼心虚地察看道路两端，路上无人。他发动起摩托车，加大油门，摩托车轰鸣着，两个排气管青烟直冒，由近而远，绝尘而去。

　　颜子义的左腿被吉小虎连踹两脚，疼痛难忍，他试探着以木棍为拐，站起来，走了几步，额头上渗出汗水，痛得浑身发抖，他支撑不住，摔倒在地，他拿起手机拨通一个电话："大水！大水快来……"曹大水骑自行车赶来，用自行车把颜子义带到区人民医院。

　　颜子义以为打个止痛针，贴一帖膏药即可，他不想让妻女知道，免得她们操心，但医师初步诊断，左小腿骨折，需要住院，住院需要钱，颜子义隐瞒不了了，心里很难过，因为家里没有住院需要的钱，让亲人为难，他感到愧疚、自责，缺乏给亲人打电话的勇气。曹大水自作主张给颜小芹、曹秀英打了电话，简要介绍发生的事，嘱咐赶快带一万元押金来医院。

　　曹秀英带上家里的一张银联卡，颜小芹拎上她墨绿色的挎包，母女俩匆匆出门，到距家比较近的农业银行取钱。曹秀英把银联卡给了颜小芹，颜小芹从自动取款机上取款，共3300元，比颜小芹想象的少得多。颜小芹从钱包里掏出自己的银联卡，她的卡上有1500多元，两张卡上的钱一共4800元。颜小芹拿着钱的手在颤抖，眼泪唰地流出来，全家的积蓄不够住院需要的押金。

　　"还傻着干什么？走！"曹明霞催促颜小芹。

　　"钱不够……"颜小芹说话的声音发抖。

　　曹秀英不由得心头一紧，继而镇静下来："没事，向你大舅借点，你大舅没钱就向你表哥借，天无绝人之路！"

　　母亲的话提醒了颜小芹，她想到了曹明霞，她感到难为情，面对现实，脸面是次要的，所谓"君子不得志，何事不可为"，她给曹明霞打电话，要借6000元钱。曹明霞闻讯驱车迅速赶到颜小芹母女所在的银行，取了一万元递给颜小芹。颜小芹看着曹明霞，嘴唇动着，感激之情无以言表。

　　"走！我送你们去医院，再看看姑父！"曹明霞说。

　　曹秀英迟疑片刻说："明霞，你姑父知道你要把小芹带走，心里怨恨你，你这会去看他，他心里能急得冒火。他跟小芹约好一个月期限，没几天了，他卖不到十个单，输了，就怨不得你。"

　　曹明霞像被兜头浇了一盆冷水，她苦涩地笑笑，对颜小芹说："小芹，姐回上海了，今天就走！"

　　颜小芹用力地点头，紧紧拥抱曹明霞。曹明霞拍了拍颜小芹的肩，什么也没说，一切尽在不言之中，她转过身，头也不回，上了车，驱车远去。

　　母女俩匆匆赶到医院，在急诊室找到颜子义，颜小芹放声大哭，曹秀英拉着颜子义的手无语哽咽。颜子义安慰妻女："没事，我估计用酒精棉擦擦，贴两帖膏药就好了。"

　　曹秀英对小芹说："把钱给你大舅。"

　　挂号、诊断、付款、X光透视，办理入院手续，各个环节流程曹大水一清二楚，轻车熟路，有条不紊。20年前，曹大水开车压断颜子义左腿送医院抢救就做过这些事。

　　颜子义入住外科病房，他的左小腿已用石膏和夹板固定。当护士给他挂上吊瓶离开，曹秀英拉起颜子义的手，终于抑制不住，泪如泉涌："子义……"

　　颜小芹看着脸色蜡黄憔悴的父亲，咬牙切齿地说："爸爸！我一定要赚很多很多钱……"

　　颜子义慈爱地看着女儿，目光如水，仿佛担心目光伤着女儿，他安慰小芹："医生说是轻微骨折，又是坏腿，反正已经瘸了，还能怎样？不是大事。"

　　曹大水木然地站在病床边，此情此景仿佛是20年前的情景再现，曹大水感慨万千而又无可名状，他摇晃着紧握的双拳咬牙切齿地说："小芹，不要哭，要坚强，要化悲痛为力量！眼下最要紧的是追拿凶手，报仇雪恨！走！跟大舅到派出所报案。"

二十四

于得贵起床，走到窗边，撩开窗帘向下望：大门的一旁是一条狗，另一旁空荡荡的。"哎呀！颜子义没来！"

黄春花悠悠地说："小虎说，踹了他几十脚，他哭爹叫娘，跪地求饶，还敢再来？"

于得贵心中说不清是解脱还是失落，无精打采地回到床边。"这事做得不上路！"

"是他逼的！"

于得贵瞪了她一眼，没好气地说："别说这种话！"

黄春花没再吱声，她心中也有些内疚。接下来，于得贵和黄春花好久谁也没说话，神情都像害病。

"其实，老同学这人不坏。"通过一番回顾，于得贵这样评价。

黄春花说："乍看他走路，一瘸一拐，怎么看都不顺眼；现在看他走路，一拐一拐，觉得满有意思的。"

于得贵说："手机一响，我就想到老同学了。"

黄春花说："电话一响，我就想起老同学了。"

于得贵说："我一睡醒就想起老同学了。"

黄春花说："我做梦都梦到老同学了。"

于得贵和黄春花并排坐着，黄春花锁着眉意入"黄泉"，于得贵抱着胸脯像个思想家。突然传来敲门声。

"老同学？！"于得贵眼前一亮，起身为老同学开门。

于得贵打开小铁门，笑脸骤变成惊恐：大门外，站着罗警官和姚警官，门旁停着一辆警车。半晌，于得贵才缓过劲，脸上挤出笑容，笑得像哭："请进！"

罗警官、姚警官进了于家客厅。黄春花连忙站起来，不知所措。罗警官、姚警官没有理会黄春花，不请自坐，并排坐在沙发上。姚警官打开文件夹准备作记录。"请坐！"罗警官手心向下，向于氏夫妇打了个手势，仿佛他是这里的主人。

于得贵搬了两个凳子，夫妇俩恭恭敬敬坐在凳子上。于得贵把两手放在腿上，黄春花见了也把双手放在腿上，于是夫妇俩自觉定位成受审状态。

罗警官问："最近，我们这个区发生一起抢劫伤人案，作案地点离你家很近，受害人就是颜子义。我们正在做排查工作，希望你们能够提供有价值的线索。"

黄春花忙说："不是我们作的案！"

罗警官说："根据受害人女儿颜小芹的描述，犯罪嫌疑人约20岁，男性。因此，可以排除你们直接作案的可能性。"

黄春花说："不是我们指使的！"

于得贵问："……伤得怎样？"

罗警官说："小腿骨折。现在区人民医院住院。"

黄春花说："这事跟我们无关！"

罗警官扫了于氏夫妇一眼："其实，这件事情不复杂，对我们来说，破案很简单，但对于作案人及其幕后操纵者来说，主动投案自首跟缉拿归案，在量刑上有很大差别。"

于氏夫妇都耷拉下眼皮。罗警官、姚警官彼此会心地看一眼。罗警官说："我们的政策是坦白从宽，抗拒从严。我们给犯罪嫌疑人一个主动自首的机会，但是不能超过今天晚上。走！"
说罢，罗警官站起身，姚警官合上文件夹，站起身。

"欢迎再次光临！"于得贵送客心切连忙站起。

罗警官不无深意地说："再次光临，可比颜子义上门推销保
险麻烦大。"

于得贵把罗警官和姚警官送出院子，送客回来，见黄春花脸
色发黄，两眼发直，黄春花说："赶快给小虎打个电话，叫他把
摩托车藏起来，躲在家里别出门。"

于得贵冷冷地说："想得太简单了！"

黄春花抱怨、推卸责任："我说过，小虎成事不足，败事有
余！"

于得贵说："你才成事不足，败事有余！是谁让小虎去吓唬
颜子义的？"

黄春花耷拉下眼皮，相当于认错："事到如今，你是一家之
主，主意得由你拿。"

于得贵一言不发，他在拿主意。主意不是想拿就有，酝酿需
要时间。

黄春花说："不知颜子义骨折严不严重？"

于得贵说："越严重罪恶越大！"

黄春花说："不知打成骨折的是好腿还是坏腿？"

于得贵说："无论是好腿还是坏腿都一样！"

黄春花说："要是坏腿骨折的话，那不是雪上加霜？但愿打
成骨折的是好腿。"

于得贵瞪着黄春花："他就一条好腿，要是好腿再打成骨
折，两条腿都成了坏腿，那不更惨？！"

黄春花想了想，点点头："但愿打成骨折的是坏腿，反正已

经坏了。"

于得贵一声叹息，站了起来。

黄春花问："去哪？！"

于得贵说："还能去哪？——去派出所投案自首！"

黄春花说："你不是说，这辈子不到派出所找警察了嘛。"

于得贵一声叹息："有麻烦找人民警察；有麻烦不找警察，等警察找上门，就成灾难了！给我倒碗酒！"

黄春花吃惊道："现在还有心思喝酒？"

于得贵说："《红灯记》里贼鸠山请李玉和赴宴，李奶奶给李玉和倒了一碗酒，李玉和喝了酒，浑身是胆雄赳赳。喝酒壮胆。"

黄春花点点头，点完头给于得贵倒了一碗酒，于得贵端起酒正要喝，黄春花大叫："停！"劈手把酒碗夺下来，好像酒里有毒。"喝一碗酒，酒驾去派出所？——干脆去拘留所！"

于得贵又一声叹息。

二十五

于得贵开车进了派出所，上一次到派出所是报案，这一次是自首。

罗警官和姚警官并排地坐在办公桌一侧，于得贵坐在另一侧。姚警官打开文件夹子作笔录，罗警官提问。于得贵供述完毕，姚警官把3页笔录放到于得贵面前："看一遍，看与口供是否一致？"

于得贵看完口供，把笔录放到姚警官面前："没问题。"

罗警官把身体向后靠到椅背上，盯着于得贵似笑非笑："你外甥吉小虎到你家借钱，得知你为颜子义推销保险的事心烦，就自作主张拿一根棍子在路上拦截颜子义，目的在于有效吓阻，一不小心把颜子义的腿打成骨折。吉小虎的行为，事前你没有指使，事后毫不知情。"

于得贵点头："就是这样。"

罗警官问："跟你一点关系都没有，你到派出所来自首什么？"

于得贵解释："我是他舅……事情因我而起。"

罗警官盯着于得贵："还有要补充的吗？"

于得贵有些心虚："大致就这些。"

姚警官打开一个印泥盒，向于得贵招了一下手。

于得贵没有过这样的经历，一时没明白姚警官的意思："做什么？"

罗警官问："你以为呢？你还想做什么？"

姚警官警觉地瞟一眼罗警官。

罗警官仿佛没看见，提高声调对于得贵说："在口供上按手印！"

于得贵恍然大悟，站起身，走到桌边，左手把右袖管往上扯扯，伸出右食指，在印泥盒中沾了点印泥，按照姚警官的指点，在口供上按手印，一张纸按一个，连续按了三个。

罗警官问："吉小虎为什么不来自首？"

于得贵说："他不知道老同学受伤……不知跑哪玩去了。"

罗警官定性道："畏罪潜逃，哼！"

罗警官的"哼"字很有震慑力，它让于得贵意识到畏罪潜逃的严重性："今天我千方百计找到他，叫他明天来自首。"

"如果不是你到派出所来自首，他现在已经在囚车上了。叫他马上来自首！这是给你面子、机会。"罗警官威严地说。

于得贵连连点头："是……只是不知来自首结果会怎样？"

罗警官道："首先跟你一样，录口供，录完口供按手印，一张纸上按一个，不能嫌麻烦，然后送看守所等候处理。顺便提醒一下，看守所食宿条件不尽如人意。最终处理结果取决于：伤害程度、认罪态度、赔偿力度、受害人的谅解程度等因素，关系是次要的。"

于得贵试探着问："小虎会被判刑吗？"

罗警官说："吉小虎的行为，已经触犯法律。手段凶残，情节恶劣，作案后畏罪潜逃，缉拿归案后判十年也不为过。"

于得贵吃惊地问："十年？！"

罗警官说："有什么大惊小怪的？幕后指使人，主犯，罪行更严重，不止十年。"

于得贵抹了一把额头上的汗水："……就没有一点回旋余地？"

罗警官说："眼下不是讨论这个问题的时候，你现在必须立即做两件事：一、通知吉小虎，马上到派出所来自首；二、到医院垫付医疗费，安抚受害人，争取受害人谅解、撤诉。"

于得贵站起来，一副苦大仇深的样子。

二十六

于得贵拎着一个小皮包，黄春花拎着一网兜苹果，夫妻俩在人民医院病房区茫然四顾，看上去失魂落魄的模样，他们在寻找骨科病房。好多人以异样的目光打量着他们。

于得贵说："现在我感觉，自己就像一个特务！"

黄春花停下脚步，吃惊地盯着于得贵："太奇怪了！"

于得贵停下脚步问："奇怪什么？"

黄春花说："现在我感觉自己像个女特务！"

于得贵叹息道："唉！在一起时间太长了！连想法都一样。"

黄春花警惕地问："你嫌跟我在一起时间太长了？好多男人有钱就换老婆，莫非你也想换？"

于得贵不耐烦地说："好了！"

于得贵、黄春花找到了颜子义入住的骨科病房门前，骨科病房的门虚掩着，于得贵轻轻地把门推开一条缝，从门缝向病房窥视，他发现了颜子义一家人。于得贵推开门进了病房，黄春花跟在他后面。于得贵脸上浮现出笑容，黄春花脸上的笑容花一样绽放，两张笑脸像两朵向日葵，这时颜子义是他们的太阳。黄春花把拎着的一网兜水果放在颜子义枕边的床头柜上，于得贵向闭着眼睛的颜子义亲切呼唤："老同学！"

颜子义睁开眼，双手支着病床，坐起来。

于得贵拱手道："对不起！来晚了。"

曹秀英、颜小芹意识到来者是于氏夫妇，不约而同地站起来，母女俩都掩饰不住愤怒，怒视着于氏夫妇。

曹秀英盯着于得贵："你就是放狼狗咬子义的于得贵？"

于得贵深深地点一下头，有气无力小声地回答："是。"

曹秀英情绪激动："你就是打断子义腿的于得贵？！"

于得贵连忙否认："不是我！是外甥小虎……小虎到我家来借钱，得知老同学常到我家来推销保险，我比较烦，他就背着我自作主张去吓唬老同学，没想到……就成这样了。"

曹秀英说："指使坏人干坏事的后台老板，更坏！"

颜子义白了曹秀英一眼："过了！"继而把脸转向于得贵，指了指病床另一侧两个白色小木凳："坐吧。"

于得贵、黄春花受宠若惊，准备就座，坐到一半时，颜子义咳嗽一声，夫妻俩受惊似的站直身体，像两个惊叹号。

"坐！"颜子义说。

于氏夫妇没发现什么意外，坐到小木凳上。

颜子义对曹秀英、颜小芹说："坐下。"

四个人都坐下。曹秀英、颜小芹不自觉的表情像原告，于得贵、黄春花不自觉的表情像被告。原告、被告相向对坐。

于得贵用供述的口吻说："我从派出所小罗、小姚那里听说这件事后，一分钟没耽误，立马就赶过来了。这事因我而起，我愿承担责任。"说罢从皮包里掏出1万元钱，放在颜子义枕边。"这1万块钱，你先拿着当医疗费，医疗费不管花多少我承担，误工费、营养费该多少，你说个数。"

颜子义道："我们报案了，该怎么了断，派出所自有公道。你这钱，我们不要。"

黄春花说："冤家宜解不宜结！"

颜小芹终于忍不住爆发了："有能耐花钱雇人把我爸打死，把我们一家都打死！"

黄春花连忙解释："我不是这个意思……"

于得贵说："我们是来道歉的，真心实意！"

颜小芹说："用不着！滚！快滚！"

于得贵、黄春花一起站起来，于得贵说："这点钱你们先拿着……"说完，和黄春花匆匆出了病房。

颜小芹拿起钱和一兜苹果，用力地掷到病房外。

网状水果兜的口开了，苹果四处滚动，静止后的苹果像目瞪口呆的眼睛。

黄春花先把一沓子钞票捡起来放进小包里，然后捡苹果，捡起后依旧装在网兜里，黄春花捡苹果的过程始终弯着腰，从后面看像一匹小马，只不过少一条尾巴。于得贵抱着胸脯俯视黄春花，当黄春花的右手伸向靠近他脚边的一个苹果时，他飞起一脚，苹果鸟一样地飞了。黄春花直起腰正要发作，于得贵拧着脖子问："几个烂苹果，捡什么捡？医院里到处是细菌，捡回去还能吃吗？"

黄春花打量提兜里五六个灰头土脸、遍体鳞伤的苹果，越看越不顺眼，最后她像扔链球一样把苹果抛出去。一兜苹果落地，像一群老鼠突然受惊。

于得贵、黄春花离开现场，从背影上看像刚做过手术一样。

病房内，颜小芹气犹未消，手机响了，她拿起手机按一下接听键："谁？！"

手机里传出安国的声音："我，安国！我想找你谈谈。"

"找我？！"颜小芹感到意外："没搞错吧？我是颜小芹！"

"就是找你！你跟曹明霞不一样，我把你俩的情况了解得一清二楚。"

没有人希望被别人暗里调查并被了解得一清二楚，安国的做法让她感到难堪、厌恶。"那又怎么样？！"颜小芹用挑衅的口吻问。

"好多女孩跟我说话低声下气、发嗲，肉麻！我喜欢你这样的！"

"犯贱！"这时候给她打电话说这种话，实在不是时候。

"……今天中午我请你吃饭，帝王大酒店，请你务必在十二点前光临！"

　　颜小芹感觉受到了轻蔑。"你以为你是谁啊？皇帝吗？你以
为有几个臭钱的花花公子，人人都稀罕？有病！"颜小芹说罢，
恶狠狠地按了一下手机上的红键。

二十七

　　于氏夫妇驱车返回派出所，当他们出现在罗警官、姚警官办
公室时，两位警官都有些意外。罗警官问："没去医院？"

　　于得贵说："去了，我给他一万块钱，他不要。"

　　罗警官一脸不屑："一万块钱？如果我把你一条腿打成骨
折，给你一万块钱，你愿意？你以为老百姓的腿是烧火棍？"

　　于得贵解释说："我说了，先给一万，营养费、误工费另
算，钱不是问题！"

　　"钱不是问题"这句话罗警官感到刺耳，这是炫富！"你以
为有钱就可以无法无天？钱是什么东西？！"

　　于得贵忙说："钱不是东西！"

　　罗警官见于得贵态度谦卑，缓和了一下语气："当然，如果
钱足够多，也是个态度。"

　　于得贵附和："有钱能使鬼推磨，没钱就是推磨鬼！"

　　这句话罗警官听了很刺耳："金钱不是万能的！"

　　于得贵附和："没钱是万万不能的！"

　　于得贵本意是附和，效果正相反。于得贵说"没钱就是推磨
鬼"，这等于公然轻蔑别人。罗警官凝视着于得贵，目光如剑；
姚警官向于得贵翻白眼。

　　于得贵意识到说错了话，连忙修正："有钱没钱都会死！人

人平等。"

罗警官的目光依旧如两把冰冷的利剑，姚警官的白眼还在翻。

于得贵认识到表达力度不到位，矫枉过正，必须加大力度："有钱人容易得富贵病：肥胖，酒精肝，腰椎间盘突出，高血压、高血糖、高血脂，有钱人寿命短——过劳死！"

罗警官放缓了语气："颜子义的一条瘸腿，如今成了一笔糊涂账。我不认识颜子义，但就冲他做保险的劲头，这件事没完没了，你下半辈子不寂寞了。"

于得贵脸色铁青。

黄春花说："死的心都有了！"

于得贵看着罗警官，眼神充满期待："不管花多少钱，只要不吃官司把这个案子了结，一切听你的！"

罗警官道："自己的屁股自己擦，解铃还须系铃人。"

于得贵说："颜子义说，没有派出所发话，他不要我们钱。希望罗警官、姚警官辛苦辛苦，跟我们去趟医院。"

"希望"所表达的诉求不够强烈，况且去了也只是"辛苦辛苦"价值不大，对于维护一方治安公务繁忙的警官来说，这种情况当然可以不去。罗警官打了一个哈欠，于得贵敏锐地意识到他要拒绝，他连忙站起身，双手合十："求求二位！你们不出面，他们连医疗费都不收，怎么可能谅解、撤诉？我这辈子就完了！"

出面的意义如此重大，才有出面的必要性。罗警官看姚警官，征求她意见，姚警官不置可否。于得贵见状，深深鞠躬："有情后补！"

懂人情世故的人，早该这么说，至于别人愿不愿接受这份后补之情，又当别论，话语的本身就是一种精神回馈。

罗警官说："少来这一套！——明天吧！"

于得贵推开骨科病房门。

罗警官、姚警官跟随于氏夫妇进了骨科病房。

骨科病房内，多了个病人，六十多岁，躺在病床上，头发已经谢光，头像干葫芦一样，听到动静，秃老头儿坐了起来。他左胳膊上打石膏，一根白色绷带把胳膊吊在脖子上，见有警官来访，有几分好奇——好奇心人皆有之。

颜子义躺在病床上。曹秀英、颜小芹坐在床的一侧，曹大水坐在病床另一侧。颜子义见于得贵一行人进来，坚强地坐起来，曹秀英、颜小芹、曹大水都不自觉地站起来。

于得贵向颜子义介绍："这是罗警官，这是姚警官，都是派出所的主要领导。"

颜子义向罗警官、姚警官点头，对曹秀英、颜小芹说："把凳子让给警察坐。"

姚警官忙说："不用坐！我们马上就走。"

于得贵："没有派出所的话，医疗费你们不收。现在，我把派出所领导请来了。"

罗警官对于得贵道："少废话，钱！"

于得贵连忙从皮包里拿出两万元钱，放到颜子义枕边："这是医疗费，你先收下。"

颜子义的脸冷下来。

于得贵忙说："这不是全部赔偿！是前期垫付的医疗费，其他费用，好商量。"

颜子义说："仗着你家有钱，拿钱吓唬人是吧？！"

于得贵说："这是预付医疗费……"

颜子义说："把这条坏腿截下来也用不着两万！"

于得贵说："还有营养费什么的，我们赔！"

颜子义强调："不光是钱的事，你耽误了我的大事！"

罗警官插话道："两万块钱你先收下，至于误工费、营养费、精神损失费，你们双方协商，达不成共识，就走法律程序。我们还有事，你们慢慢谈。"

罗警官、姚警官告别，于得贵、黄春花送客，曹秀英、颜小芹、曹大水坐下来。

于氏夫妇送客回来，站在颜子义病床边，一副听候发落的样子。好久，谁也没说话。最后，颜子义打破沉默："看腿，用不着两万。"

曹大水说："这年头，两万块钱算什么？你这条腿，骨头裂道缝，跟小奶孩嘴一样，说张开就张开，就算出院了，说不定没几天又裂开了，还要住院。就跟羊角风一样，说犯病就犯病，一年犯三次五次病完全可能！"

于得贵、黄春花听了痛不欲生。

颜子义说："要真是那样的话，就把它砍掉！"

曹秀英眼睛潮湿了："拐腿，好歹腿还在，要是砍一条腿……"曹秀英眼里汪着泪水。

颜子义安慰："没那么厉害！"

于得贵说："老同学，事情弄成这个样子，真不是我的本意，事到如今，总得有个收场。你们报的是抢劫案，希望你跟小罗、小姚说出真相，有什么要求你只管说。"

颜小芹质问："什么叫'说出真相'？莫非是我们陷害你？"

曹大水说："莫非小腿骨上那条缝是画出来的？！"

于得贵努力放缓语气："小虎不是抢劫，我很清楚。"

颜子义说："你不告诉我，我哪里知道？谁想到你能做出这种事？"

黄春花酸溜溜地说："都是我们错！"

于得贵说："要是你不改口，小虎要判十年徒刑，他这辈子就完了！"

颜子义感到吃惊："判十年徒刑？"

于得贵哀求道："你大人有大量，念他年少无知，放他一马，也放我一马。"

黄春花连忙插嘴："赔偿费好说！"

颜子义不耐烦地说："我知道你家有钱！"然后转过头问于得贵："你想叫我怎样？"

于得贵说："你就跟两位警察说，小虎不是打劫，是警告你不要到我家推销保险。"

曹大水叫道："那不是让我们自己打自己嘴巴，承认自己诬告？天底下哪有这样的事？！"

黄春花对曹大水说："求你行行好，你就不要瞎搅和了！"

曹大水盯着黄春花，大拇指指着胸脯："你说我瞎搅和？他是我妹夫！他的事就是我的事！想忽悠老实人，没门！"

黄春花说："现在是我们求他！"

颜子义沉默不语。怀着各种心态的人都看着他，等他表态。

颜子义说："都是生儿养女的人，坏良心的事不能做。"

黄春花两眼发光："你同意撤诉？"

颜子义说："同意。"

黄春花激动得想哭。

于得贵就像被大赦的罪犯："有什么要求，请说吧！"

颜子义说："两万块钱是警察叫我收下的，出院时，我把住院费、医疗费单子都给你，剩下的钱退给你。"

黄春花说："营养费、误工费、精神损失费是多少？你说个数，我们一次性付清，干净利索，不留尾巴，到时候让派出所做个公证。"

颜子义感觉受到了侮辱，生气地问："这叫什么话？！"

曹大水藐视黄春花，对颜子义说："她是怕你耍赖！"说完把脸转向于氏夫妇："你们把他看成什么人啦？他这条腿，是我开卡车压断的。我把卡车卖了给他看腿，不够，借！借到无处可借，他自己卖牛看腿，还不够，借！在医院里躺了大半年，总算出院了，可人成了瘸子。就是这样，他自始至终没说过一句抱怨话，没给我们家提出一点要求！"曹大水的眼睛湿润了。

颜子义说："不提那些事！"说罢把脸转向于得贵："除了住院费、医疗费，其他什么费我都不要。调换个位置，将心比心，这件事也怪我，光想做保险利人利己，一个月卖十个保单，赚到钱闺女就不离家出走了，结果好心办了坏事，还连累你们家花冤枉钱。"

于得贵连忙否认："不不！责任全在我们！"

黄春花很感动："老同学能说出这样话，让人心里热乎乎的。"

曹大水不满地说："才热乎乎的？热火朝天才对！"

颜子义向于氏夫妇扬了扬手："走吧！以后不会再给你们添麻烦了。"

黄春花忙说："我们不怕麻烦！"

于得贵上前握住颜子义的手，似有千言万语："老同学！……"

曹大水提示："记住，做人要厚道！"

二十八

颜子义住院第七天。

上午，打完一瓶点滴，颜子义感觉到小腿轻松多了，肿消了。他下了床，扶着床试探着走动，左脚着地时腿有点痛，左脚不着地腿就不痛，拄根拐杖就能走路，能走路就能做保险。

"今天出院！"颜子义宣布。

颜小芹叫道："爸！你不能自作主张，医生让你出院你才能出院！"

颜子义说："我自己的腿，自己清楚！离期限还剩四天。"

颜小芹叫道："你还在想这件事？！"

颜子义说："做销售就像打鱼，'十网九网空，一网补了功'，说不定哪一网就打到一条大鱼，谁能说得准？就算推销不了十份保单，哪怕只推销一份，留不住人，'开门红计划'也不至于交白卷，在同事面前也有脸面。毕竟，小芹走了，日子还得过，保险还要做。"

颜小芹无可奈何："爸，我说什么才好呢！"

颜子义拨通了于得贵的手机："喂！我是颜子义，今天下午出院，你过来结账。"

手机中传出于得贵的声音："老同学，医院里人来人往，人多眼杂，说话不方便，明天八点半我到府上去拜访你，行吗？"

"不行！明天早上来，耽误我参加晨会。"

"今天晚上行吗？"

"行！"

"谢谢！能把家庭住址告诉我吗？"

"能！"颜子义把家庭住址告诉了于得贵，然后在手机红色的按键上按了一下。

"你运气真好！"秃老头对颜子义说，羡慕之情溢于言表。

颜子义先是一愣，继而安慰他说："你早晚也能出院。"

秃老头说："你住院费、医疗费有人报销，我胳膊是谁打断的还不知道。"

颜子义问："没去派出所报案？"

秃老头说："没法报案！"

颜子义试探着问："莫非是黑吃黑？"

"什么黑吃黑？那天我走路，觉得左脚的鞋子里有沙子磨脚，就到路边扶着电线杆，脱下鞋子，把鞋里的沙子往外抖，"秃老头一边说右手一边抖着比画，"有个二十来岁的小伙子骑自行车经过，以为我触电了，拿一根棍子，往我胳膊上只一棍，咔！……疼得我在地上滚，当我坐起来，他骑上自行车要走，我说你把姓名给我留下！他说不用了，不是什么惊天动地的事，谁见了都会这么做的。他把自己当成无名英雄了。"

一脸不幸的颜小芹忍不住笑起来。

颜子义对颜小芹说："说起来，我算是幸运的！"

秃老头说："不是一般的幸运，太幸运了！"

颜子义、颜小芹父女俩彼此看一眼，有几分释然，毕竟不幸之幸也是幸运。

这时，一位身穿白大褂四十岁左右的医生进了病房，他是颜子义和秃老头的主治医师。秃老头哀叹道："天下没人比我更倒霉了！"说罢把目光移到主治医师身上，准备接受询问。

医师问秃老头："你这是第几次骨折？"——显然他听到了秃老头的哀叹，他不以为然。

秃老头说："第一次。"

医师说："那就不值得一提了。在英国达拉谟郡斯坦利市，有位名叫米克·乌伊拉里的农场工人，现年59岁，在过去的几十年里，他接二连三地遭遇至少30次意外事故，其中18次骨折。一次小腿骨折、一次肋骨摔断、两次摔断胳膊、十次手指骨折、一次头骨摔裂。八年前，他从一辆挖掘装载机上摔下来，导致两只脚踝全部骨折；没过多久，他走路踩在一个马铃薯上滑了一跤，再次摔断脚踝。五年前，乌伊拉里驾驶拖拉机运送谷物时翻车，摔断六根肋骨。"

秃老头释然："说起来，我也算是幸运的！那个姓'乌'的才是天下最倒霉的人。"

医师说："乌伊拉里还不是天下最倒霉的人。"

秃老头问："还有比他骨折次数更多的？"

医师说："如果乌伊拉里第一次出事故就死了，那才是最倒霉的。出了30多次事故都没死，他应该算是天下最幸运的人！"

秃老头连连点头："有道理！要是那家伙一棍子失手把我打死，那才是最倒霉的！"

医师说："还不算。"

秃老头问："为什么还不算？"

医师说："一棍打死，死得痛快，没有痛苦；如果打得你生不如死，跟受酷刑一样慢慢死去，那才是最不幸的。"

颜子义、秃老头、颜小芹都不自觉地点头，幸福指数集体直线上升。

　　颜子义一家提前吃了晚餐，他们不愿意外人看到自己一家人吃晚饭。颜小芹把烧好的一暖水瓶水放在餐桌上。餐桌上放着五个透明的玻璃杯，有一沓子钱和几张票据。颜子义坐在沙发上，沙发左侧放着一个拐杖。"抬手不打笑脸人，别人到家里来，不要给人脸色看，不然就失礼了。"他叮嘱颜小芹。

　　"知道。"

　　"倒水泡茶的时候，脸上要有笑。"

　　"就怕笑不出来！"

　　"笑不出来也要笑！"颜子义强调。

　　话音刚落，传来敲门声，颜子义示意小芹开门。

　　颜小芹打开门，看到于氏夫妇，龇了一下牙——这是个"笑不出来的笑"："请进。"

　　站在门口的于氏夫妇见颜小芹龇牙，心里发怵，他们不清楚龇牙的准确含意，发怵是出于对未知的恐惧。于得贵把龇牙与"请进"联系起来思考，推断出它代表善意的笑；黄春花比于得贵率先领会龇牙的内涵，她靠的是直觉，直觉快于判断和推测。黄春花、于得贵一先一后说"谢谢"。

　　小花狗见到陌生人，汪汪叫起来。

　　曹秀英喝道："小花，不许叫！是客人。"

　　小花狗摇着尾巴走开了。

　　夫妻俩进了门，如履薄冰，黄春花提着一兜水果，脸上的笑容如鲜花盛开，于得贵手里提着一个皮包，脸上同样挂着笑容。

　　颜子义拄着拐杖站起来，指了指沙发："坐！"

　　黄春花见颜子义站起来，脸色紧张，三步并两步赶到颜子义身边，扶住颜子义："快坐下！刚出院，不能站！"

　　颜子义坐下，对颜小芹说："倒茶！"

颜小芹倒茶。曹秀英走到茶几前，从果盘里拿起一个苹果递给黄春花。黄春花受宠若惊，欠身接过苹果鞠躬道谢。一番客套后，五人都坐下。黄春花、于得贵坐在面向餐桌的可供三四人坐的长沙发上，颜子义坐在一端的单人沙发上。曹秀英和颜小芹分坐在餐桌两旁。

颜子义说："这七天，医疗费、住院费两项加起来，一共一万三千多，零头不算，还剩七千。小芹，拿单据给于总看。"

颜小芹把放在餐桌上的钱和票据拿给于得贵。于得贵欠身接过，随手放到茶几上："不会有错！"

颜子义说："亲兄弟，明算账。先小人，后君子！"

于得贵说："不用看！"

颜子义说："一定要看！"

于得贵说："回去看。"

颜子义坚持："现在就看！"

于得贵拿起发票翻了翻，亮亮嗓子："没问题！老同学，在这件事上，你通情达理、高姿态。除了已付的两万元医疗费，我们愿意再付给你部分营养费、误工费、精神损失费，别不好意思，说个数。"

颜子义说："我说过，除了医疗费、住院费，其他什么费都不要！就这样，我心里都过意不去了。"

于得贵说："你不好意思，我先说！"

黄春花抢着说："除了医疗费，我们再付给你两万，行吗？"

颜子义先看黄春花，后看于得贵，夫妻俩看上去都很诚恳。

于得贵见颜子义不语，他竖起一个手指头，准备追加一万。尽管这是他们事先商量好的，但黄春花感觉到颜子义的心理价位不高，怕出价高了，连忙伸出两个手指："再加两千，两万二！一次性了断！"

颜子义说："钱，是好东西，谁不想要？可一条坏腿裂了条小缝，要你们好几万块钱，算怎么回事？打劫？！下半辈子还有脸见人？"

于得贵说："我向你保证，我们绝对不跟外人说！"

颜子义说："要想人不知，除非己莫为。就算外人不知道，老婆知道，闺女知道，自己知道，寒碜！"

于得贵、黄春花彼此对视，良久无言。一番思考之后，于得贵说："老同学，关于保险的事，现在我和春花都想通了！"

黄春花理解得贵的心思，连忙补充："彻底想通了！"

于得贵赞叹："保险真是太好了！"

黄春花补充："好得不能再好了！"

颜子义问："好什么？"

于得贵、黄春花一时说不出好在哪里。

颜子义说："用坏腿讹诈人买保险，能比讹诈人钱好多少？——心意领了，用不着！"

于得贵忙说："我们是心甘情愿的！"

黄春花说："你要是不答应，我天天登门拜访，给你灌输参加保险的伟大意义。得贵忙，我是闲人，往后专做这一件事，当事业做！"

颜子义说："不理解参加保险的好处，哪来的心甘情愿？我这半辈子平平常常，没做成什么大事，要是做人再不像样子，还有什么？"

颜子义把话说到这个份上，于得贵、黄春花都感到无话可说。于得贵站起身，黄春花不情愿地站起来。

于得贵征求意见似的："那……我们走了？"

颜子义站起身，拿起餐桌上的票据和钱："把这个拿走！"

于得贵说："这点钱你就不要再推了，你这比打我、骂我，还让我难受！"

颜子义断然拒绝："三万不贪，还贪七千？"

于得贵接过钱和票据，夫妻俩往门外去，不时地回头看，仿佛担心有人会在背后放黑枪似的。

"爸！——"于氏夫妇刚出门，颜小芹眼泪流出来，流着泪哭喊："你凭什么不要？加在一起，那可是三万块钱！那是你伤筋断骨的钱！不要白不要，要也白要！我……我明天就走！"说完站起来，甩手进了自己的房间，用力带上门。

颜子义能理解女儿的感受，可是……这钱不能要啊！他嘴唇颤动着说不出话。曹秀英站起来，拍了拍颜子义的肩，然后推开小芹房间的门。

颜小芹坐在小椅子上，头趴在写字台上抽泣，曹秀英站在她身后，抚摩着她的头，轻轻一声叹息："听你爸说不要钱，我心疼得浑身发抖，跟你一样想哭……可你爸就是这样的人，当初你大舅开车把他左腿轧了，你爸没给我家出一丁点难题，不然，我不会嫁给你爸，就不会有你，想想看，连你都没有，那三万块钱跟你有什么关系？"

二十九

于得贵开车回家，黄春花坐副驾驶位置。

黄春花问："这事就这么了结了？"

于得贵说："一个瘸子、穷老百姓都能有这么高姿态，我如果就这么了结，那还算人？！我自己都会瞧不起自己！他说过，一个月如果能卖十份保单，闺女就不离家出走，他是舍不得闺女外出才出来卖保险的，我现在算明白了！"

黄春花说："可怜天下父母心！就冲他这个人，我们也应该参加保险。"

于得贵说："早就该参加！"

黄春花发愁道："可他这个人，既想当婊子，又想立牌坊！"

于得贵白了她一眼："怎么话一到你的嘴里就变味？"

黄春花想了一会儿说："他是担心我们买保险，别人说他用坏腿讹诈。"

于得贵说："最重要的，是他自己认为是讹诈：他认为我们不理解保险，就谈不上心甘情愿，说的也是事实。"

黄春花说："要是我们理解了参加保险的伟大意义，再讲给他听，他就没有理由拒绝我们买保险了。"

于得贵点点头："要想打开他的心结，必须学习保险知识。"

黄春花问："到哪学保险知识？"

于得贵道："接完小虎，我到保险公司去一趟，什么学习资料找不到？"

于得贵把车开到看守所大门外一侧停下，迎接外甥吉小虎。颜子义同意撤诉，看守所接着放人。约定放人的时间到了，一名看守打开看守所大铁门一侧传达室的门，吉小虎抱着行李、趿拉着皮鞋从门里走出来。于得贵看到吉小虎出来，打开车门，走出来迎接。

吉小虎被剃成光头，光头上有多绺"一撮毛"，一看就知道出自业余理发员之手；吉小虎的左眼眶青紫，明显是打架斗殴留下的纪念。吉小虎见到于得贵喜形于色。于得贵打开轿车后备厢，吉小虎把行李放进去，于得贵和吉小虎分别从轿车两侧上车。于得贵微笑着端详着小虎，亲切地抚摸了一下外甥的头，吉小虎冲大舅一笑，彼此有种心照不宣的默契。

于得贵开车送外甥回家，两个人的心情都很好。

吉小虎兴致勃勃地讲述进看守所的经历："大舅！知道嘛，我进看守所第一天就引起了强烈轰动！"

于得贵问："什么？"

"……我刚进101号牢房，扫了一眼，101号有十七八个流氓，都贴着墙根坐。看守刚把大铁门关上，坐在墙角落的'疤头'就站起来，他是号头，三十多岁，头上的刀疤横七竖八，一看就知道是个好打架斗殴的主。疤头走到我面前说：'表演个节目给兄弟们解解闷。'我说：'老子没心思。'疤头说：'不表演就跪下给我磕三个响头。'我说：'去你×的！'往疤头胸口猛出一掌，啪！一掌就把他打飞了，要不是墙挡着，还不知飞哪去了！……"

晚餐后，于得贵和春花坐在被窝里，认真学习保险知识。于得贵念，黄春花听，于得贵念得专注，黄春花听得入迷，不知不觉学到深夜。黄春花舒了个懒腰："我感觉头有些晕，跟怀孕一样。"

于得贵揉了揉眼："眼睛发酸。"

黄春花说："明天再学吧！"

于得贵看了看手腕上的表："才10点零5分，再学一小时。"

"10点零5分？！"黄春花拿起于得贵左手，看表："你把时针跟分针看错了，现在是1点50分！"

于得贵看表确认，叹道："时间过得真快！"

黄春花说："现在，我算明白颜子义了，一是为了闺女，二来是救苦救难。"

于得贵说："他把自己当成那个划船救人的船老大了。"

黄春花说："你说，当初我们怎么就不上他那条船呢？"

于得贵说："鬼迷心窍！"

黄春花反思："说实话，我第一眼看到颜子义，又老又瘸，觉得倒胃口，他推销什么我都不想买。"

于得贵说："接下来就想怎么对付他，跟参不参加保险都扯不上边了。好在现在觉悟还不晚。"

黄春花说："夜长梦多！得抓紧时间把保单办了！"

大清早，于氏夫妇驱车赶在颜子义出门推销保险之前来到颜子义家门前，于得贵敲门。颜小芹开门，见于得贵、黄春花一脸讨好的笑。"请进。"她不热不冷地说。

于氏夫妇进了屋，小花狗见来的是熟人，摇摇尾巴走开了。

坐在沙发上的颜子义脸上露出不耐烦的表情："坐吧。"

于氏夫妇坐到沙发上，都是底气十足的模样。颜小芹为他们泡茶。曹秀英拿一个苹果给黄春花，黄春花坦然地接过苹果，微微一笑，落落大方。颜小芹、曹秀英接待完坐到餐桌两旁的凳子上，看他们表演。

于得贵说："昨天晚上，我跟春花一起认真学习、研讨保险知识，学到半夜。"

黄春花说："学到下半夜，2点多钟。"

于得贵说："体会很深，收获很大，加入保险，就好比戴上钢盔，就不怕是那个千分之三的倒霉蛋了。"

黄春花说："生命是1，财富是1后面的零蛋，1字没了，零蛋再多它也是零蛋！老板开车撞死一头牛，牛死了，老板也死了……"

"不要提改嫁的事！"于得贵打断黄春花的话。

黄春花连说："不提不提。"

于得贵脸转向颜子义："我们决定，一家三口都参加保险！"

颜子义说："参加保险是好事，推销保险的人多得很，你们不要找我。"

于得贵说："我们谁也不找，就找你！"

颜子义坚定地说："找我没用！"

黄春花不满地瞟了颜子义一眼："你……怎么就不开窍呢？"

于得贵说："老同学，我也讲个故事给你听听。"

颜子义喜欢听故事："讲。"

于得贵道："过去，有一个笨汉，娶个老婆很精明，笨汉不善饮酒，吃了两个酒糟做的饼，面红耳赤，像喝多了一样。一天早上，朋友张三见了，问道：'早上饮酒了？'笨汉说：'没，吃了两个酒糟做的饼。'回家后把这事告诉老婆，老婆骂道：'笨蛋！以后再问，就说饮酒了，也装装门面。'某日，笨汉又遇见张三，张三问：'早上饮酒了？'笨汉说：'饮了。'张三问：'冷饮的还是热饮的？'笨汉说：'烤的！'回家后跟老婆说了，又挨老婆一顿骂。'以后再问，就说是热饮的。'笨汉第三次遇到张三，张三问：'早上饮酒了？'笨汉说：'饮了。'张三问：'冷饮的还是热饮的？'笨汉说：'热饮的。'张三问：'饮了多少？'笨汉说：'两个！'"

颜子义笑了，他理解其中的幽默。

于得贵说："这就叫打肿脸充胖子，越装越让人看不起！"

这话显然是说颜子义打肿脸充胖子，颜子义感觉受了侮辱，脸冷下来："你说谁装？！"

于得贵见颜子义生气，见风使舵连忙澄清说："我说的是笨蛋！"

只要不是笨蛋，都能听得出这句话是指桑骂槐一语双关。话音刚落，颜小芹、曹秀英的脸也冷下来。颜小芹正要发作，颜子义举起手示意打住，他用不着女儿增援。当着妻女受辱骂，如不还击，不仅有失颜面，也是懦弱的表现。一个男人懦弱，会让妻子儿女感到无助。颜子义指着于得贵的脑门："你说哪个是笨蛋？"

于得贵连忙分辩："是那个吃了酒糟饼就脸红的笨蛋，不是你……"

"你"字之后的潜台词显然是"这个笨蛋"，颜子义一家人的脸上都露出愤怒的表情，颜子义刷地站起来。于得贵说完便意识到失言，连忙转移话题："其实，我们向你买保险，碍着别人什么事？外人怎么说，跟我们有什么关系？"

"住嘴！人活一张脸，树活一张皮。再多的钱，有花完的时候，名声坏了是一辈子的事！为了几个臭钱，脸都不要，跟流氓有什么两样？莫说靠你这三个保单发不了财，发财也不稀罕！别勾引我们走下坡路。滚！"颜子义向于氏夫妇下逐客令。

于得贵、黄春花坐着不动，一副死猪不怕开水烫的表情，像两个无赖。

颜子义唤狗："小花！"

卧着的小花狗一跃而起。

颜子义向小花发出指令："上！"

小花狗狂吠着扑向黄春花、于得贵。

于得贵、黄春花慌忙跳起，连滚带爬，逃出颜子义家门。

于氏夫妇逃走了，颜子义依旧一脸怒气。

曹秀英安慰道："不要跟小人一般见识，就当他的话是放屁！"

颜子义一言不发，走到地图面前，凝视着墙壁上的地图。曹秀英和颜小芹站在他身后，默默地看着他的背影。颜小芹眼睛渐渐湿润了，她站起身，去了厨房。

颜子义坐到沙发上，看上去很累。

颜小芹端了一盆洗脚水，放到父亲脚下，她脱下父亲的鞋子、袜子，用手试了试水温，把父亲的脚泡在洗脚盆里。出远门之前，她要给父亲洗一次脚，她第一次给父亲洗脚。她把手伸进洗脚水里，摸住父亲粗糙的右脚。父亲想把脚从女儿的手中挣脱出来。但女儿紧紧地抓住了父亲的脚。父亲理解女儿，没再坚持。

颜小芹低低地说："爸，我能照顾好自己，你尽管放心！"

颜子义沉默一会儿说："明天保险公司要开颁奖大会，宋经理说，这个颁奖大会对我不同寻常。"

颜小芹说："有什么不同寻常？无非是鼓舞士气。"

颜子义说："宋经理叫我务必要把你跟你妈带上，一起去。"

颜小芹说："我不好意思去……"

曹秀英没好气地说："叫你去，你就去！"

三十

保险公司礼堂坐满了人。颜子义、颜小芹、曹秀英被安排坐在前排中间的位置。

音乐声中，赵燕手持话筒姗姗走上舞台："今天，阳光明媚，惠风和畅，鸟语花香，我们满怀喜悦汇聚一堂，在这里举行隆重的颁奖典礼。在颁奖之前，我首先要为大家介绍一位嘉宾，他在得知我们公司今天举行颁奖典礼后，找到宋总，强烈要求在颁奖典礼上讲几句话，他就是我区著名企业家于得贵先生，有请！——"

会场前排左侧，于得贵、黄春花、吉小虎三人并排坐在一起。于得贵站起来，健步走上主席台，依照赵燕手势的指引，走到舞台正中间立式话筒面前。

赵燕向于得贵点头微笑，侧身，猫步，走直线，走向舞台一侧。

于得贵讲话："尊敬的颜子义先生，尊敬的宋总，先生们，女士们！今天，我怀着激动的心情来到这里，我要向诸位介绍我心目中的颜子义，我有一种如鲠在喉不吐不快的感受……"于得贵一口气讲了近半小时，最后说："昨天下午，我们一家三口，外甥小虎，连同亲朋好友在内，在宋总和赵燕的帮助下，在颜子义名下买了十份保单。颜子义不仅让我们认识到参加保险的好处，同时也在做人上给我们上了生动的一课。感谢颜子义！"于得贵向台下深深鞠躬。

会场响起热烈的掌声。

　　于得贵讲述的过程中，颜子义始终低着头，他心虚、紧张，甚至感到无地自容，他不知道大家听了于得贵的介绍之后会如何评价自己。掌声消除了颜子义的顾虑，慰藉着他的心灵，他莫名其妙地感到委屈，想哭。颜小芹感到意外、惊讶，曹秀英相对平静，仿佛一切都在预料之中，她相信颜子义，相信了半辈子，颜子义是她的精神支柱。

　　赵燕走到舞台中间与于得贵握手。于得贵走下舞台。

　　"现在我们开始颁奖，我们颁发的第一个奖项是'保险精神奖'，获奖人就是——"赵燕把话筒伸向会场。

　　会场上，全体保险业务员一齐呐喊："颜子义——"

　　"下面，我们有请颁奖嘉宾，我们敬爱的总经理宋一兵先生宣读获奖理由！有请——"赵燕向舞台一侧做出请的手势。

　　宋一兵从舞台一侧走到立式话筒前。赵燕后退半步，挨宋一兵站立。

　　宋一兵说："颜子义先生五十五岁，初中文化，残疾，能做出这样的成绩，充分说明：做事业，年龄不是问题，学历不是问题，身体残疾不是问题！人生所有的问题，都是心理问题。颜子义先生对事业的坚定信念，自度度人的普世情怀，是对保险精神的生动诠释！——这是他获奖的理由。"

　　"请颜子义上台领奖！"赵燕对着话筒，热情洋溢，说完走到舞台右侧上下舞台的台阶前，迎接颜子义。与此同时，会场响起《喜洋洋》的音乐旋律。

　　在掌声中，颜子义站起身，看了看身边的妻女，拄着拐杖走向舞台。赵燕把颜子义引领到舞台中间立式麦克风前。宋一兵把奖杯颁发给颜子义，然后紧紧拥抱颜子义。会场爆发出经久不息的热烈的掌声。许多人站起来，用手机、照相机给颜子义拍照。

　　一切来得太突然，颜子义始料不及，他左腋下夹着拐杖，腾出左手拿着鲜花，右手拿奖杯，感觉现实像梦境一样不真实。

　　颜小芹、曹秀英母女俩手拉手，曹秀英眼中噙满泪水。

　　音乐停下来，宋一兵走向舞台一侧。

　　赵燕向前迈了一步："一个新兵，一个月卖了十份保单，他是怎么做到的？下面就请颜子义给我们破解其中的密码！"说完走向舞台一侧，猫步，走直线。

　　舞台上只剩下颜子义，这是颜子义一个人的舞台。颜子义嘴角抽动一下，欲语还休，心中五味杂陈而又无可名状，他凝注着台下的颜小芹、曹秀英，情到深处，无以言表。

　　曹秀英、颜小芹母女俩手拉手。曹秀英潸然泪下，脸上荡漾着幸福。父爱如山，颜小芹泪如泉涌，直流到下巴，她对着父亲大喊："爸爸！——"

　　女儿深情的呼喊在天地间回荡，荡气回肠，爱、亲情充满了父亲的整个世界，颜子义心灵的天空拨云见日，晴空万里。此时此刻，他的心目中，唯有妻女，其他一切瞬间蒸发，他手中的奖杯坠落于地，鲜花滑落到舞台上，颜子义拄着拐杖一步一步地走下舞台，虔诚的步伐宛如独具特色的舞蹈。颜小芹、曹秀英不顾一切地迎奔向颜子义。颜子义向着妻女张开自由的双臂。

　　市声远去，背景消逝。一家人拥抱在一起，世界只剩下一个家。

　　颜小芹说："爸，我不走了！"

　　曹秀英说："一家人永不分离！"

　　颜子义慈祥地看着女儿："闺女懂事了，去哪爸都不拦你。爸妈不用你操心，一定别委屈自己。"

　　颜小芹仰望着父亲："爸！……为什么又让我走了？"

颜子义慨叹："你不走，爸妈早晚也要走。你就像一只小鸟，翅膀硬了，想飞就飞吧，无论你飞到哪儿，都在爸妈的心中！"

流莺时代

一

　　莫妮卡开着一辆上海牌照的红色别克轿车行驶在高速公路上，庄元坐副驾驶的位置。

　　莫妮卡身高约一米七，皮肤洁白细嫩，一头棕色鬈发，形象可人。莫妮卡是海归，回沪后曾在一家美资企业做HR经理，两年后自己注册了一家公司——上海天志文化传播有限公司，自己创业。庄元是某大学管理学院的教授，三十五六岁，风度翩翩。他们从上海去张家港，是为了给一家韩资企业讲课。庄元讲课，客户满意度高，莫妮卡多次请他为"长三角"的大企业讲课，经常一起出差。

　　前往张家港的过程约等于历险，第一次是大转弯时想减速，但是把油门当刹车，结果车尾与铁栏杆擦出火花；第二次发生在服务区，莫妮卡倒车时蹭了一辆车，好在车主人不在，莫妮卡逃之夭夭；第三次是打算超一辆大货车，本想加油门结果踩了刹车，差一点导致追尾。是技术粗糙还是有心事？总算到达张家港了！庄元吓出一身冷汗，他暗暗发誓：这辈子再也不坐莫妮卡的车了。

莫妮卡和庄元到达客户预定的宾馆，办理入住手续，一人一个房间。

莫妮卡小声对庄元说："庄教授，按照我与他们签的协议，今天晚餐由他们安排，晚餐后我请你喝咖啡，我有事请教你。"

庄元说："我请你！"

"我请你！"莫妮卡坚持，"我有问题请教你，让你埋单没道理！"

莫妮卡和庄元一起在咖啡馆喝咖啡，莫妮卡向庄元讲述她的婚姻。

"我跟汤姆是两年前结的婚。"

庄元说："名字像外国人。"

"汤姆是我给他起的英文名字。结婚前，我跟汤姆声明：我不要孩子，想要孩子别跟我结婚。抚养一个孩子需要多少金钱和心血！如果运气不好生个儿子——相当于生个债主。西方国家，许多家庭不要孩子。中国传统观念是养儿防老，现在谁还指望儿子养老？不啃老就好了！汤姆说只要跟他结婚什么条件都答应。我们就结婚了。为防止意外，戴安全帽是必须的，我批发了一百多个安全帽，第一年他还配合，第二年就不想戴了……"

庄元打断莫妮卡："你老公是搞建筑工程的？"

"他在电视台工作。"

"那买一百多个安全帽干吗？"

莫妮卡白了庄元一眼说："不戴安全帽怀孕了咋办？"

庄元明白了："你所说的安全帽应该是安全套。"

莫妮卡不耐烦地打断庄元："别较真了，一个意思！"

庄元强调："安全帽和安全套是两种截然不同的事物，不容混淆！"

莫妮卡瞪着庄元："明白就行，较真有意思吗？"

庄元想了想说："我是老师，听到病句、用词不当，混淆概念，就想纠正。"

"职业病！"莫妮卡乜斜庄元一眼，"他想要孩子，他爸妈经常向我要孙子，我又不欠他们孙子！我问汤姆，契约忘记啦？他说改变主意了。这哪是改变主意？这是欺骗！半年前，我发现肚子大起来，吓死我了！我怀疑是肿瘤，去医院一查：怀孕了！我对汤姆失去了信任。再后来，汤姆跟单位的女同事好上了，把人家肚子搞大了！"

"现在什么情况？"

"昨天离了。你说，责任在我吗？"

庄元说："撇开责任问题。大多数男人都想要孩子，孩子是维系家庭的纽带，也能给父母带来天伦之乐。"

莫妮卡问："养孩子还能比养狗有意思？"

庄元权衡了一番说："各有千秋。"

"再结婚，我生个女孩，不生债主。"

"这不是自己所能够决定的。"

"怎么不能自己决定？怀孕期间到医院里去透视一下，是女儿就留下，是债主就流掉。"

庄元盯着莫妮卡："如果你第一次怀的是债主，第二次、第三次、第N次都是债主，怎么办？"

莫妮卡白了庄元一眼："我没那么倒霉！我要选一个比他更帅的白马王子，一百天之内结婚！"

"白马王子的择偶标准过时了，无数的实践证明，'白马'不如'驴'中用。"

"什么意思？"

庄元说："全球性的金融危机后，世界经济复苏乏力，美国历史学家史蒂夫·弗瑞评价说：一个炫耀财富的时代结束了！我觉得，一个'经济适用男'的时代来临了！世界上哪有那么多白马？满世界到处溜达的都是其貌不扬的驴。不管是白雪公主还是灰姑娘，不管是野蛮女友还是灭绝师太，都从虚无缥缈的云端降落到了现实，齐刷刷地把目光转向其貌不扬的'驴'——'经济适用男'。"

莫妮卡问："什么叫'经济适用男'？"

"身高1米70左右，相貌过目即忘，性格温和，思想传统；月薪五千到一万元，无条件上交给老婆；少喝酒，不吸烟，不赌钱，不花心；做人厚道、低调、不冒泡。"

"各人条件不一样。有条件骑白马，干吗选驴？"莫妮卡说罢站起来："服务员，埋单！"

二

莫妮卡在"百度"上刊登招聘启事：

上海天志文化传播有限公司，总经理为女性，欲招聘一名助理：男士优先，未婚，大学本科以上学历，身高1米75以上，相貌出众，身材魁梧，年龄30岁～35岁，底薪6000～10000元（不包括奖金、红包），联系电话：
021……

因底薪较高，应聘者纷至沓来。

上海天志文化传播有限公司办公地址在某大学科技园四楼，408室两间，是员工办公室，淡蓝色的电脑桌隔板把办公室分割成八个"格子"，一个萝卜一个坑，8个"格子"中8个人。412室是单间，是总经理莫妮卡的办公室。

莫妮卡在总经理办公室开始了第一轮海选。每天前来应聘总经理助理的有二十多人，不满意的需要打发，打发需要理由。莫妮卡从管理学书籍上摘录了许多试题让应聘者回答，对答如流也无法录取，回答不出会扯淡，倾听需要时间，武断地把人赶走是缺乏职业素养的表现，莫妮卡不会那么做。一周下来，莫妮卡忙得焦头烂额，周末，她打电话给庄元诉说烦恼，请求支招。

庄元给莫妮卡推荐了一个面试题："假如你和母亲、妻子、儿子一起乘一条独木舟，突然，船翻了，你只能救一个人，你救哪一个？这个面试题有很大的灵活性，只要看上去不中意，无论他怎么回答，都可以堂而皇之地给出一个拒绝的理由。"

莫妮卡想了一会儿，扑哧一笑："教授，你一肚子坏水！"说罢挂断了电话。

莫妮卡用庄元给的面试题，以不变应万变。倘若应聘者不符合她心中的择偶标准，他如果说救妻子，莫妮卡就说："一个见母亲和儿子落水都不救的人，靠得住吗？"如果说救母亲，莫妮卡就说："一个连妻子和儿子落水都不救的人，能是好人吗？"说救儿子，莫妮卡就说："一个连母亲和妻子落水都不救的人，还算人吗？"如果候选人令莫妮卡满意，回答救妻子，莫妮卡就说："真是个好丈夫！作为女人，最希望嫁给这样的老公。"回答救母亲，莫妮卡说："真是大孝子！连自己的母亲都不爱的人会爱别人吗？"回答救儿子，莫妮卡说："你是个好父亲，是个有理性有责任心的人。"

忙乎了一个月，莫妮卡面试了四五百人，有30位候选人通过第一轮海选，接下来进入第二轮竞选。莫妮卡希望找一个身体健康的。她想到了庄元，庄元经常讲的课题是国学智慧和人生哲学，在她心中，中国的事庄元都懂，莫妮卡心里佩服庄元。

莫妮卡又请庄元教授喝咖啡。

"男女相爱的基础是什么？"莫妮卡问。

"性。"庄元回答。

"追求惊心动魄的性生活是不是流氓？"

"当然不是！它是理想人生重要的组成部分。"

"我也是这样想的！"莫妮卡的问话，是为接下来的提问做铺垫，缺乏这个铺垫，她担心庄元会认为她庸俗。铺垫之后，莫妮卡介绍了自己所面临的困境：

"三十个男人不知谁在这方面比较强，一个个尝试也不现实。"

庄元理解："这好比买西瓜，是生是熟、甜与不甜难以隔皮判断，想知道西瓜的滋味必须打开来亲自尝尝；打开了半生半熟，扔也不是，吃也不是。现在你面对一堆西瓜，不打开不知生熟，——打开情何以堪？"

莫妮卡拍案叫道："是这个意思！"

庄元笑着说："你应该了解一下食无比。"

庄元向莫妮卡解释，食无比就是食指与无名指的长度比例，值越少，那方面越强。但是，有无根据他也不知道。

莫妮卡长长地舒了一口气如释重负，继而目光盯着庄元的右手，目测他的食无比。庄元感到难为情，就像隐私暴露在莫妮卡的眼皮底下，不由自主地把手藏到台面下。莫妮卡按一下桌上的按钮，一名女服务走过来。

"帮我把小尺子来！"

庄元扬起右手叫道："埋单！"

庄元一抬手，食无比又暴露出来。

莫妮卡以看手相为由，观察30位入围者的食无比。最后，3号和6号胜出。

到底该选哪一个？莫妮卡拿不定主意，再次打电话请教庄元。庄元建议莫妮卡读读《博弈论》，灵活运用"女王选夫与最优策略"。莫妮卡参照"女王选夫与最优策略"依葫芦画瓢，制定出六项评选标准：长相、健康、财富、学历、技能、品德。

最后一轮角逐在天志公司的小会议室进行，最后3号以微弱的优势胜出。3号的胜出让莫妮卡感到很遗憾：因为她更喜欢6号。6号屈居第二被淘汰，莫妮卡怒其不争。6号离开的时候，莫妮卡怀着依依不舍的心情亲自为他送行，送到电梯口，挥手告别："对不起……请听候通知。"她本想只说"对不起"，但当目光与6号的目光相遇时，浑身触电似的，于是又补充了一句"请听候通知"。

回到办公室，莫妮卡不满地斜了华丽丽一眼：6号被淘汰都怪华丽丽！华丽丽给3号各项量化指标上都打满分，给6号打分最低，在道德一项，华丽丽给6号打5分，不及格。莫妮卡责问华丽丽为什么，华丽丽的理由是："6号的两只眼睛色眯眯的，长着一个下流鼻子。"

道德一项评分等级标准尽管很清晰，但因无法掌握候选人的真实信息，打分只能凭感觉。莫妮卡无话可说。

让莫妮卡着迷的恰是6号的鼻子和眼睛，没想到在华丽丽那里竟然一无是处。莫妮卡一向认为华丽丽"审男眼光"有品位，既然她认为3号比6号有档次自有她的道理。

三

第一天上班，3号来到总经理办公室。

"你叫什么来着？"莫妮卡一时想不起3号的名字。

"芮恩，芮，草字头底下一个内，恩情的恩。"

莫妮卡说："你这个姓老土！干脆，就叫你Ryan（瑞恩），洋气，好记！"

莫妮卡让瑞恩先熟悉公司的情况。一周后，瑞恩到总经理办公室汇报工作："情况熟悉得差不多了。"

莫妮卡以质疑的目光看着瑞恩："说说看。"

瑞恩把公司的基本概况、业务范畴、员工构成、经营状况说了一遍。

"还有呢？"

"还有？"

"了解我吗？"

"你是总经理，海归！"

"我是什么星座？有什么兴趣爱好？婚姻状况如何？"

"不知道。"

不知道比知道要好！莫妮卡说："你不是说差不多了吗？"莫妮卡斜视瑞恩，想让眼睛里发出脉脉含情的信息，由于这种信息她不是经常发，发起来比较吃力，因此发出的信号分辨率不高。瑞恩未能破解，一脸困惑。莫妮卡努力提高信息分辨率，继续发送。瑞恩觉得莫妮卡表情怪怪的，满腹狐疑地问："你……没事吧？"

莫妮卡很扫兴，停止发送信息：一个不解风情的家伙！

"晚上下班后，你晚点走。"莫妮卡恢复了常态。

下班时间刚到，员工们都识趣地匆匆收拾好东西走了。

莫妮卡来到办公室，对瑞恩说："我请你喝咖啡。"

办公室缺乏谈情说爱的氛围，咖啡馆里才能找到感觉。

咖啡馆，小包厢。桌上两杯咖啡在冒着袅袅热气。

"知道为什么请你喝咖啡吗？"莫妮卡问。

"安排工作。"

"下班后是私人时间，我无权占用，我们不谈工作。"

"好的，经理。"

莫妮卡说："下班后不要把我当经理，当朋友，你就叫我莫妮卡。"

瑞恩说："经理就是经理！不可以直呼其名！"

莫妮卡不耐烦地说："让你叫，你就叫！"

瑞恩犹疑了一会儿试探着问："我叫了？"

"叫啊！"

"真叫了？"

"别婆婆妈妈的！"

"莫妮卡。"

莫妮卡笑了，心想，这匹白马好调教。

莫妮卡的玩笑，让瑞恩精神放松。

"谈谈对我的印象。"莫妮卡向瑞恩扬了一下下巴。

"第一印象,你是个女汉子。"瑞恩感觉莫妮卡冷漠,但真心话有时不能说,说了就是幼稚。

"现在呢?"

"现在?挺……挺——好!"瑞恩说到"挺"字的时候,意识到表达力度不够,挺好是比较好,于是亡羊补牢,在"挺"字上加重语气拉长了声调,这样"挺好"就拔高成了很好。

莫妮卡问:"真的吗?"

"当然!"

"挺好与可爱可以画等号吗?"

"可以。"瑞恩只能说可以。

"可爱与喜欢可以画等号吗?"

"可以。"

"喜欢与爱可以画等号吗?"莫妮卡微笑着问。

可爱与爱当然不能画等号,但此时此刻回答"不能画等号",等于说不爱,莫妮卡没向自己示爱就说不爱她,显然不得体;如果回答"可以画等号",等于说爱她,显然也不得体。于是瑞恩以问代答:"可以还是不可以?"

"请回答我的提问?"

瑞恩盯着莫妮卡,莫妮卡似笑非笑,颇有深意。瑞恩想,莫妮卡是不是爱上我啦?随即否定:莫妮卡是成功人士,自己只是个打工仔,她怎么会看上自己?瑞恩最后认定莫妮卡在调侃他,尊严是老虎的屁股,为维护尊严,他坐直身体,板着脸冷冷地说:"别开玩笑!"

莫妮卡愣住了,她没想到瑞恩会用这种口气跟自己说话,瑞恩的这句话让莫妮卡感觉不够自重,她盯着瑞恩,一脸尴尬。瑞恩立即意识到自己神经过敏，反应过度，于是采取将错就错、倒打一耙的策略解围："你是经理，是成功人士，又是美女；我是你的一名员工，有自知之明！人都有自尊心，请不要调侃我。"说罢站起来，仿佛要拂袖而去。

瑞恩的话足以让莫妮卡挽回自尊，她意识到瑞恩误解了自己，自己也误解了瑞恩。瑞恩因为自卑，把真心话当成了调侃，她理解、原谅，甚至更加喜欢瑞恩：一身正气，凛然不可辱，这才叫男子汉！莫妮卡连忙站起来，瞪了瑞恩一眼："坐下！你倒有理了！"

瑞恩只好坐下。

莫妮卡本想在喝完咖啡前把关系搞定，因为进展节奏比较快，差一点出了意外，她决定循序渐进，用一周时间把关系确定下来。接下来，莫妮卡跟瑞恩开始闲聊。

莫妮卡每天下班后都请瑞恩喝咖啡，每次邀请瑞恩都欣然接受。连续几天喝咖啡，尽管天天闲聊，但瑞恩始终乐此不疲。彼此心照不宣。

第七天——莫妮卡预设达成目标的最后一天到了！依旧是咖啡馆。

莫妮卡微笑地看着瑞恩，瑞恩的脸上挂着温情的微笑，莫妮卡感觉时机已经成熟，决定摊牌："你说，还是我说？"

瑞恩假装不明白："说什么？"

男方主动，女方才觉得有面子，瑞恩假装糊涂让莫妮卡不高兴。莫妮卡站了起来，瑞恩也连忙站起来，他害怕再摆架子会失去机会："我说！"

莫妮卡等着他说。

"我……"瑞恩深深地吸了一气，然后吐气，自嘲地笑了。

莫妮卡觉得他这个动作挺可爱，如果他坦然而又直率地说出"我爱你"，那说明他是情场老手、油子。这种人情感都被淘空了，缺乏纯真的感情，将心比心，莫妮卡深有体会。

"我真说了？"

"快点！"莫妮卡催促。

"I love you！"瑞恩用英语说。

莫妮卡欣喜地拥抱了瑞恩。

桌子上，两个咖啡杯像一双目瞪口呆的眼睛。

四

第二天9点上班，莫妮卡坐在总经理办公室出神，昨天晚上喝咖啡已把恋爱关系敲定，预期两个月的目标提前一个多月就完成了。就像揭开了谜底，失去悬念之后，多少有些乏味。谈恋爱应该花前月下、卿卿我我，慢慢地吊胃口，那才有格调和情趣。然而工作实在太忙，哪有那么多时间。

一百天内结婚是莫妮卡预定的目标，结婚的时间越来越近，莫妮卡有种紧迫感。第一次结婚没有作财产公证，离婚时分割财产吃了大亏。房子是莫妮卡买的，500万元；车是老公买的，20万元；离婚时作为共同财产均分。这是个血的教训！为了避免重蹈覆辙，必须对婚前财产进行公证；为确保婚后不吃亏，必须签一份AA制婚姻协议书。未雨绸缪，防患于未然，免得离婚时再吃亏。

莫妮卡开始起草AA制结婚协议书，修改到自觉无懈可击后，打印出来向瑞恩征求意见。瑞恩看罢协议，觉得无懈可击，找不出反对的理由，只是情绪不够高涨。莫妮卡认为AA制结婚协议签字仪式应该庄重，不能不当一回事似的在办公室里草草签署，她经过一番斟酌，决定把签字仪式放到南京路上的高档酒店里进行。她认为这样做很有纪念意义，即使将来离婚，留个美好的回忆也是必要的。

夜晚，上海南京路步行街流光溢彩。

莫妮卡穿着高档白色连衣裙，脖子上戴着一条白金项链，耳朵上戴着蓝宝石耳坠，妆容浓淡相宜，显得自信而高贵。按莫妮卡的要求，瑞恩穿了一身崭新的蓝色西装，洁白的衬衣，红白相间的斜纹领带。瑞恩看上去心事很重，面带忧郁，这种表情比故作深沉状显得更酷。

他们牵着手款款走进酒店。门童深深鞠躬说"欢迎光临"。他们选择了一张靠窗的桌子，相向对坐。莫妮卡点了六个菜，一瓶干红。服务员小姐打开干红瓶塞，莫妮卡示意她离开。莫妮卡把两份打印好的财产公证书和AA制婚姻协议书从提包里拿出来，放在瑞恩的面前说："先小人，后君子。没有异议就把它签了。"她把一支签字笔递给瑞恩。瑞恩接过笔，看也不看协议，直接在上面签字，那神情就像签卖身契。瑞恩签完字，莫妮卡签，莫妮卡经常与客户签协议，签字动作潇洒、娴熟。

公证书、协议书一式两份，双方各执一份。

莫妮卡站起来，往两个高脚杯里倒酒，然后端起一杯，瑞恩机械地站起来，也举起高脚杯。

"干杯！"莫妮卡说。

两个高脚杯碰在一起，发出风铃般悦耳的声音。

"合作愉快！"莫妮卡脱口而出。

莫妮卡结过一次婚，对结婚的流程轻车熟路，接下来的环节是领结婚证。就这样领结婚证了？莫妮卡觉得好像缺少点什么，感觉心里不踏实，甚至于有点恐惧。为什么会这样？她想到了庄元，请他参谋参谋。

"教授你好！忙吗？"莫妮卡拨通了庄元的手机。

"还好。"

"想跟你喝咖啡，聊聊。"

"不要动不动就喝咖啡！"

"那我去你办公室，还是你来我办公室？"

庄元想了想说："还是咖啡馆吧。"

咖啡馆里，莫妮卡向庄元介绍瑞恩，听完介绍，庄元说："进展很顺利嘛。"

莫妮卡说："我心里感觉不踏实，总觉得拿证之前还应该做点什么。"

庄元说："做个婚前检查。"

莫妮卡正色道："别说笑话！我离过一次婚，害怕再离婚，我该怎么办？"

仅凭莫妮卡提供的信息，庄元感到无法为莫妮卡提供建设性意见，可如果不提，又感到辜负了莫妮卡的期待，于是大而化之泛泛而谈："你的男友是优选出来的，堪称完美。但，凡事有一利必有一弊。女人都喜欢白马，白马面临许多诱惑，稍不留神就红杏出墙。"

"怎么办？"

"重在防范，要像防贼一样防。"庄元提醒。

莫妮卡说："如果他是个好色之徒，怎么防得住？有没有办法测验出一个男人好不好色？"莫妮卡满怀期待地看着庄元。

庄元感到不献计献策，就辜负了她的信任。他踱着方步，调动大脑："柳下惠坐怀不乱，你设个局，让他坐在一个女人怀里，看他乱还是不乱。"

莫妮卡想了想，郑重地点头。

五

9点上班。莫妮卡把华丽丽叫到自己的办公室。华丽丽是个美女，身材好，脸蛋漂亮，她从事销售工作，能力强，业绩突出。

"请坐！"莫妮卡指了指沙发。

华丽丽坐下，莫妮卡挨着华丽丽坐，脸上挂着亲切的、讨好的微笑，就像面对大客户那样。华丽丽感到意外，莫妮卡在员工面前总是板着脸，像个债主一样，今天怎么啦？

莫妮卡笑着问华丽丽："小丽，知道我招聘助理的用意吗？"

华丽丽说："傻子都知道！真是服了，亏你想得出来，天才！恭喜总经理，找了个白马王子！"

华丽丽对莫妮卡，羡慕嫉妒恨。

莫妮卡说："凡事有一利必有一弊，白马王子人人都喜欢，白马面临许多诱惑，一不小心就成了流氓。"

"我看他不像流氓！"

"人不可貌相，说不定他是闷骚型的。形象重要，品德更重要。我现在最担心的是他人品有问题。我找你，就是想请你帮我出主意，了解他有没有定力。"

华丽丽颇感意外，同时心中窃喜：莫妮卡向自己讨教，说明莫妮卡瞧得起自己。"你想不出办法，我就更不行了！"谦虚是必要的。

"我们一起想办法，头脑风暴，说不定能碰撞出火花。"

华丽丽开动脑筋，她希望漆黑的脑海里有一道闪电，灵感的火花飞溅，溅出一个让莫妮卡目瞪口呆的妙招。但是，她漆黑的脑海始终是一片混沌，她开始生自己的气：平时脑袋瓜子挺灵活的，关键的时候掉链子！

莫妮卡盯着华丽丽，等她出主意。华丽丽想摇头，但又不甘心，于是继续开动脑筋，看上去像个思想家。

"坐怀不乱柳下惠，怎么才能知道他是不是柳下惠？"莫妮卡边思考边说，实是开导华丽丽。

华丽丽漆黑的脑海里果然有了火花，她想到了一个思路："找个人诱惑瑞恩，看他能不能经得住考验？"

莫妮卡点头说："这个主意不错！"

"你晚上跟他约会时，拥抱他一下，看他怎样。"

"我是他女友，别说他拥抱我，就算同居也不能说他没定力。"

"那就换一个人！"

莫妮卡皱眉："换谁呢？你看我们公司谁合适？"

华丽丽想了想说："小芸怎么样？"

"小芸太腼腆！"

"'大侠'怎么样？大侠不腼腆——不知道腼腆！"

"大侠"是公司一名女员工的绰号。莫妮卡想象"大侠"拥抱瑞恩的情景，扑哧笑了："瑞恩要是被'大侠'抱住，想逃都逃不掉！不过'大侠'像个男人，就算瑞恩不乱，也不能说明他有定力，只能怪'大侠'没魅力。"

"那红梅如何？"

"红梅……她愿意吗？"

华丽丽想了想说："未必。"

莫妮卡说："我不会让她白替我帮忙的。事成之后，我给她五百块钱奖金，她会干吗？"

"我咋知道？"

"将心比心，一千块钱奖金你干吗？"

华丽丽不假思索地说："不干！"

"两千呢？"

华丽丽一脸纠结："传出去笑死人了……"

"三千！"莫妮卡咬牙切齿。为一生幸福，花三千块钱，值！

华丽丽盯着莫妮卡问："真给三千块钱'坐怀费'？"

莫妮卡态度鲜明："我说话算数！"

华丽丽嗫嚅着说："红梅心里存不住话，只怕她到处乱说，到时候，事情没做好，人人都晓得。"

莫妮卡皱眉头："你说咋办？"

华丽丽吞吞吐吐地说："要不……"

莫妮卡突然醒悟似的说："你口风紧！我看你最合适！"

华丽丽问："我行吗？"

莫妮卡十分肯定地说："行！一定行！"

华丽丽忽然意识到中了莫妮卡的圈套。

公司员工的主要工作是电话营销，打电话的"话述"都是莫妮卡设计的。所谓话述就是事先准备好的向企业推销培训产品的说词，是引导、诱导企业购买培训产品的语言艺术。

华丽丽意识到自己中了莫妮卡的圈套，但这个圈套不是白钻的！立马答应，莫妮卡没准会瞧不起自己，应该推辞，让莫妮卡反过来请求，然后再答应帮忙，既有面子，又有票子，才像个样子。想罢说道："不行，这种事传出去，多没面子！"华丽丽软软地说，她担心口气太坚决，会让莫妮卡认为没有商量的余地而改变主意。

莫妮卡说："这件事天知地知，你知我知，我以人格担保！"

华丽丽发愁道："不是我不愿帮你，是没干过，不知道咋做，不是奖金问题。"

莫妮卡问："在大学里你就没谈过恋爱？就没拥抱过？"

"那是同学，大一认识，大三拥抱。"

"不行！我不可能给你三年时间！我只给你一周时间！"

"你教教我。"

"目标明确之后，主动思考解决问题达成目标的方式办法，才叫自动自发，长脑子干什么用的？"

莫妮卡摆出领导架势，华丽丽心中不快，本想说我能力差，你另请高明，但看在三千元钱的面子上，话到嘴边又咽了下去。她清楚，自己不干，莫妮卡会找到别的人选，自己是人选之一，不是唯一人选。何况，莫妮卡找自己帮忙，是看得起自己，不能不识抬举。

华丽丽不说话，莫妮卡以为她想不出办法，自动自发必须有能力，能力这东西不是想有就有的。"我安排你们加班，给你们创造一个独处的机会。"

"加什么班？"

"最近公司不是正在给网站改版么，你晚上加班，我让他给你当助手。"

华丽丽扭扭捏捏："我……还是有点不好意思。"

莫妮卡瞪了华丽丽一眼："听口气就像处女一样！这个还用我教你？你就说第一次见面就爱上他，就心跳加速，就晕，然后拥抱他，看他怎样。"

华丽丽直摇头："刚认识不长时间，就拥抱，他还不把我当'小姐'看？"

莫妮卡心一沉：自己就是刚认识瑞恩不久就拥抱了，华丽丽会不会是话中有话——讽刺我谈恋爱速度太快？想罢说道："有道理！你拥抱他，就算他不把你当作专业'小姐'看，也会把你当作业余'小姐'看。"

"就是嘛！"

莫妮卡心中暗笑，猪头！挨骂了还说"就是"。既然华丽丽没有讽刺自己的意思，那就有必要把话说回来："第一次打交道就拥抱他，如果是陌生人可能会被人当成'小姐'，但是作为同事，绝对不会。信息时代快鱼吃慢鱼，做任何事都要追求效率，恋爱也不例外。能行就行，不行拜拜。感觉好就结婚，缘分尽了就离婚，速战速决，快刀斩乱麻！"

华丽丽噘着嘴，装出委屈的样子："那好吧。"

六

华丽丽与瑞恩晚上一起加班。

华丽丽伺机向瑞恩抛一个媚眼。瑞恩斜了华丽丽一眼，自己正与莫妮卡恋爱，全公司的人都知道，华丽丽还抛媚眼，这不是正经人干的事！

华丽丽理解瑞恩的冷眼。"你能成为莫妮卡的男友，我也有一份功劳！我给你打的分最高，不然今天我面对的就不是你，而是6号东健。这说明什么？"

"谢谢！"面试那天，华丽丽欣赏的眼神，瑞恩注意到了。

"我很喜欢你！"华丽丽说。这句话必须说，不说无法跟莫妮卡交代，就拿不到3000元钱。

被人欣赏是很爽的感觉，瑞恩也不例外，他觉得华丽丽坦诚，甚至可爱，投桃报李，他想说我也喜欢你，随即认识到这么说不妥。像华丽丽这样坦诚的人，嘴巴就像没封口的瓶子，里面有味道就会扩散出来。

"同事之间就应该相处得跟兄弟姐妹一样，相互喜欢。许多企业内部，人与人之间关系微妙，内耗严重，阻碍了企业的发展。"瑞恩一脸正气。

华丽丽感觉没什么可说的了。"我有点不舒服！"华丽丽说完拿起小包，转身出了办公室，随手带上门，关门的声音很响。

次日上班后，华丽丽主动前往总经理办公室。

莫妮卡站起来："什么情况？"

华丽丽说："我对他说了，我喜欢他。"

莫妮卡急切地问："他呢？"

"他说，同事之间就应该跟兄弟姐妹一样，彼此喜欢。"

莫妮卡长长地出了一口气，见华丽丽站在办公桌前看着自己，莫妮卡意识到华丽丽是要钱，她心有不甘，说一句"我喜欢你"就赚3000元，她觉得有些亏、有点冤。她想了想说："'我喜欢你'这句话轻描淡写，算不上诱惑。"

华丽丽说："你要赖皮！"

莫妮卡说："我要的是诱惑，诱惑！懂吗？"

华丽丽说："你说清楚，到底怎么做！"

莫妮卡想了想，面授机宜。

　　莫妮卡安排华丽丽与瑞恩到苏州拜访客户，当天晚上回不来，两个人住在同一所宾馆。

　　出差往返两天，第三天正常上班。华丽丽进了莫妮卡办公室，向莫妮卡汇报诱惑结果："晚餐后，我洗完澡，给瑞恩打内线电话，瑞恩立马就过来了，我打开门，他冲进来就拥抱我，扯我的衣服，跟疯了一样，我拼命地挣扎，他的力量太大……"

　　莫妮卡脸色铁青浑身发抖："他强奸你了？！"

　　"就差一点点……他把我的衣服撕坏了，跟剥玉米皮一样，剥了一层又一层，我急中生智大喊'救命啊、救命啊'，他才松开手，从我的房间里逃出去……"

　　"垃圾！"莫妮卡骂道。

　　华丽丽说："你要是不开除他，我就辞职！"

　　"我立马开掉他！"莫妮卡拍了拍华丽丽后背："谢天谢地！强奸未遂。色狼！委屈你了！"

　　华丽丽说："事情过去了，不要张扬，不然，我这辈子的名声就毁了，没脸见人了！"

　　莫妮卡说："我知道。你先回去工作，不要声张，装得像没事一样，我自有主张。"

　　华丽丽站着不走，莫妮卡蓦然想到了钱，她从包里点出3000元钱给了华丽丽。华丽丽接过钱揣进兜里，嘱咐莫妮卡："千千万万别张扬！大家都知道这件事，我就没法活了！"

　　"尽管放心！"

　　华丽丽出了总经理办公室回到408室，装得跟没事一样。

　　华丽丽刚出办公室，瑞恩敲响了总经理办公室的门。莫妮卡冰冷的目光审视着瑞恩。瑞恩有些惭愧地低下了头："对不起！辜负了你的美意，我是来辞职的。"

一切无须再问。莫妮卡说："你先写个辞职报告。我正在写项目建议书，客户等着要。中午下班后我们再谈，顺便叫财务跟你结一下账。"

瑞恩鞠了一个躬，退了出去。

莫妮卡在心中恶狠狠地骂了一句："衣冠禽兽！"男人长相固然重要，比长相更重要的是品德！莫妮卡失望之余倍感庆幸：幸亏听庄元的建议，考验他一下，让色狼原形毕露，不然，真的要重蹈覆辙了。莫妮卡内心十分感激庄元，教授就是教授！

莫妮卡说中午下班后跟瑞恩谈话结账，是为了稳住他。莫妮卡认为，瑞恩的行为不仅污辱、亵渎了自己神圣的情感，还强奸华丽丽——尽管强奸未遂，但性质严重！不能让这个色狼全身而退，逍遥法外，正义应该得到伸张，邪恶就应该得到惩罚。莫妮卡关上了总经理办公室的门，反锁上，打110报警。

"大声点！听不清！"110反馈。

莫妮卡还是稍稍地："不能大声，犯罪嫌疑人就在隔壁……"

10分钟后，四名警察堵住了上海天志文化传播有限公司408室的门。

"谁是瑞恩？"一个50岁左右的大块头警察手执警棍问。

莫妮卡闻讯从412室冲出来，指着瑞恩说："他！"

"不许动！"大块头警察呵斥瑞恩。

瑞恩脸色蜡黄，不敢动。大块头警察熟练地给瑞恩戴上了铐子，随后把瑞恩押出了408室，押上警车。作为受害人和举报人，华丽丽与莫妮卡上了另一辆警车。

派出所内，两个警察首先审讯瑞恩。大块头警察提问，女警察作笔录，女警察大约30岁。

大块头警察对瑞恩说："老实交代！"

瑞恩问："交代什么？"

大块头警察提高音量："不要明知故问！你跟女同事出差，做了些什么！"

瑞恩交代："莫妮卡安排我跟小丽一起出差……"

瑞恩与华丽丽乘坐G字头列车出差。

瑞恩观察华丽丽，华丽丽嫣然一笑，问："相信一见钟情吗？"

瑞恩笑而不答。"你相信吗？"

华丽丽回答："相信！"

瑞恩说："第一印象很重要！"

华丽丽问："这么说你对莫妮卡一见钟情？"

瑞恩不答，目光直视华丽丽。华丽丽脸色绯红，她有些不好意思。好久谁也没有说话，气氛有些微妙。

警察提示："与本案无关的事不要说！"

瑞恩说："小丽说，她对我一见钟情。"

大块头警察："不要往自己脸上涂脂抹粉！混淆视听！"

瑞恩分辩："我还没跟莫妮卡拿结婚证，有选择的自由，不违反法律。"

大块头警察说："没结婚就可以强奸女同事？这是什么荒唐逻辑？！"

瑞恩说："没有啊！是双方心甘情愿的。"

瑞恩与华丽丽同住一个宾馆。

瑞恩房间的内部电话响了，他接电话。电话是华丽丽打来的：“到我的房间来一下好吗？”

瑞恩犹豫片刻，说：“马上到！”

瑞恩轻轻地敲华丽丽房间的门。华丽丽打开门，她身上只裹着一个大浴巾，她不敢看瑞恩，转过身匆匆回到床上，大浴巾从她的身上滑下来，她钻进了被窝。

瑞恩脱去了自己的衣服。

华丽丽关掉了房间里的灯。

派出所审讯室内，警察说：“编！继续往下编！”

瑞恩说：“没编！不信你问华丽丽。”

“不见棺材不掉泪！”大块头警察把瑞恩带到审讯室外，等候在审讯室外的莫妮卡、华丽丽同时站起来。大块头警察把瑞恩关到隔壁一间房中，锁上门，转身扫了一眼莫妮卡和华丽丽。“谁是受害人？”

华丽丽与莫妮卡彼此看一眼。莫妮卡理所当然地认为华丽丽是受害人，华丽丽内心承认莫妮卡是受害人。

“谁是华丽丽？”男警官问。

华丽丽举一下手。

“进来。”大块头警察说。

大块头警察坐到椅子上，示意华丽丽坐下。

华丽丽不好意思地坐在凳子上，低头不语。

“说吧。一定要实话实说！”大块头警察提醒。

华丽丽说：“是莫妮卡让我这么做的。”

大块头警察警觉：“是莫妮卡让你陷害他？”

华丽丽反问："这算是陷害？"

大块头警察有些晕："说详细点！"

华丽丽说："瑞恩跟莫妮卡谈恋爱，她对瑞恩不放心，让我诱惑他，看他是不是坐怀不乱的柳下惠。许诺事成之后，给我3000元。"

大块头警察催促："继续！"

华丽丽房间。

华丽丽洗过澡，裹着大浴巾出淋浴室，手机响了，是莫妮卡打来的，华丽丽接听手机。

"什么情况？"莫妮卡问。

华丽丽回答："没什么情况。"

莫妮卡问："计划实施了吗？"

华丽丽迟疑了好一会儿，说："没呢。我实在不好意思。"

"这个时候还说这种话！我花钱让你去旅游的吗？马上实施！"

华丽丽犹豫片刻鼓起勇气说："好吧！"

华丽丽拨通了瑞恩的电话。"你到我房间来一下……好吗？"

派出所审讯室。

华丽丽交代："大约5分钟瑞恩就过来了。"

大块头警察问："他做了些什么？"

华丽丽低下头。

大块头警察问："结果如何？"

华丽丽一脸绯红，不好意思地说："挺好的。"

大块头警察问："什么挺好？"

华丽丽昂起头，不满地看了大块头警察一眼，大方地说："感觉挺好！"

大块头警察感到意外："感觉挺好？"

华丽丽耍赖似的："怎么地吧！"

"你只想诱惑他，他当真了，强奸未遂，还感觉挺好？"大块头警察纳闷。

"谁说他强奸我了？我们是两相情愿。我们一见钟情，怎么地吧！"

两个警察笑了。

"两相情愿为什么还报案？"大块头警察问。

华丽丽想了想，恍然大悟。"事情成了这样，我只好把实话跟瑞恩说了，瑞恩很吃惊，问我爱不爱他？我说爱，一见钟情。他说他爱我胜过莫妮卡。"

华丽丽房间的灯亮着。

华丽丽、瑞恩面对面地躺在被窝里。

华丽丽问："回去怎么向莫妮卡交差？"

瑞恩说："如果你跟莫妮卡说我坐怀不乱，莫妮卡就会要求我跟她拿结婚证；你说我对你动手动脚，她就会开除我。"

华丽丽说："不要等他开除，你主动辞职！"

派出所审讯室。

华丽丽说："上班后，我跟莫妮卡说，瑞恩脱我衣服，我喊救命他就逃跑了。以为瑞恩辞职就没事了，没想到她报案了。"

大块头警察问："接下来该怎么办，知道吗？"

华丽丽为自己辩护："凭什么抓我们？我们是谈恋爱，不是卖淫嫖娼！"

女警察校正华丽丽的思路："怎么处理那3000块钱？"

华丽丽明白了："把3000块钱还给她，我也辞职，年终红包不要了。"

大块头警察向门外喊了一声："莫妮卡！"

莫妮卡进了审讯室，华丽丽耷拉下眼睑。

莫妮卡约见庄元。

庄元陪莫妮卡在交大校园散步、散心，倾听她的诉说。

庄元安慰莫妮卡："瑞恩能背叛你，就能背叛华丽丽，她的苦头在后边！"

"没想到瑞恩也是好色之徒！男人是不是都是这种东西？"莫尼卡问庄元。

庄元道："子曰，'吾未见好德如好色者也'，好色，是男人的天性，好色不是错，错在不忠诚。"

莫妮卡说："怎么让男人忠诚？"

"我说过，对于好色的男人，应该像贼一样防！"

"我对汤姆跟防贼差不多，防不胜防，还是没防住。怎么让男人不好色？"

庄元说："阉割。只怕阉割以后你又不要了。"

莫妮卡欲哭无泪："真让人绝望！"

庄元说："希望还是有的，心心相印，彼此相爱——爱的是人，才能保证忠诚。"

莫妮卡若有所思。

七

夜晚，莫妮卡躺在床上。

华丽丽哪点比我强？除了比我年轻几岁，其他方面，不管是外语水平、工作能力，还是经济条件，她都无法跟我相提并论。瑞恩选择华丽丽纯粹是跟着感觉走，如果采取优选法对各项指标综合评估，华丽丽的总分肯定会矮一大截。无知的瑞恩，瞎了你的狗眼！去死吧！

莫妮卡在心中咒骂，骂过之后，心中萌生了一种快感。她本以为会感到很痛苦，但是没有，这是怎么啦？因为结过一次婚，感情变得迟钝了？莫妮卡想来想去，想出一个结果，自己爱的是6号东健，不是3号瑞恩。

东健的总分比瑞恩只差一点点，这一点分差完全是华丽丽造成的：华丽丽给东健评分最低，给瑞恩打了满分——可见她多么喜欢瑞恩！简直是一见钟情！莫妮卡意识到让华丽丽考验瑞恩，纯属决策失误。但坏事与好事在一定条件下可以相互转化，得到瑞恩就失去了东健，东健比瑞恩强一百倍！

莫妮卡回忆与东健相识的一幕幕，一直回忆到跟东健说的最后一句话——"对不起，请……听候通知"。"听候通知"这句话还可以诠释为"已经被录用听候通知"。莫妮卡掐指一算，时间已经过去了两个月，东健没准早就找到了工作，找到工作也要把他挖回来！莫妮卡来了精神，从床上一跃而起——这才是恋爱的感觉！她在房间里走来走去，设计给东健打电话的话述，设计好之后，拨打东健的手机号。

"东健吗？我是天志公司莫妮卡，上个月你到天志公司来应聘，忘了？……两个多月了？时间过得太快了。我连续出了两趟差，这几天又是写项目建议书，又是给公司网站改版，忙昏头了！我刚忙完就给你打电话，没想到两个月过去了！我请你喝咖啡，有时间吗？"

"现在吗？"电话那头东健问。

莫妮卡看了看壁上的电子钟：凌晨1点。这个时候喝咖啡的确晚了一点。"不是现在，今晚6点，可以吗？"

"可以！"

东健回答得很干脆，莫妮卡从电话中感觉到他受宠若惊。

"我把地址发到你手机上，晚上6点，不见不散！"

挂掉电话，莫妮卡脸上浮现甜蜜的笑容，心中涌现出一种奇妙的感觉，妙不可言。莫妮卡下了床，赤着脚走向客厅，在客厅里走来走去，开始设计约会的话题。莫妮卡想起华丽丽说过的那句让她感到很受刺激的话——刚认识不几天就说我爱你就拥抱，别人还以为你是"小姐"呢。莫妮卡决定，这一次一定要拿捏好进展速度，不能太快，太快无法表现高姿态；但也不能太慢，夜长梦多。

八

阳光透过乳白色的窗帘，照亮了庄元的卧室。

庄元睡在一张宽大的双人床上，晚睡晚起是他的作息习惯。手机响了，庄元接听手机。

"教授，元旦我要结婚了！"电话是莫妮卡打来的。

"这么快？"庄元感到意外。

"不算快，如期达成目标。想请你帮个忙。"

"说吧！"

"我本想嫁给有钱的美国帅哥，所以同学、同事的婚礼我都不参加，参加等于白花钱，结果没嫁成。第一次结婚没人捧场，在老公家人面前很没面子，这次不能丢面子。你同事朋友多，我想通过你请10个人参加我婚礼，捧捧场。我把5000元划到你账号上，每个人出500元的份子，就算是个游戏。到时候，我再给每人发200元出场费。"

"你打4500元给我就行了，我出500元礼钱。"

"你结婚的时候我没参加，我收你的礼没道理，路数不清爽！"

"你要是不收我的礼，我就不给你帮忙，不参加你的婚礼。"

莫妮卡犹豫一会儿说："教授够意思！你再结婚，我一定参加！"

九

春节后刚上班，莫妮卡给庄元打来电话。

"说话方便吗？"

"方便。"

"下周三到杭州讲课的事别忘了。"

"忘不了！"庄元说，"从上海到杭州火车很多，别开车去了。"

"为啥？"

"坐你的车，我心跳会加速。"

莫妮卡高兴地说："教授，你可真会赞美人！我有那么大魅力吗？"

"除了魅力，与你开车技术也有点关系。"

他们一起乘G字头列车去杭州。他们并排地坐着，莫妮卡靠车窗，庄元靠莫妮卡。庄元闭目养神，莫妮卡茫然地望着窗外。

列车在奔驰，窗外的风景一掠而过。

莫妮卡用胳膊肘抵了抵庄元："看看我的脸。"

庄元看莫妮卡的脸，看罢说："脸很干净，至少这半边脸很干净。"

"不是问这个！"

庄元又看一遍："没妊娠斑。"

莫妮卡不悦地说："我又没怀孕，哪来妊娠斑？"

庄元欠身扭头把莫尼卡整个脸仔细端详了一下，说："五官没有错位现象，也不像是中风。"

"你脑子有毛病！"

"你到底让我看什么？！"

"看我脸色是不是憔悴？"

庄元观察莫妮卡，确实有点憔悴。"新婚宴尔，男欢女爱，鸳鸯戏水，缠绵悱恻，不舍昼夜，不憔悴才怪！"

莫妮卡皱着眉问："说什么乱七八糟的？"

"没听懂？……譬如喝酒，太贪伤身体。来日方长，别搞得像地球要爆炸一样。"

莫妮卡斜了庄元一眼："跟那个没关系！"

庄元问："跟哪个有关系？"

莫妮卡生气地说："不跟你说了！"

不说拉倒！就好像谁多想听一样。

　　杭州站到了，客户把庄元和莫妮卡接到靠近西湖的一家酒店。房间已经预订好了，莫妮卡和庄元报上姓名，亮出身份证就可入住——当然是一人一个房间。晚餐由当地企业的人力资源部经理等陪同，晚餐后的时间自由支配。

　　"教授，我请你喝咖啡，聊聊。"

　　"不喝咖啡也可以聊！"

　　"不喝咖啡怎么聊？"

　　"譬如，到西湖边，边散步边聊。"

　　西湖边，莫妮卡向庄元介绍了东健。

　　"结婚之前，先进行财产登记，接着签了一份AA制婚姻协议书。"

　　庄元问："签协议的时候碰杯了吗？"

　　莫妮卡斜了庄元一眼，承认："碰了。举行完婚礼之后，我们到新马泰旅游了一圈，累坏了！"

　　莫妮卡家客厅。

　　莫妮卡一脸倦容，披头散发，她把一打发票、收据、飞机票和一个记录本摆到东健面前，说："这次旅游费，加上这两个月应该还的房贷、物业管理费、汽车保险费、过路费、油费、折旧费、生活费、钟点工费等，计五万四千多，每人均两万七千多，你两个月工资一万二，还欠我一万五千。"

　　东健惊讶地看着莫妮卡："这么多？！"

　　莫妮卡不悦地说："票据在这里，你自己看！我还能做假账？"

　　东健额头上冒出冷汗："我……不是这个意思。"

　　莫妮卡说："因为出国旅游才这么多。正常情况，每月开销两万多一点，零头我不算了！依照AA制协议，你每月应摊一万，扣除月薪六千，你一个月给我四千就够了。"

东健犯难："我到上海时间不长，没钱。"

"那怎么办？"莫妮卡问。

东健说："你帮我想想办法。"

莫妮卡想了一会儿问："会做饭吗？"

"会。"

"我们家钟点工每月一千，把钟点工辞掉，家务事你全包，抵扣一千，愿意吗？"

"我……愿意。"东健一脸的不情愿。

"每月还欠我三千……怎么办？"

"我有个办法，只要你同意就行！"东健的脸上挂着诡谲的笑。

"该不会做'鸭子'吧？"

"想到哪儿去了！"

"什么办法？"

"你给我加三千工资。"

莫妮卡斜了东健一眼："亏你想得出来！如果你不是我老公，我最多给你五千。问题一个个解决，今天你先把欠我的一万还上！"

东健嬉皮笑脸地说："要钱没有，要命有一条。"

莫妮卡正色道："不许耍赖！你敢耍赖，我就跟你离婚！"

"当真吗？"东健犹疑地盯着莫妮卡。

"没人给你闹着玩！"莫妮卡语气肯定。

东健收敛起笑容："你有病吗？！"

"你这个吃软饭的！竟然骂我？！吃我的，睡我的，有什么资格骂我？"

"你像个吸血鬼！臭女人！离婚！"

"他竟然骂我臭女人！真恶心！"莫妮卡很激动，也很生气。

庄元问："现在什么状况？"

"离了！上周离的。"

路灯光下，莫妮卡的脸上没一点血色，满是无奈和忧郁。

庄元欲言又止，莫妮卡鼓励道："你尽管直言，我不会怪你。"

庄元说："你是个典型的'左脑人'。"

莫妮卡问："什么是'左脑人'？"

庄元给莫妮卡谈了一点心理学：

人的左右脑是有分工的：左脑分管逻辑、理性、功利分析，右脑分管直觉、人生体验、艺术欣赏。左脑帮助人获得成功，右脑使人产生美感、快感、幸福感。过度地使用左脑，一切从功利的目的出发，人就像冷血动物，而且会丧失感受快乐的能力。这种人心理学家称之为"左脑人"。要想生活幸福快乐，必须开发右脑。

莫妮卡问："怎么开发？"

开发右脑不是三言两语可以说得清楚的，明天要为企业上一天课，不宜睡得太迟，庄元掏出手机看时间。

莫妮卡说："我付你一千元的心理咨询费，你给我讲讲！"

庄元说："我不要你什么心理咨询费！"

莫妮卡机警地问："你想干吗？"

庄元说："睡觉。"

莫妮卡吃惊地问："跟我？！"

庄元忙解释："我所说的睡觉，是纯粹的睡觉！"

莫妮卡打断庄元的话说："别描了，越描越黑！回宾馆！"

"我……肾亏。"庄元仿佛很羞愧。

莫妮卡盯着庄元看了好半天，怜悯道："空心大萝卜！"说罢一声叹息："好男人难找啊，不是这个不行，就是那个不行。"

庄元说："现成的好男人不多，好男人是调教出来的。男人就像玉石，需要精雕细琢才能成为艺术品。想把男人调教好，必须要有耐心和高超的驯养技术。这是个系统工程！"

莫妮卡面露难色。

回到宾馆，庄元洗漱完毕躺在床上，拿起电视机遥控器搜寻想看的电视节目。"嘟……"床头的电话响了，庄元条件反射似的把手伸向白色的话筒，当手触到话筒时，犹豫了，直觉告诉他，这个电话是莫妮卡打过来的。她想干什么？庄元的心跳又开始加速。他想到楚庄王不见可欲的故事，德行浅薄，定力不够，最好不接近充满诱惑的环境。电话不停地响，庄元不接。电话终于安静了下来，庄元松了一口气，继而想到，如果这个电话是莫妮卡打来的，那么她很有可能立即拨打自己的手机，想罢拿起手机准备关机，但是晚了——手机响了，一看号码，果然是莫妮卡的。庄元能经得住电话的考验，同样能抵挡住手机的诱惑。手机终于安静下来，庄元松了一口气，为能战胜自我油然而生一种成就感。如果明天莫妮卡问为什么不接电话怎么回答？——就说在卫生间洗澡没听见。刚编织好谎言，耳边便传来了敲门声：笃，笃笃，笃笃笃……敲门声不大，却像催命似的，庄元心中暗暗叫苦。"谁……谁呀？"打盹当不了死，他不得不说话。

"我，莫妮卡！"

——知道你是莫妮卡！

不开门是不行的，但不能立即开门。"请稍等，我在洗澡，马上就好！"

"好的。"

庄元光着脚跑进卫生间，关上卫生间的门，打开洗浴龙头，又把自己从头到脚冲洗一遍，然后擦擦头上、身上的水，穿上内裤、睡衣，开门。

莫妮卡闪进房间，随手关上门。

"请坐。"庄元担心谎言穿帮，有些心虚。

莫妮卡坐在桌子前面的凳子上，脚上趿拉着布质米色小拖鞋，穿着上下两件套的睡衣。粉红色的睡衣上，点缀着淡雅的小花，做工考究。一看就知道是莫妮卡自己带来的。莫妮卡见庄元神色慌张，安慰道："不要紧张。"

"不紧张。"庄元故作轻松地说。

"不要故作轻松。"

庄元调整状态，看上去很轻松。

"你是不是觉得我轻佻？"

"没——有。"

"放心！我不会让一个'空心大萝卜'出洋相，没自尊。"

莫妮卡摆出一副宽宏大量的样子。庄元脸上露出尴尬的表情。莫妮卡心中萌生一种居高临下、幸灾乐祸的快感，脸上挂着挑衅的笑。庄元内心骚动着一种征服欲望……但是，他克制住了，他担心莫妮卡黏上自己。莫妮卡无从知道此时的庄元大脑分泌出些什么思想，但见他一脸凝重，觉得挺逗，她收敛起挑衅的笑容，说："我找你，还是想咨询如何开发右脑。你不说，我睡不着觉。"

庄元给莫妮卡讲开发右脑，莫妮卡坐在电视机前小凳子上，全神贯注地倾听，毕恭毕敬得像个小学生。莫妮卡的态度激发了庄元的表达欲，他一口气讲了一个多小时。

莫妮卡听罢站起身来，站在庄元面前，向前迈一小步，给庄元鞠躬，鞠躬的姿势定格了十几秒钟，粉红色的睡衣领口比较宽松，庄元的目光一不小心陷了进去，难以自拔。

"Good Night！"莫妮卡直起腰，跟庄元道别。

当庄元反应过来想说"Good Night"时，房间的门"嘭"的一声关上了。

庄元感觉房间里空荡荡的。

睡觉！明天还要讲课呢！庄元赌气似的关了灯。他躺在床上辗转反侧，浮想联翩，久久不能入眠：莫妮卡睡衣的领口始终在他的眼前敞着。

十

春去夏来，庄元与莫妮卡的合作在继续。

下午，他们一起乘G字头列车前往苏州为某企业讲学。莫妮卡的客户大都在长三角地区。莫妮卡、庄元依旧并排坐着，莫妮卡靠窗，她喜欢靠窗。

庄元见莫妮卡气色不错，问："又要结婚了？"

莫妮卡白了庄元一眼："什么叫'又要结婚了'？——哪有你这么问话的！"

庄元说："对不起，表达不准确，准确的问法应该是'又要结婚了'？"

莫妮卡笑道："你这个坏蛋！"

合作的时间长了，成了朋友，朋友间说话就随便了些。

"庄元，我终于找到了生命中的另一半！"莫妮卡的眼中闪烁着光芒。

"招聘来的？"

"网上淘来的！他叫周道，在一家广告公司搞策划，名牌大学毕业，脾气好，脑袋瓜子灵活！"

"什么时候结婚？"

"上次结婚不到三个月就离了，是个教训，这次得稳一点。"

庄元提示道："上上次离婚也是个教训，也不能忘记！"

"忘不了！这一次，我打算跟周道生活一段时间再结婚。生活期间彼此加深了解，合得来再结婚，合不来拜拜。"

"还是个白马王子？"

"白马王子过时了！你说得对，驴比白马中用。"

"这么说你找了头驴？"

"驴是过目即忘，他比较帅，算不上白马王子，但是比驴强。"

"那叫骡子！"

"骡子是什么东西？"

"是马和驴的混血儿，似马非马，似驴非驴。"

"还有这种东西！那周道就是骡子！"

"怎么样？"

莫妮卡说："感觉是块好玉料，容易雕刻。"

　　周末，莫妮卡还在睡懒觉，周道悄悄地到菜市场买菜，买菜回来做早餐，做好早餐叫醒莫妮卡。莫妮卡起床洗漱，进盥漱间一看：周道把牙膏都给她挤在牙刷上了。莫妮卡洗漱时间，周道收拾房间，收拾完房间，下厨房做早餐，然后共进早餐，早餐后周道收拾餐桌，收拾完餐桌给莫妮卡泡咖啡。莫妮卡坐在沙发上边喝咖啡边浏览买菜清单。

　　中午，周道下厨房，他要给莫妮卡露一手。周道做了三菜一汤：青椒炒肉丝、西红柿炒鸡蛋、酸辣土豆丝、鸡汤。周道把三菜一汤摆到餐桌上，请莫妮卡就餐。他请莫妮卡先动筷子品尝。莫妮卡先尝菜，然后品汤，品完汤后，放下调羹。周道站在桌边，满脸堆笑，等着莫妮卡赞美。莫妮卡斜了周道一眼："青椒炒肉丝有股西红柿炒鸡蛋味，西红柿炒鸡蛋有股酸辣土豆丝味，酸辣土豆丝……这能叫酸辣土豆丝？鸡汤什么味都有，火锅味！"莫妮卡站了起来，她不吃了。

　　周道看着桌上的三菜一汤，一脸无奈："我尽力了！"

　　莫妮卡在客厅里走来走去，她想到了庄元的话，好男人是雕琢调教驯养出来的，是一个系统工程。她很快理顺了思路："吃饭和爱，是人生最重要的两件事，吃饭比爱还要重要……"

　　周道说："告子说，食色，性也！我知道该怎么做。"

　　莫妮卡脸上露出笑，她感觉周道思维敏捷，一点即通，交流起来轻松。

　　周道利用周末时间到烹调学校进修，又买了一本《家常菜烹调技术》。非周末时间，晚上莫妮卡看电视，周道在房间里大声朗读菜谱：

　　"家常菜共分为七个部分：一、蔬菜篇；二、豆制品·食用菌篇；三、畜肉篇；四、禽蛋篇；五、水产篇；六、主食篇；七、营养蒸菜篇。蔬菜篇，108个品种，1.青椒炒肉片：原料：青椒300克，五花肉150克；调料：葱花、姜末、味精各少许，精盐1/2小匙，白糖一小匙，料酒1/2大匙，酱油一大匙，水淀粉、色拉油各一大匙；做法：将猪肉洗净，切成薄片……"

"周道！把房门关起来念！"莫妮卡在沙发上发一声喊。

通过近两个月的刻苦学习，周道认识到自己原来做菜很原始，追根溯源是受母亲影响，今非昔比，他决定一展身手小试牛刀。

周末中午，周道做五菜一汤一饭，七个部分各选一：青椒炒肉丝、蘑菇青菜、什锦牛肉片、油茶炒鸡蛋、红烧鲫鱼、粉蒸排骨、南瓜饭。周道依旧让莫妮卡先动筷子品尝。莫妮卡一一品尝。周道站在一旁等着她裁判。莫妮卡尝罢，对周道刮目相看："色香味俱全！拿酒！"

周道说："AA制签约时，我喝了两瓶干红，你好像不高兴，提示我不要酗酒，第二天我就戒了，不能破戒。你喝酒，我喝饮料。"

"叫你喝你就喝，不叫你喝你就戒！"

"好吧！"周道爽朗地答应，莫妮卡的命令正中下怀。他从酒柜里拿出两瓶干红、两个高脚杯，拧开酒瓶木塞，倒了两个半杯。

菜好，酒好，感觉好，莫妮卡频频与周道碰杯，莫妮卡喝一口，周道干半杯。莫妮卡微醺，脸上绯红，看上去年轻10岁，就像二十多岁。莫妮卡离席坐在沙发上，舒服得浑身痒痒。周道给她倒了杯白开水，吃完饭喝白开水是莫妮卡的习惯。伺候完莫妮卡，周道松了一口气，他松松裤带，交替使用筷子和调羹，吃菜喝汤，宛如秋风扫落叶，一会儿把五菜一汤和一电饭煲南瓜饭吃得干干净净。吃完打个饱嗝，扶着桌子站起来。

莫妮卡盯着周道，就像看外星人。

"怎么啦？"周道自我检视一遍，没发现什么不对。

"瞧你这副吃相！嘴叭叭响，跟猪一样！吃得比猪还多！"

周道解释："不吃就浪费了！"

莫妮卡说："就算吃也不是这个吃法！"

"把菜倒在大碗里，搅和搅和再吃？"

"那就更像喂猪！"

周道想不出别的吃法，等着莫妮卡指导。

"咀嚼食物时，嘴不能张开，不能发出声音！"

"有这种事？！"周道惊讶。

莫妮卡无奈地摇头，说："你必须学习商务礼仪。不懂商务礼仪，让人感觉档次低，在社交场合，脸就给丢尽了！"

周道说："你休息，我收拾完就去新华书店买本《商务礼仪》读读。"

晚餐后，莫妮卡看电视，周道忙完家务，自学《商务礼仪》。

三周后，晚餐后周道收拾完家务，挨着莫妮卡坐在客厅的沙发上看电视。周道行为异常，引起了莫妮卡的关注。

"《商务礼仪》读完了。"周道解释。

"学得怎么样？"

"你不妨测试测试，我应该能及格。"周道颇为自信。

《商务礼仪》就摆放在面前的茶几上，莫妮卡拿起《商务礼仪》翻开目录。"《商务礼仪》共十讲，第二讲内容是什么？"

"介绍、称呼、致意、鼓掌、微笑。"周道流利地回答。

莫妮卡接着提问："怎么微笑？"

周道微笑一下。

"这是讥笑！"

周道重新微笑。

"这是皮笑肉不笑！再来！"

周道再来。

"笑得像哭！"

三次微笑都不准确，周道意识到微笑到位并非易事，于是提高重视程度，认真地微笑一个。

莫妮卡说："微笑，从表面上看是面部肌肉纹理的变化，从本质上说它是一种心情在面部上的反映，这种心情是认同、接纳、友好。你这笑就像塑料花，形象逼真，但没有花香味，太假！微笑，要掺进感情成分。"

周道掺进感情成分微笑。

"微笑，嘴要咧开！"

周道张开嘴笑，为强化效果，他画蛇添足地增添了"哈哈"的笑声。

"这是哈哈笑，不是微笑；微笑是咧开嘴笑，不是张开口笑！"

"咧开嘴跟张开口不一样？"

"当然不一样！张开口是上下牙齿分离，可以看到口腔；咧开嘴，牙齿咬着牙齿，只能看到牙齿。"

周道琢磨一番，咧开嘴微笑。

"微笑只露出八颗牙，满嘴的牙都露出来，像一匹饿狼，这是狰狞的笑！"

周道为了只露出八颗牙，�着嘴笑。

"像兔子！受不了！"

周道建议："你把微笑的要领一次性说出来行吗？"

莫妮卡说："微笑要自然、亲切，真心诚意，眉目含情，嘴咧开露出八颗牙。"

周道揣摩良久——微笑！

莫妮卡道："这是奸淫的笑！下流的笑！"

周道收敛起笑容，不知如何是好。

"跟我学！"莫妮卡酝酿一番情绪，示范微笑。

周道感觉莫妮卡的微笑忸怩作态，惨不忍睹，恶心想吐。

"怎么啦？"莫妮卡恢复常态。

周道掩饰说："吃多了，撑得慌。"他见莫妮卡恢复常态，想吐的感觉消失了。

"忍着点，再来！"莫妮卡再次示范。

周道触电似的抽搐一下，莫妮卡的微笑让他头皮发麻浑身发毛。莫妮卡意识到周道类似抽搐的反应与她示范行为有关，不敢再贸然示范。忖度一番说："有必要请名师指点！"

周道报名参加了一个为期两天的《商务礼仪》培训班，学员大都是职场精英，培训师是资深美女，曾是某电视台节目主持人。主讲内容包括仪容仪表、体语，称呼、微笑、鼓掌、赞美，乘车、会客、餐饮礼仪，拜访、接待客户礼仪，与女性交往礼仪等，共十讲。理论知识周道自学过，他喜欢互动环节，最喜欢的环节是赞美。

培训师说："世上从不缺乏美，缺少的是发现美的眼睛。譬如女人，如果她漂亮，赞美的形容词有，天生丽质、清水出芙蓉、闭月羞花、沉鱼落雁、美若天仙、倾国倾城；时尚的赞美只一个字：靓！如果她不漂亮，就赞美她有气质；如果她没气质，赞美她很善良；倘若她是野蛮女友，赞美她健康；假如她像只病鸭子奄奄一息，你就说她像林黛玉……"

　　培训师讲了一番理论，进入互动环节，她请五位女士站到前台作为赞美对象，让男士们轮流赞美并进行评比，赞美冠军有奖。培训师善于调度，学员们都很投入，气氛活跃，掌声不断。压轴的是周道，周道没有遵照从左到右依次开赞的顺序，他直接赞美站在中间的美女："你好！怎么称呼你？"周道彬彬有礼。

　　"伊琳。"

　　"你是混血儿？"

　　"我……不是。"

　　"你的瞳孔像蓝宝石！我第一眼看到你，我就像阳光下的雪人，要融化了，崩溃了，我平生第一次有这种感受；你的气质像第一夫人，像玛丽莲·梦露；我从不相信一见钟情，今天我信了！如果你是牧羊女，我愿做一只牧羊犬。你就是我的梦中情人！"周道眼中闪着泪光，"我……"他单膝着地跪在伊琳的石榴裙下。

　　周道自修了《商务礼仪》，对赞美理论比较熟悉，上台前又有针对性地作了准备。他运用多种赞美技巧：譬如"你是混血儿？"——混血儿往往很漂亮，这是"暗赞"；"你的瞳孔像蓝宝石"是比喻；"你的气质像玛丽莲·梦露"是借花献佛。重要的还不在遣词造句，在于说话的声音，在于非有声语言的表情与体语：颤抖的深情道白，眼中的泪光以及单膝跪下的动作。研究表明在人际情感交流中，词语的内涵占7%，声音占38%，体语占55%。周道在词语的运用，声音的掌控和体语表达这三个方面的表现都很出色。

伊琳慌忙扶住周道，她脸色绯红，像当众接受周道求爱一样。台下响起热烈的掌声。伊琳如梦初醒般松开周道。周道落寞的表情像失恋一样。

"太棒了！"培训师把两个大拇指都竖起来，如果她有四个大拇指，她也会全竖起来。

接下来周道赞美另外四位女士："四位女同胞就像夜空璀璨的星辰，因为在我心中，伊琳是皎洁的明月，使我看不到星辰的光辉。"周道双手合十，鞠了一躬。

周道的道歉也是赞美。夜空中璀璨的星辰也很美，四位女士倍感受用，带头鼓掌，热烈的掌声再次响起。

"你堪称赞美大师！"培训师赞美周道。

两天的课程结束了，学员们意犹未尽，分别时老师学员之间依依不舍，彼此互留联系方式，周道和伊琳自然也不例外。

"加强联系！"伊琳主动跟周道握手。

"一定！"周道受宠若惊。

学成归来，周道忍不住想一展身手。晚餐后，周道冲了个澡，换上睡衣，走到莫妮卡面前，蹲下身替莫妮卡捏脚、揉腿、捏脖子、捶背。莫妮卡感觉舒服极了！

"知道吗？"周道开始赞美，"我见到你的第一眼，我就像阳光下的雪人，要融化了，崩溃了，我第一次有这样感受；你的气质像第一夫人，像玛丽莲·梦露……"

"你说的是我吗？"莫妮卡还算清醒。

"你就是我的梦中情人！"周道眼神充满情欲。

莫妮卡闭上眼睛，幸福得神志不清。周道抱起莫妮卡，进了卧室。

G字头列车在行驶之中。

莫妮卡喜形于色："他床上功夫也很过硬！"

庄元感觉莫妮卡的话有弦外之音，有几分不悦。

莫妮卡解释："我没有说你不行的意思。"

庄元岔开话题："AA制协议执行情况如何？"

莫妮卡眼睛发亮："不用实行了！他年薪近20万元！他承诺，结婚之后把工资奖金交给我管，他说他不喜欢管钱！还实行什么AA制？"

庄元似信非信，嘴上却说："可喜可贺！"

"这得感谢你！"

"跟我有什么关系？"

"你说好男人是调教出来的！周道学习力很强，越来越像个绅士。今天，他去驾校了，等他拿到驾照就结婚！"

十一

庄元躺在床上读书，手机响了，莫妮卡打来的。

"你好！莫妮卡。"庄元接听手机。手机中传出莫妮卡的哭声。

庄元坐起来："莫妮卡！怎么啦？"

"他对我那么好……"莫妮卡抽泣着不停地重复这句话。

"出啥事了？"

"出事了……"

"骡子出事啦？！"庄元蓦然想到周道正在学开车，看来是出车祸，"是车祸吗？伤得怎么样？"

"不是受伤，他走了，周道走了……"

　　我的天！庄元打了一个冷战，真是天有不测风云，人有旦夕祸福！莫妮卡的婚姻坎坷，一波三折，好不容易找到一个满意的，想不到又出车祸了。庄元为莫妮卡难过："莫妮卡，节哀顺变，想开点，人死不能复生……"

　　莫妮卡哭着喊："周道没死，他走了！"

　　庄元连忙改口说："对对，他没死，他永远活在我们心中！"

　　莫妮卡叫道："什么'永远活在我们心中'，他跑了！逃跑了！"

　　庄元松一口气，随口说："逃跑了好。"

　　"好什么好？你巴不得我倒霉是不是？"莫妮卡叫道。

　　庄元忙解释："不是不是！我的意思是跑了比死了好。"

　　莫妮卡说："我要见你！快到我家来！你不来，我就跳楼！"

　　庄元洗漱完毕，到厨房煎了三个鸡蛋放到餐桌上，拎起暖水瓶倒水，暖水瓶是空的。庄元从冰箱拿出一瓶矿泉水，坐在桌边，边吃鸡蛋边喝矿泉水。一分钟内吃完早餐，然后按照莫妮卡发在手机上的地址，庄元找到了莫妮卡的家。

　　莫妮卡开门，庄元走进莫妮卡家客厅，莫妮卡关上门，扑到庄元的怀里，哭起来："我受不了了……"庄元感觉如果不采取措施，她可能会像婴儿一样在怀里哭着哭着就睡着了。庄元吹了一声口哨。莫妮卡停止哭泣，她松开庄元，仰起脸看庄元，感觉怪怪的：这个时候为什么吹口哨？有什么深意？

　　庄元吹口哨是为了转移莫妮卡的注意力。"我要教给你一个绝招。"

　　"什么绝招？"

"治疗内心痛苦的绝招。"

莫妮卡将信将疑。

庄元说："一只小鸟在天空飞翔，猎人用猎枪瞄准小鸟，乒！——第一枪就击中了小鸟的翅膀，中弹的小鸟继续飞翔；乒！——猎人开了第二枪，子弹击中了小鸟的胸膛，小鸟依旧在飞翔。你说为什么？"

"它不是真的小鸟，是鸟风筝。"

"它就是一只小鸟！"

"小鸟飞得很高，子弹打到小鸟的时候，恰好都是弹道最高点，子弹碰到小鸟后就往地上坠落。"

"不对！"

"到底为什么？"

"因为它很坚强！"

莫妮卡破涕为笑。

"发生什么事了？"庄元问。

莫妮卡指了指沙发："坐吧。"

莫妮卡吃完晚餐，离席坐到沙发上，周道收拾餐桌，把盘盘碗碗、残渣剩饭往一个红色的塑料桶中放。莫妮卡双手交叉抱胸，盯着周道出神。周道围着一个花围裙，手戴着一副胶皮手套，拿着一块抹布在抹桌子，额头上满是汗水，一脸憔悴，像个男保姆！周道见莫妮卡看自己，以为是欣赏，脸上露出孱弱的笑容。莫妮卡忽然觉得有点"二"。周道抹完桌子又拖地板，莫妮卡依旧目不转睛地观察他，这让他感到不爽。莫妮卡收回目光，感觉眼前的一切无趣、无聊。

莫妮卡半卧在沙发上，心不在焉地翻阅着一本书——《中国经济与管理》。周道拖完地板去冲澡，不冲澡身上满是人间烟火味，莫妮卡不喜欢。他冲完澡，想跟莫妮卡亲热亲热。

周道站在沙发边看莫妮卡，莫妮卡知道他那点心思，她预感到周道要赞美了，果然不出所料。

"有档次的人才看这种书——《中国经济与管理》，这品位！好多女人穿金戴银，珠光宝气，越打扮越俗；你什么都不戴，清水出芙蓉，看《中国经济与管理》，人与书交相辉映，超凡脱俗、高雅、高贵……"周道的赞美像背书，忽视了感情色彩这一要素。

"停！"莫妮卡越听越肉麻，果断地喊停，"言不由衷！睁着眼睛说瞎话。"她把书摔在沙发上。

周道辩解："这叫情人眼里出西施。"

莫妮卡说："别把商务礼仪那一套用在我身上！少来这一套！"

周道解释道："学习商务礼仪，光懂得理论不行，重在实践。我在家里演练好，到社交场合才能运用自如。"

"就是说，你以前赞美我的都是练习？"她有种被羞辱愚弄的感觉，"你欺骗我！"莫妮卡站起来，冲进卧室，"嘭"的一声关上房门，然后反锁上。

莫妮卡指了指沙发，对庄元说："我以为他睡在沙发上，没想到，他连夜逃跑了！这是他留给我的信。"莫妮卡拿起茶几上的一页纸。

　　你是武则天，我是太监；你是老师，我是学生；你
是我妈，我是你儿子。感谢你的栽培！再见！

莫妮卡把信扔在地上："该死的周道！该死的骡子！"

"'相看两不厌，只有敬亭山'，激情不是太阳，男女热恋一百天，已经不错了！作为试婚，堪称是完美的结局。"

"结婚才是完美的结局！"

"你俩注定结不了婚。"

"为什么？"

"他不优秀，你不接受他；他优秀，能找到比你更优秀的女性，凭什么接受你？都优秀，成长速度不一样，婚姻的天平还会倾斜。"

"那……怎么办？"

"接受不怎么优秀的另一半。"

莫妮卡盯着庄元看一会儿："我觉得，你这种人跟谁都能凑合着过日子。"

十二

春节前夕，庄元在书房中写作。手机响了，是莫妮卡的号码。

"方便说话吗？"莫妮卡问。

"方便。"

"不在家？"

"在家。"

"亲，在干吗？"

"写东西。"

"马上过年了，写什么东西！"

"不然干吗？"

"你要是没事，我请你……"

庄元打断莫妮卡："不要动不动就喝咖啡，我一听喝咖啡就醉了！"

"不是喝咖啡。"

"不喝咖啡干吗？"

"你想干吗？"

"没想好。"

"晚七点，我请你在上海音乐厅听音乐会，票都买好了。"莫妮卡说完挂了电话。

庄元握着手机愣了好一会儿。

庄元与莫妮卡在上海音乐厅二楼听音乐会。

中场15分钟休息。庄元请莫妮卡吃70块钱一盒的冰激凌。他们坐在二楼休息室的一张银白色的小桌两侧。

"从上大学到出国，到进外企任职，到自己开公司，到结婚，我预设的人生目标，无论长期的、中期的还是年度目标，都提前完成或如期达成。春节就要到了，我还有一个目标还没达成，心里放不下，想来想去觉得应该再努力一把，毕竟到春节还有三天。"

庄元说："你真够努力的！"

莫妮卡说："你如何看待都市男女的第四类感情？"

庄元说："什么是第四类感情？"

莫妮卡说："你out（落伍）了！米兰·昆德拉在《生命中不能承受之轻》中，给他最喜爱的两个人物设立了一种新型关系——Sexual Friendship（性友谊）：满足身体，不牵扯灵魂……"

庄元说："这种所谓的'新型关系'一点也不新鲜，而是一种'返祖现象'，原始社会就是这种'满足身体，不牵扯灵魂'的关系。"

莫妮卡问："你不会真是'空心大萝卜'吧？"

庄元说："不是。"

莫妮卡："是我不入你的法眼？"

庄元："不是。"

庄元盯着莫妮卡，追忆与她相处的过去。

莫妮卡说："现在想来'优选法'的六个评分标准，除了道德都是'硬件'，它忽视了'软件'。譬如你，你的'软件'是高配，跟你在一起轻松，连争论都充满乐趣，心里踏实。"莫妮卡幽幽地说："我越来越喜欢跟你在一起！"

"是嘛？"庄元随口问，他并不当真。

莫妮卡叹息了一声："可惜的是——我的底细你都知道，就算你是单身，我也没希望。"

"玛丽莲·梦露说过：'不能接受我丑陋的一面，就不配享受我美好的一面。'"庄元说。

"真会说话！你又让我舒服了一下。"莫妮卡说。

下半场音乐会，庄元和莫妮卡都有些心不在焉。

音乐会结束了，庄元和莫妮卡随着人流涌出音乐厅，像放生的鱼一样游向四面八方。

音乐厅前的音乐广场上，只剩下庄元和莫妮卡。

庄元问莫妮卡："听音乐会的中老年人居多，你为什么喜欢？"

莫妮卡说："在这里，我全身心都沉浸在音乐中，我忘了一切；音乐间歇，上千观众的音乐厅，静得没一丝声音，零分贝！

这种静都让我感动，我想哭，我希望我和你，定格在这个点上成为永恒。"莫妮卡的眼里亮晶晶的。

庄元把右手搭在莫妮卡的肩上，莫妮卡趁势把头搭在庄元的胸前。

庄元的手机响了。莫妮卡打了一个寒战，她抬起头苦笑一下："以后我们少接触。"

"我让你失望了？"

莫妮卡轻轻地摇摇头："我想我是爱上你了，要是陷进去，就惨了！我喜欢听你高谈阔论，包括扯淡。"

庄元笑了。

莫妮卡一声轻叹，继而真诚地说："You are my best friend！"她深呼吸，顿一下双肩，抖擞精神，转过身，走向灯红酒绿。

"莫妮卡！"在莫妮卡的背影即将消失的那一刻，庄元突然喊了一声。

莫妮卡止住步。庄元小跑到莫妮卡身边："我想请你喝咖啡。"

莫妮卡感到意外："现在吗？回家太晚怎么向老婆交代？"

庄元说："我现在是单身。"

莫妮卡的双眸顿时亮如闪电："真的？！"

庄元点了一下头。

莫妮卡挽起庄元的胳膊，离开音乐广场，向来福士广场走去，那里有一间咖啡馆。

咖啡馆的门楣霓虹灯闪烁，大上海夜晚的灯光如梦如幻斑驳陆离。

灵魂的歌声

一

　　一辆黑色的轿车行驶在崎岖险峻的山路上。右侧山势陡峭，怪石嶙峋；左侧是悬崖峭壁，对面险山半裸，峭壁万仞。

　　来可森开车，一身牛仔服的吉格坐在副驾驶的位置上。来可森是吉格的姐夫，吉格的姐姐兰巴和小外甥尼勒坐在后排。

　　这条山路，吉格走过千百次！从这条路下山读中学、读省艺术学院，从这条路上山回家——回纳古寨。2007年艺术学院毕业后去北京闯荡，2008年"5·12"大地震后回过一次家，走的都是这条路。去北京后，第一年吉格在歌厅打工赚钱，第二年进北京电影学院进修导演，第三年跟剧组拍戏，三年多没回家。因为爸妈身体健康，爷爷身体虽每况愈下，但有姐姐、姐夫关照，吉格放心；因为有诺言没有兑现，吉格有临阵脱逃致亲人于绝境般的负罪感，有混不出个人样不回来见父老乡亲的虚荣和自尊。中秋节前夕，来可森给吉格打电话：追求成功、弘扬民族文化得先把儿子当好，三年多不回家算怎么回事？机票我帮你买好了，航班号发在你手机上，回不回来你看着办！

来可森替他买机票相当于下通牒。

茂县没有机场，吉格从北京飞成都，乘大巴车回阿坝州茂县。来可森一家三口常住茂县县城，户口依旧是茂县维城乡纳古寨村民。他开车到汽车站迎接，接到吉格后，回家带上兰巴与尼勒，顺便让吉格参观他三室两厅的新居，然后驱车前往纳古寨过中秋节。

除了传统节日外，羌族人又有自己的节日，譬如羌年、瓦尔俄足、祭山会等，所以羌族节日多。

车窗是流动的风景。吉格看到山路右侧的巉岩下开满了金黄色的野菊花。

"停一下！"吉格喊。

来可森停车，吉格下车，走到巉岩下。蹲下身子，看着野菊花出神。

夕阳西下，山路笼罩在山峰的阴影中。

在羌城上高中的吉格、依娜背着背包走在山路上。两人都是纳古寨人，每个周末一起回家。依娜看到巉岩下盛开的金黄色的野菊花，她跑过去采了几朵别在头上，转过身让吉格看，但见吉格已走到几十米外，她感到扫兴，赌气似的站着。吉格边走边想心事，走了好远才发现依娜落在后面。

"走啊！依娜。"吉格招呼依娜。

依娜索性坐在山路上。吉格连忙往回走，走到依娜面前，解释："我在想勒斯哲老师哩，上个星期回家，他跟我说，明年'瓦尔俄足'让我跟你代表纳古寨参加，叫你跟我周末回家参加排练。"

依娜板着脸，她还在生气。吉格知道依娜的脾气，意识到把她哄起来需要说很多好话，天色已晚，他有些着急，急中生智，目不转睛地盯着巉岩边长满荒草的凹处，脸上露出惊恐的表情。依娜抑制不住好奇心，顺着吉格的目光看去。

"这条路上有几匹狼，天一黑就出来溜达。"

纳古寨的人都知道这条山路上有狼，依娜夜里听到过狼嗥。吉格话音刚落，依娜就跳起来，好像狼就藏在那凹处的草丛中，她一溜小跑，就像有一群狼在后面追赶。吉格得意地追了上去……

吉格采了一束野菊花，上车。轿车继续在山路上行驶。

格吉打开窗：巉岩和野菊花已在远方，山路九曲回肠，路的尽头空空荡荡。

轿车缓缓地行驶在人迹罕至的山路上，前往维城乡纳古寨。维城因三国蜀汉大将姜维在此筑城固守而得名，海拔约2500米，在茂县地势最高，最先迎来朝阳，最迟送别夕照。

纳古寨到了！来可森把车停在纳古寨"上方"的山路上。

吉格下车，贪婪地看着久违的魂牵梦萦的不敢面对的家乡，想哭。

山路北是维城遗址，黄泥垒的古城墙有四五米高，城墙上荆棘丛生；遗址西北是地势平缓的坝子，坝子上秋草萋萋；坝子西北青峰环绕。向南瞭望：群山连绵起伏，遥远的雪峰上，千年的积雪像天边的云朵。

　　矗立的碉楼是纳古寨也是所有羌寨的标志性建筑。羌寨依山傍岩，随高就低错落有致。房屋皆木石结构，典型的"依山而居，垒石为室"的古羌建筑风格。房屋格局大同小异：三层，每层高约2米，木质结构，面南开窗，层与层以木梯相连。下层圈养牲畜、储藏粮食农具，二层是厨房兼客厅，三层住人。房顶盖有"楼子"（偏房），房顶四周供白石（白石神）。

　　吉格家的房屋就是这样的格局。

　　纳古寨由四个自然村组成：东村、中村、西村、前村。东、中、西村在同一条弧线上，前村在弧线下。吉格家在中村，依娜家在西村，来可森家在东村。纳古寨每个自然村有二三十户人家，共计百十户，如今绝大多数人去楼空，寨子宛如遗址。

　　吉格感到恍如隔世。

二

　　因中秋节来临，住在城里或外出打工的儿女们回老家跟父母团聚，纳古寨的炊烟缭绕，有了点人气。留守的老人与学龄前儿童盼望的正是这种人气。

　　吉格家厨房兼客厅，中间是火塘，火塘中燃烧的干树枝不时地发出轻微的爆裂声，火苗舔着吊在火塘上方一个黑乎乎的铁壶，壶嘴中突突地向外冒热气。吉格妈用火钳提下铁壶放在火塘边，用一块湿布包着壶把，把铁壶中的水倒进红色暖水瓶，然后走到靠近窗户的长木桌边，长木桌上堆放着肉类、蔬菜、碗盘和油盐酱醋，吉格妈与兰巴母女俩边说话边做菜，吉格妈主厨，兰巴打下手。

　　吉格爷爷和吉格爸、来可森、小尼勒围坐在方木桌旁。

"尼勒，过来！"吉格叫尼勒。

尼勒不认识吉格，盯着吉格看。

来可森对尼勒说："这是你舅舅！在北京学导演，了不起！"

吉格说："没有姐夫、姐姐照顾家，我在外面也不安心。"他没再多说感激的话，话说到这儿就够了，语言的分量太轻。

吉格不说谢，来可森更满意：一来一家人不说两家话；再者，说谢谢，谢过了，相当于付出得到了回报；不说，那份感激之情还在。来可森觉得不说比说更加有情有义。

"羌笛，废了？"爷爷用羌语问吉格。

吉格用羌语回答："没。阿巴。"羌语"阿巴"就是爷爷。吉格、来可森，凡比吉格爷爷晚两辈的人都叫他"阿巴"，叫"阿巴"爷爷才有感觉。

"阿巴，吉格现在唱流行歌曲，吹洋玩意——萨克斯，羌笛没人听了，吹它又不赚钱，不吹也罢！"

爷爷拉下脸："凭什么不喜欢？我死了，别的领导人想听羌笛，没人会吹，丢我们羌人的脸！不赚钱也得吹！你不吹，我不吹，谁吹？不会吹羌笛，还算是羌人？"

爷爷年轻时到北京演出吹过羌笛，吹完之后经常说，死也值了！为了不让前人失望，为了活得像个羌人，他要让羌笛一代代传下去，他教儿子、孙子两代人学羌笛，能吹响羌笛时就手把手地教。吉格爸吹羌笛，跑调似是而非且不会换气；吉格学羌笛一年胜过其父二十年，8岁吹《折柳》，音正腔圆行云流水。爷爷说有这么个会吹羌笛的孙子死也瞑目了。吉格爸感到邪了门了！他盯着吹羌笛的儿子看，看来看去，觉得他像个妖精，从此不再吹羌笛。

来可森说："阿巴，保护羌文化用不着你操心，中国'古羌城'都建起来了！"

爷爷问："那是什么城？"

"抽时间带你去看看。"

"有什么看头？"爷爷说，"跟过去一样，不用看；不一样，不叫羌城。"

来可森意识到这个话题聊不到一起去，转移了话题：

"爷爷，身体还好？"来可森问候。

爷爷脸色一冷，他身体不好，来可森哪壶不开提哪壶。

来可森以为问候没到位，开始赞美："爷爷红光满面，精神抖擞，看样子能活一百岁！"

爷爷气得喘不过气，把烟袋从嘴里抽出，一阵咳嗽。

来可森仔细观察爷爷：面如土色，精神萎靡，看上去行将就木。他后悔没认真观察，问候流于套路。爷爷停止咳嗽，目光像误入房中的鸟，乱撞一番，最后落到窗台上。来可森发现窗台上，他给爷爷买的治腹胀的一盒药还没开封。

"爷爷不是腹胀吗？怎么没吃药？"

爷爷仿佛没听见。

"腹胀好了？"

爷爷不回答。

来可森意识到腹胀也不是爷爷感兴趣的话题。

"爷爷，你是国宝！年轻的时候专门到北京吹羌笛，中央领导都为你鼓掌！"

爷爷精神为之一振，像回光返照。来可森松一口气，总算找到了爷爷感兴趣的话题。

爷爷的心情好转，来可森展开自己的话题：

"今天是八月十四，回家过节的人不少，一个村的人，如今天南地北，回来了都想见见，更想见吉格。吉格、依娜是纳古寨人的骄傲，依娜死了，还剩一个骄傲。我是村主任，理当挑个头，给大家提供见面的机会。明天团圆节不方便请客，后天回老家过节的人又走了，今晚最合适！我请全寨人喝咂酒，就当给爷爷过大寿。"

吉格妈提醒："那中午少喝点。"

吉格爸对吉格说："把你'哦布'（叔叔）、'额吉'（婶娘）叫来。"

"哦布"不是吉格的亲叔叔，吉格爸跟他耍得好，称兄道弟，吉格理当叫"哦布"。哦布、额吉无儿无女。

三

天上，一轮斜阳。

来可森从木梯下到一层，出门走到山路上，分别向东西两个方向吆喝：

"吉格从北京回来了！晚上请全寨人喝咂酒，在坝子上，一个也不能少！"

请客本该登门一一邀请，但来可森邀请全寨人喝咂酒，这样下个通知就行，不够盛情的形式下，暗含着纳古寨人能够感受到的温情——不是外人，用不着客套，太客套就像外人。

纳古寨没有人家能容纳几十个人吃饭，要请全寨人喝咂酒非到坝子上不行。坝子是大客厅，是广场、会场、舞场、剧场、体育场，也是祭祀场。

来可森是土生土长的纳古寨人，在纳古寨有房子，县城也有房子。来可森高中毕业后做药材虫草生意，后来当村主任。纳古寨没多少事需要村主任坐镇处理。村民都快走光了，剩下的全是老人，老人与老人惺惺相惜，没有人事纠纷；土地税全免了，用不着催缴；少数民族不搞计划生育；没有基本建设工程，也就没有棘手的拆迁任务，主要工作是保护当地环境，保护就是不搞破坏。

来可森站在山路上吆喝，大山深处没有噪音，山谷中有回响，吆喝声四个自然村都听得见。

西村的依莎听到了来可森的吆喝声，她站在院子中激动得大呼小叫："吉格回来了！吉格从北京回来啦！"

依莎爸妈从屋里匆匆走出来，依莎爸妈向着东方吉格家的方向瞭望，眼里闪烁着灼灼的光芒。

"天呐！"依莎把手放在胸口，抑制不住激动的心情，"回来了！总算回来了！"

依莎爸妈眺望的目光宛如熊熊燃烧的柴火，但渐渐式微，最后成为灰烬，两双眼睛如四眼枯井，落寞的神情一如人走茶凉。

依莎走向碉楼。

来可森吆喝几声，回来继续喝咂酒，见吉格心不在焉，问："有心事？"

"我想到依娜家去一趟。"

来可森说："有情有义！应该去！"

吉格妈点点头："虽说没定亲，你跟依娜的事，她爸妈都晓得，过去看看。我看见依莎也回来了，依莎没考上大学，如今在县城唱歌跳舞，五天回家一次。寨子里的人都搬到县城了！"

吉格说："妈，我会努力的，我也能让你们搬到县城！"

　　吉格妈："城里房子太贵，我们不用你买房，一辈子就住这！就算城里比家好也不去。依娜爸妈还住在西村，西村就剩两户人家。依娜不遇难就是你媳妇，按说我们是亲家，不说破心里都有数。我们一走，他们心就空了，我们要陪依娜爸妈。"

　　爸妈要住在这里陪依娜一家，是代自己尽责任；不要他在城里买房，是为了不让他有压力。父母的苦心，让吉格感动。

　　"对依娜爸妈，要像对我跟你爸一样！"吉格妈想了想，补充，"要比对我跟你爸还好！人走茶凉，让人寒心，外人也会说闲话。"

　　善待生者，是对死者的告慰。吉格感激地看了父母一眼。

　　吉格妈："去吧！"

　　吉格爸亮一声嗓子，他有话要说："'许口酒''订婚酒'没喝，不能叫'额别'（岳父）'额咩'（岳母）！心里有数就行，乱叫是不懂规矩。"

　　"许口酒"是男女订婚约的第一道仪式，在媒人撮合下，双方父母长辈聚在一起，商约下一步事宜，达成共识。"订婚酒"后男方送彩礼给女方，约定婚娶日期，女方盛情招待。

　　从中村到西村依莎家，大约要走10分钟山路。

　　吉格沿着一条窄窄的石板路逐级而下。依娜家后院是暴牙克支母家，院子里杂草丛生，院墙边的一棵苹果树结满了红苹果，苹果熟了无人采摘，果熟蒂落，树下的草丛中落满了红苹果，腐烂的苹果散发着一股酒糟味。

　　吉格拎着一提兜北京土特产，走到依娜家门前，刚要敲门，依莎就从房屋里走出来。依莎是依娜的妹妹。吉格盯着依莎看，看到许多依娜的影子。依莎脸上露出苦涩的笑，她把吉格领进屋，登木梯到二层。坐在同一条长凳上的依娜爸妈同时站起来，盯着吉格。依娜妈的泪水滚落下来，吉格把土特产丢在脚边，双手握住依娜妈一只手，无语凝咽。依莎把头扭到一边抽泣。

"全怪我！要不是我去北京，跟依娜留校任教，就不会出这种事。"吉格痛心，向依娜爸妈低下头，像赎罪。

依娜妈一声叹息："是依娜没这个福气。"

"坐下说话！"依娜爸对吉格说。

依娜妈松开吉格的手，拿暖水瓶给吉格倒水。

吉格起立："谢谢！"

依莎说："不用客气！"

吉格说："我三年多没回来，想念叔叔、婶子、妹妹，我无脸见你们！今晚想请叔叔、婶子、依莎到坝上喝呷酒，全寨子人都去。请赏光。"

依娜爸妈相互看一眼，没说话。

"去！"依莎说。

吉格鞠躬告辞，依莎送吉格出门，送到山路上，吉格、依莎四目相对，目光中都充满疑问。

2008年，"5·12"汶川大地震的日子，吉格在北京，依娜手机打不通，来可森手机打不通，阿坝州所有手机电话都打不通。吉格乘5月13日17时开往成都的列车，26小时后到达成都火车站已是14日19时，吉格在成都过夜，前往阿坝州的所有山路都不通，路上挤满了救灾的车辆与人群。15日吉格乘两个多小时汽车到绵阳市，再乘八个小时汽车到九寨沟，天已经黑了，吉格住在九寨沟，16日中午才挤上前往茂县的汽车，六个小时后到达茂县。黄昏下的县城满目疮痍，到处是坍塌的房屋，救灾的军人还在挖掘废墟，寻找生还者，吉格没有找到熟悉的人，天已黑，吉格感到绝望和凄凉。前往纳古寨没有车，道路不通，到处是塌方。归心似箭，吉格估计依娜如果安全应该回纳古寨。他连夜往家赶，从茂县到维城乡纳古寨90千米，徒步走回家，走两天，回到纳古寨已是18日凌晨，吉格筋疲力尽，几近昏厥。

纳古寨因离震源较远，虽有房屋倒塌人员受伤，但受灾不算惨重。爷爷、爸妈、姐姐一家人都好，亲人团圆喜极而泣。吉格要去依娜家，吉格妈说，依莎跟她爸妈都去茂县了，估计依娜出事了。

吉格忍不住，还是走到依娜家，依娜家空无一人，院子里的几只鸡抬起头看着他，吉格感到鸡都是亲人。

吉格见到了克支母，克支母有依莎的手机号码，吉格拨打依莎手机，通了！

吉格从手机中听到了依莎的哭泣，依莎告诉吉格：依娜学校的办公楼塌了，两天后解放军把她从废墟中挖出来，人还活着，送到省康复医院后她还是走了。

吉格陷入深深的自责：如果不去北京，和依娜一起回茂县任教，依娜就不会出事。吉格认为依娜遇难自己负有不可推卸的直接责任。他感到愧对九泉之下的依娜，愧对依娜的爸妈。临行前，两家父母都建议，结了婚再走，可是自己鬼迷心窍、一意孤行，决定先立业后成家，一定要混出个人样儿，举行一个体面的婚礼。如果结了婚，就一起去北京；哪怕一起留在县城，也能死在一起。他感觉自己像临阵脱逃，陷依娜于死地。

依莎不说话，吉格忍不住问："人呢？"

"不要问了！"依莎明白吉格所说的"人"，她不愿提这件事。

吉格不再问，了解细节只能加深痛苦。

"在北京还好吗？"依莎问。

吉格说："一般般。第一年打工，赚点钱进北京电影学院进修一年，这两三年跟剧组，积累经验。"

"没把媳妇带回来过节？"

吉格皱一下眉。

依莎明白，他还没有。

"羌笛，还吹吗？"

"偶尔。"

"姐喜欢听，我也喜欢。姐说，每当月夜，她都想听你吹羌笛。"

四

太阳落山了。碉楼像瞭望的哨兵。

坝子上燃起一堆篝火，吉格的"哦布"（叔叔）在烤全羊，篝火四周摆着几张大小不同或方或圆的桌子，桌子周围坐着纳古寨部分男女老少——也就六七十人。桌下有暖水瓶，桌子上有喝水用的纸杯，堆满了形形色色的真空包装的食物：香肠、豆腐干、牛肉干、烧鸡、花生米、面包、饼干、果冻等，不再是传统的大餐鸡鱼肉蛋，吃大餐太麻烦，而且人人都吃过，真空包装的食物在大山里是"洋玩意"，比大菜更受欢迎——来可森请客与时俱进。

爷爷坐在火堆南边的长凳上，背后的山峰如天边的青云，面向群山、雪峰。这个位置只有德高望重的人才有资格坐，在纳古寨非爷爷莫属。

爷爷手拿一根酒杆——中空的细竹管，神情庄重地开坛——口中念念有词地说着羌语，大意是：

> 敬天敬地敬山神，今天是个好日子。我们大家欢聚一堂，敬上一坛醇香的咂酒，保一方平安。祝大家财源广进，风调雨顺，六畜兴旺，国泰民安，繁荣富强，人民幸福安康。愿天下苍生和平吉祥。纳吉纳鲁（谢谢）！

说完祝酒词，爷爷把酒杆放进咂酒坛，蘸咂酒敬天敬地敬祖宗。

爷爷开坛后，男女老幼齐声吆喝："噢——嗬嗬嗬嗬——"然后喝咂酒。

吉格敬爷爷敬爸妈，然后走到依莎和她爸妈坐的圆桌前，他端着一碗青稞酒，虔诚地看着依娜爸妈，双手举过头，一饮而尽。全桌人都站起来，吉格深深鞠一躬，回到篝火边，坐在爷爷身旁。

喝晕头的不仅有老人，也有孩子，七八岁的尼勒走路像蹒跚学步。吃好喝好的纳古寨的人，走向篝火旁，手牵手跳萨朗舞，都想跳且都会跳，围着篝火跳萨朗的人越来越多，圈子越来越大，边舞边唱《清凉凉的咂酒歌》。爷爷跳不动，眯着眼坐在长凳子上回忆，回忆年轻时与奶奶一起唱歌跳舞的情景。依莎一家人没心思跳。依莎爸盯着吉格，他本该是自己的女婿，可依娜没这个命，他一脸无奈；依莎妈盯着吉格，心中充满怜爱之情，这么好的男孩将成为别人的女婿，她心有不甘，她把脸转向依莎，目光中充满哀求和期待，像溺水者求助的眼神。母亲的眼神让女儿心碎，依莎心疼母亲，鼻子酸酸的。

"去！"依娜妈唆使依莎，像鼓励女儿去掳夺。

依莎噌地站起来，恶狠狠地走到吉格身边，插到吉格与兰巴之间，一手拉着吉格，一手拉着兰巴，合着萨朗的节拍跳萨朗，歌唱《清凉凉的哑酒歌》。

吉格用生命与灵魂歌舞，是抒发，是宣泄，是歌也是哭。这个只有语言没有文字的民族，歌与舞是他们抒发情感的方式，他们甚至于不用语言表达，语言是用来歌唱的，他们常说的一句话就是——纳吉纳噜，纳吉纳噜！

五

深夜，吉格毫无困意，走出"偏房"，歪歪斜斜地下木梯。

吉格爸妈没睡，听到儿子下木梯声，吉格妈连忙坐起来。

吉格爸说："他想哭，让他去哭吧，哭出来心里好受。"

吉格妈妈说："依娜走了五年了，他还是忘不了……"

吉格走出家门，爬一个坡，站在山路上。

月华烘托出东山的剪影，天与山、黑与白泾渭分明，山顶树影婆娑，西面高高的山峰上已被月光照亮——山峰宛如雪峰。纳古寨之夜，静得像一幅画。

月亮升起，月光照耀着崇山峻岭、重峦叠嶂中的羌寨。

吉格沿着羌寨中一条蜿蜒曲折的石头路拾级而上。高低错落紧密相连的房屋浑然一体。月光照着石墙，或明或暗。高高矗立的碉楼像一柄利剑指向天空。

吉格走到村后山路上，向东，走到十字路口，维城遗址断壁残垣间依稀可见一条小路，向北走，上一个坡就是坝子，坝子上沾染露水的荒草与繁星般的野花被月光漂白，晶莹如霜。

　　远方传来游丝般的歌吟。吉格凝神谛听，随即踏着月色蹚着荒草向歌声传来的方向奔去。

　　吉格止住步，前方，一块篮球场大小、野草稀疏矮浅的场地上——纳古寨民族小学曾经的体育场，一个穿戴羌族服饰婀娜多姿的姑娘在月下轻歌曼舞：

　　　　远方来的亲人啊，留下来吧，这里没有好酒好菜，有美妙的歌舞，有喝不完的咂酒，有九顶山一样的心灵，有塘火一样的爱情，每个"海子"都是乡情，天上的星星是家乡父老的眼睛，亲人啊，留下来吧！

　　"海子"是地震形成的堰塞湖，茂县有大大小小几十个海子。

　　"依娜——"吉格喊了一声，喊声在群山中回荡。

　　婀娜多姿的姑娘飘向远方。

　　"依娜——"吉格踉踉跄跄地追赶，荒草缠住了他的脚，他摔倒在地上……

六

　　"依娜——"吉格大喊一声坐起来，神情恍惚，他努力地使自己清醒，意识到自己坐在偏房的床上。门缝中透进曙光，天已经亮了。吉格床头木箱上的一个瓶子里，插着一束野菊花。木箱的高度与吉格坐在床上的高度相当，插花的瓶子就像顶在吉格的头上。

　　吉格妈推开门走进来，吉格爸跟在后面，吉格妈把一大搪瓷杯茶端到吉格面前："喝了，昨晚你喝多了……你爸跟来可森把你背回来的。"

　　吉格回忆起昨晚发生的事："我看到依娜了！她在坝上唱歌。"

　　吉格爸说："羌族人躲得过兵灾，躲不过地震；这大山里数不清的海子（堰塞湖）都是地震震出来的。远的不说，1933年那次大地震，震后没人管没人问，没吃没喝，瘟疫流行，羌人死了大半，哪家不死人？老人都记得，没人提它！死，对坏人是惩罚，对好人是安息。对苦难就像对仇恨，忘得越快越好……"

　　"我亲眼看到依娜了！"吉格强调。

　　"你醉了！"吉格爸说。

　　"醉了也认识依娜！"

　　"那就是依娜的鬼魂！"

　　"哪有什么灵魂！"

　　"万物有灵！人怎么能没有灵？连灵魂都不相信还算羌人？"吉格爸的话掷地有声。

　　羌族人信奉"万物有灵"，有生命的动植物，无生命的山石水土、日月星辰、风雷雨电等自然现象都有神，羌人崇拜的神灵有五大类型：自然神、动植物神、部落地域神、家神、劳动工艺神，五大类型神灵分门别类总计不下百神。

　　吉格妈说："上个月圆夜，我在夜里就听到有人唱歌，我叫醒你爸，你爸也听到了'火坟'地有人唱歌。"

　　火葬是羌族自古相传的习俗，一姓有一个火坟，一个村有几个火坟。火坟位于村寨附近，用木板搭成房屋形态，约五尺见方，有一小门，人死后连棺材一起焚烧，烧完取骨灰由小门投入火坟。

"哪边'火坟'？"吉格问。

纳古寨下坡是山沟，北面是坝子，纳古寨东北、西北两个方向都有火坟。

吉格妈说："西北。"

吉格知道依娜家的火坟在西北方向，靠近吉格看到依娜的坝子。吉格不自觉地用目光打量爸妈。吉格爸脸色一冷。不想说或不能说的话他不说，宁肯不说也不说假话。吉格从没怀疑过，他意识到目光带有质疑的色彩——这是冒犯，连忙耷拉下眼睑解释："我不是不信，可是……怎么可能？"话音刚落就后悔了，分明还是不信。

吉格爸说："你自己看到了，还说什么？"

七

雾岚散去，羌寨仿佛由远而近越来越清晰。

额吉吆喝着十几只羊，山羊在山路咩咩叫着小跑。

吉格走到2008年以后废弃的纳古寨民族小学校门前。校门一侧吊着白底红字的木牌，木牌上"维城乡纳古寨民族中心小学"字样斑驳却依稀可见。透过学校破烂的木质大门的破洞向校内看去，百十平方米的院内荒草丛生。

吉格曾在这里读完小学。

纳古寨民族中心小学，一年级到六年级，每个年级20人左右。全校一百多名小学生。纳古寨适龄儿童都在这里上学。学校大门靠东墙有一根旗杆，旗杆上飘扬着鲜艳的五星红旗。

"上体育课啦！"文体老师勒斯哲吆喝一声，拿起放在东墙头上的小铁锤，敲击挂在院子东南角一棵歪脖树上的铁板。——这是上课的"钟声"。其实只需喊一声上课，全校师生都能听见，用不着敲钟，但不敲钟显得不正规。孩子们从教室里跑出来，有好多学生早就站在院内。纳古寨小学各个班级人数少，体育课合班上：一、二、三年级合上，四、五、六年级合上。今天四、五、六年级上体育课。勒斯哲敲完钟，四、五、六年级的学生已经集结完毕。孩子们都很兴奋，大家都喜欢上体育课。勒斯哲喊一声出发，三个年级的学生冲出学校大门，出校门左拐再左拐，从学校东面的石板路拾级而上，穿过村后东西向的山路，再爬一个坡就是坝子。大个子克支母跑到前边，蹲在石板路边，有男同学经过没留意到他，他一伸腿绊倒一个，再一伸腿又绊倒一个，玩得很开心。被绊倒的男生敢怒而不敢言，对话需要实力做后盾，谁都不是他的对手。三年级女生依莎走到克支母身边，双手叉腰，瞪着他。克支母知错似的收敛起笑脸，爬起来灰溜溜地逃走了。克支母不打女生，他爸经常教育他，打女人的男人没出息，长大以后打光棍。克支母不想打光棍，所以女生不怕克支母。

几只雄鹰在纯净碧蓝的天空翱翔。

从遗址向北爬上一个陡坡：北方青山环绕，青山与维城遗址之间的坝子很开阔，坝上草色青青，五颜六色的野花星罗棋布。草的中间有一块篮球场大小的不长草的平地，这是纳古寨小学生用脚踩踏出来的操场。

操场上，四、五、六年级的六七十名学生排成三列横队。勒斯哲倒剪双手训话："今天这个课，既是体育课，又是文艺课。德斯多校长说，县教育局下通知，要求每个小学出一个节目，到维城乡参加选拔赛，前三名代表维城乡到县城参加迎国庆节文艺会演。出个什么节目呢？我想来想去，灵感的火花一冒，冒出一个：黑虎将军大战四路军。黑虎将军知道吗？"

同学们齐声回答："知道——"

一名同学用力过猛，呐喊之后放了一个响屁，诱发一阵笑声。

"不许笑！放屁有啥子好笑？这个屁有阳刚之气！"勒斯哲说，"这个屁反映出一个态度——这名同学认真，卖力，我们应该向他学习！"勒斯哲停顿一下，提高声调再问："黑虎将军知道吗？——"

"知道——"同学们声嘶力竭，呐喊之后静寂无声，好久没听到响屁声。不少男生撅着屁股用力，涨红了脸，终究无屁可放。

勒斯哲开始讲黑虎将军的故事：

清朝咸丰年间，黑虎寨和周边羌寨经常遭到贼匪抢劫。黑虎寨出了个勇敢机智的羌民，人称黑虎将军，他带领大家多次智胜四路敌军。一天深夜，一股从黑山方向来的四路军向黑虎寨进发，要抢黑虎寨耕牛。黑虎将军身穿皮盔甲，身背弓箭，手握长枪，率领羌民与四路军英勇搏斗，不幸中毒箭身亡。黑虎将军的妻子格尼玛吉，有勇有谋，她化悲痛为力量，继承黑虎将军的遗志，拿起丈夫的弓箭长枪，继续保卫黑虎寨羌民……

勒斯哲绘声绘色地讲，学生们神情专注地听。

"从今天开始，我们开始排练黑虎将军大战四路军。谁想演黑虎将军？"

"我！"勒斯哲话音刚落，五年级的克支母，冲到勒斯哲面前。

克支母？！四、五、六班同学全体沉默，沉默不是默认，是无声的抗议，反对率百分之百。

克支母个大力大，五官不端正，两个龅牙赫然突出唇外。因为长得丑，你若看他，他认为你是看他丑，感觉自尊心受了伤害，会揍你；若不看他，他认为你不屑看他，自尊心受伤害，还会揍你。三年级以上的男生几乎都被他揍过。

"你当四路军头领！跟黑虎将军平级。"勒斯哲分配给他一个角色。

同学们热烈鼓掌。克支母挺高兴：第一次有人为他鼓掌，而且四路军首领跟黑虎将军平级。

"吉格！吉格当黑虎将军。"有同学推荐吉格，大家纷纷响应。

吉格是纳古寨民族中心小学六年级班长，品学兼优，帅气。

勒斯哲喊口令："吉格出列！向前三步走！立正！向后转！"

吉格向全体同学鞠躬感谢信任，然后挺直腰板，表情严肃——酷毙了！

勒斯哲问："谁演格尼玛吉？"

"依娜！——"三个班同学异口同声，推选六年级的依娜。

依娜漂亮，唱歌跳舞好，人缘也好，她是勒斯哲内定的格尼玛吉，让大家推选只是走形式，同学们一致推荐，看来小学生也不糊涂。

依娜不好意思演格尼玛吉，因为她是黑虎将军的妻子。依娜感觉是演吉格的妻子。几个女生把羞答答的依娜往队列前面推，依娜不情愿地往后用力。

"我演！"五年级女生格玛举手。格玛12岁，发育得像

20岁。

依娜见格玛要演，立即停止向后用力，一脸不服气，主动出列，跟吉格并排站在一起。

勒斯哲指派一个小胖子扮演耕牛。然后把三个班的学生分为两个阵营，六年级扮演黑虎将军领导的羌民，四五年级扮演四路军。

"演戏一定要投入，投入的意思就是把自己想成你扮演的那个人。"接着勒斯哲说戏，排练，当剧情推进到四路军头领用毒箭射中黑虎将军，吉格右手捂着胸口向后倒时，依娜发出一声尖叫勇敢地冲向克支母，左手抓住克支母头发，右手抓他的脸。黑虎将军的队伍乘势冲向四路军。四路军首领由克支母扮演，克支母不得人心，"首领"跟"军队"离心离德，大家都不愿意为克支母效力，四、五年级的学生一哄而散。克支母被六年级同学围着拳打脚踢，平时受他欺负的同学，有冤的报冤，有仇的报仇。

"停！停！……"勒斯哲边喊停边踢殴打克支母学生的屁股，踢了好一会儿才把六年级男生从剧情中踢回到现实。

克支母和依娜坐在草地上。克支母被依娜抓成花脸，脸上血痕横七竖八，他疼痛难忍，咧开大嘴号哭，大哭嘴巴张得大，龅牙与花脸"交相辉映"更加惨不忍睹。依娜依旧沉浸在剧情中，抑制不住悲痛呜呜地哭。吉格站在依娜身边，移情于黑虎将军与格尼玛吉的生死别离，一时模糊了演员与角色之间的界线，不知是庄周变成蝴蝶，还是蝴蝶变成了庄周。

勒斯哲挥动紧握的双拳："投入！这就叫投入！"

勒斯哲吹集合哨，集合完毕，勒斯哲双手叉腰训话："从黑虎将军死到现在，黑虎寨无论男女老少都戴万年孝，包白头帕；红白喜丧跳沙朗舞，歌唱黑虎将军；年年农历四月初八，到黑虎庙跪拜黑虎将军。人活着为什么？保护亲人保卫家园；人死为什么？让子孙后代歌唱！"

　　吉格走到排练"黑虎将军大战四路军"的地方，观察草地上是否有践踏过的痕迹。中秋露浓，纵然昨夜有人来过，也不会留下明显痕迹。他向依娜飘去的方向瞭望，他看到了火坟。

八

　　吉格站在纳古寨民族小学大门前，从木质大门的破洞中向里张望一会儿，推了推，上锁的铁环从腐朽的木门上掉下来，吉格走进曾经的校园，走到校长办公室窗前。

　　校长室内，一张破烂办公桌两边，一边站着校长德斯多，一边站着勒斯哲。德斯多诉苦似的说："你搞的啥子名堂嘛？克支母他爸领着克支母找我。克支母的脸肿得像个地球仪；嘴巴像猪八戒，两只眼眯在一起，扒都扒不开，比电焊焊起来还结实。克支母他爸要学校赔偿100块钱医药费，狮子大张口啊，敲诈！酒精棉擦擦就好了嘛！我给了他50，50块钱呀！"德斯多心痛地拍了一下桌子，把破烂的办公桌拍出一个洞。德斯多痛心疾首："真是祸不单行啊！"
　　勒斯哲安慰德斯多："这50块钱从我工资里扣。"
　　德斯多松一口气："一人负担一半吧！我也有责任，忘了告诉你，节目不能超过10分钟。你的那个戏主题思想不错，就是太长！能拍成50集电视连续剧；还有，黑虎将军大战四路军，非坝子大的地盘不可，乡中心小学马蹄印点点的操场，怎么要得开？

吉格羌笛吹得好，依娜的歌唱得好，随便选送一个好了。"

勒斯哲说："叫依娜唱歌，吉格吹羌笛伴奏，双剑合璧！"

"你就喜欢高大上！"德斯多点着勒斯哲的脑壳说。

勒斯哲说："这两个娃子都能歌善舞，脑瓜子灵活，有出息！一定能选上！"

德斯多说："好高骛远！挖虫草的季节到了，你叫吉格、依娜不要光顾挖虫草，心里要装着学校，一起练练歌，磨合磨合，放个卫星！"

九

农历五六月份是挖虫草季节，挖虫草旺季有40天左右，纳古寨村民举家上硕布山挖虫草。挖虫草是纳古寨羌人重要的经济来源，吃的粮食和蔬菜，他们自己种；油盐酱醋、衣服、家电家具等零花钱，全靠挖虫草的收入。挖虫草季节，小学放虫草假：一是因为有劳动能力的大人们上山挖虫草，上学的孩子无人照应；二是虫草很小，像半截牙签，不好找，孩子眼力好，有的小孩比大人挖得多。经济是基础，不挖虫草，学生书本费交不起，没钱买衣买鞋，怎么上学？所以挖虫草往往是举家上山，只有学前儿童、老眼昏花和行动不便的人才留在寨子里。

天还没亮，坐落在崇山峻岭中的纳古寨烟笼雾锁，时不时响起清脆的鸟啼。

"挖虫草的走了！"来可森站在中村后面的山路上吆喝一声。

来可森27岁，高中学历。年轻人无论有没有学历都进城谋生，或打工或做小生意，像来可森一样既年轻学历又高的人，回纳古寨独一无二。来可森高中毕业后做药材和虫草生意，常年要在几座雪山与都市之间游走，家是家，也是驿站。老村主任发现他像一只在水洼和田间蹦跶的青蛙，多次动员他当纳古寨村副主任，强调不耽误他做药材生意，一年代替他到乡里开两三次会。老村主任有哮喘病，轻度脑血栓，每次到乡里开会，老伴就揪心，就像要追悼会。老村主任感到力不从心，向乡领导请求辞职，乡党委研究决定：干完这一届，培养出接班人，培养不出来继续留任。老村主任的用心来可森清楚，让他当下一任村主任，当村主任那点补助来可森不屑一顾，但老村主任是他姑父，再不答应，万一姑夫死在开会途中，他对不起姑姑。来可森答应做村副主任，还有一个更重要的原因，兰巴还在纳古寨。

　　"挖虫草的走了！——"来可森吆喝两声，大家爱听不听，干部该尽的责任要尽，能起多大作用就起多大作用，形式大于内容。项庄舞剑，意在沛公，来可森意在兰巴。

　　兰巴心灵手巧，是纳古寨有名的绣娘，她做的手工艺品有专人收购。挖虫草就像"淘金"，虫草季节兰巴挖虫草，其他时间兰巴绣手工艺品。来可森的心思，别人不知道，兰巴心中清楚，他打自己的主意不止一两年了。来可森脑瓜子聪明会赚钱，可是人长得一般般，一副嬉皮笑脸的样子，讨厌！好讨厌！

　　来可森吆喝完，向兰巴家的房子张望，没看到兰巴的身影，他走到碉楼前，站在羊肠小道边，这是上山挖虫草的必经之路。

　　有行动力的纳古寨人背着行囊陆陆续续地走出寨子。兰巴从来可森面前经过对他视而不见，来可森心灰意冷；兰巴回眸一笑。兰巴的笑像太阳，来可森像个雪人，太阳出来雪人就化了。当兰巴的背影消失，来可森如梦初醒，就像一头睡醒的雄狮，唱起一首羌族情歌：

远看阿妹白漂漂
好像玉米打伞苞
心想变个蚂蚱子
抱到腰杆摇一摇

阿妹下河洗围腰
一对鱼儿水上漂
鱼儿喝了围腰水
又得相思又发烧

兰巴听到了来可森的情歌，感觉情歌到了他的嘴里就变了味，怎么听都感觉流里流气。

前往硕布山挖虫草的寨民背着行囊走在途中，行囊中装着米、菜、肉，御寒的衣服等。从纳古寨到硕布山没有路，走的人多了也没形成路。他们走在没有路的途中，吉格一家四口与依娜一家四口混走在一起，吉格、依娜走在后面，跟在爸妈屁股后的依娜的妹妹依莎，不时地回头看。

途中，十几米高的杉树随处可见；不时看到羊角花树，粉红色的羊角花在阳光下摇曳，美得让人心颤。

依娜向吉格提议："歇一会儿！"提议完就坐下。

吉格在离依娜两米远的地方坐下，看着依娜，他看到依娜的脖子上有一个小黑点。"脖上有个小虫子！"

依娜吓了一跳，连忙摸脖子。

"这个地方！"吉格指着自己脖子上的相应位置。

依娜把手放下，瞋了吉格一眼，说："一颗痣！"

吉格说："我还以为是小虫子呢！"

来自其他羌寨几个采虫草的羌族小伙子从依娜、吉格面前经过，小帅哥吉格、小靓妹依娜吸引了他们的注意力，走不远，有个小伙子唱起一首情歌：

> 阿妹长得单条条
> 一根花带拴在腰
> 后门园里嫩韭菜
> 谁人不想割一刀

依娜听完站起来，接歌：

> 今天是个什么天
> 羊角花开红艳艳
> 杉树林中无鸟叫
> 只听乌鸦乱叫唤

前方传来一阵笑声。

吉格站起身，顺手拎起依娜放在地上的行囊背在肩上，依娜没有拒绝。

走了十几个小时，终于穿越了杉树林区，抬头向山上望，山上没有植被，到处是乱石，垭口到了！吉格与依娜彼此看了一眼，目光互相鼓励，两人一鼓作气爬上垭口，视野豁然开朗：一座座洁白的雪山！

依娜把行囊从吉格的手里拿过来，她不想让人知道吉格帮她拿行囊。

垭口风大，顺着风沿山梁向东走半小时，来到硕布山下。山梁下有一个海子，山梁的倒影在海子中摇曳。

斜阳照耀着硕布山，天黑还有一段时间，走了十几个小时路的纳古寨的人，坐着或躺着休息，稍事休息后，男主人到山坳搭建石头房子、窝棚。好多石头房子、窝棚都是前一年或若干年前搭建的，稍微收拾收拾就可以对付着住人。年轻人则立即上山寻找虫草。

硕布山上已有五六十位羌民匍匐在地上寻找虫草，见纳古寨村民到来，热情打招呼。纳古寨人四散开去，趴在潮湿的草甸上，爬来爬去找虫草。吉格、依娜都来过，对采虫草不陌生。大约找了半小时，吉格眼前一亮，脸上露出惊喜：一根黑褐色的虫草呈现在眼前！他瞄一眼依娜，依娜在专心致志地寻找。他想到自己先找到一根，会让依娜着急，决定把这根虫草不露声色地让给她。"往这边找，那边人多！"吉格招呼依娜。依娜边寻找边向吉格靠近，吉格慢慢把她引向他发现的虫草。依娜发现了吉格发现过的虫草，掩饰不住兴奋，惊叫了一声。依娜惊喜的表情像一道亮丽的风景，定格在吉格的心中。

"虫草，冬天是虫子，夏天是草，怪怪的！"依娜欣赏了一会儿虫草，感叹。

吉格给依娜讲虫草。

一种叫蝙蝠蛾的虫子把虫卵产在地下，将卵孵化长成幼虫，地下有一种孢子菌，专找蝙蝠蛾幼虫寄生，吸收幼虫营养成长为"虫草真菌"，幼虫慢慢长大并钻出地面，当菌丝繁殖充满虫体，幼虫死去，这个过程发生在冬天，所以叫冬虫；当气温回升，菌丝体就会从冬虫的头部萌发，长出真菌子座，称为夏草。真菌子座头部有子囊，子囊有孢子，当子囊成熟，孢子会散出，随水分渗入地下，再次寻找蝙蝠蛾的幼虫寄生，冬虫夏草如此循环往复，生生不息。

依娜盯着吉格看，吉格以为依娜为自己"博学"惊讶，心中沾沾自喜。依娜说："认识虫草就行了，你讲的这些有什么用？"

吉格泄气，继而觉得依娜说得有道理，对自己没用的东西知道它干什么？

太阳落到山的那一边，天色暗下来，挖虫草的人收工回山坳。山坳中有百余个窝棚和石头房子，像个原始部落。"部落"中女人们煮茶做饭，男人们或围坐在窝棚的地铺上打扑克，或惬意地吸鼻烟。地铺下面铺着厚厚的干树叶，干树叶上铺毛毡子，很暖和。

依娜回她家的石头房子，吉格回窝棚。吉格家的窝棚与依娜家的石头房子相距不足20米。两家的饭都做好了，两家人围着自家的火塘各吃各的饭。吉格家吃猪膘肉煮洋芋，吉格夹了一大片油亮的猪膘肉放到嘴里，感觉肉香四溢，好久没这样吃肉了！吃完饭，吉格睡不着，他想到勒斯哲吩咐，多跟依娜一起练练歌舞，为纳古寨小学争光。他把羌笛从包里掏出来，走到依娜家的石头房前。

"吉格，进来喝雪茶。"依娜妈说。

吉格说："喝过了。"

依娜从石头房走出来，说："校长德斯多叫我跟吉格一起排练歌舞，代表学校到县里参加选拔赛。"

夜晚，硕布山下，海子边，吉格、依娜吹羌笛唱歌，排练歌舞。

十

前往阿坝州的崎岖的山路上，一辆破中巴车跌跌撞撞。中巴车载着纳古寨村20多名男女业余演员，年龄跨度从十六七岁到七十多岁。女演员们穿着羌族女性手工制作的湖蓝色长袍，外套黑色马甲，长袍与马甲周边镶嵌着红、绿、蓝、黑各色花边，黑裤，脚上穿着鞋尖上钩绣花的"云云鞋"。男演员们头戴黑白相间的麻布帽，穿灰白色的麻布袍，袍外穿黑马甲，马甲绣五彩花边，黑裤，裤脚裹白色裹腿，黑色软底布鞋。他们前往阿坝州，参加一年一度的"瓦尔俄足"节。

"瓦尔俄足"是传承千年的羌族妇女节，每年农历五月初五，羌族妇女不分老幼，身着鲜艳的民族服装，佩戴银首饰前往女神梁子山，参加羌民族古老的传统妇女节——瓦尔俄足。瓦尔俄足源自一个美丽的传说，现在的瓦尔俄足已演变成为羌族传统民族歌舞表演的盛会。

来可森带队，他刚当上纳古寨村主任，导演是纳古寨民族小学文体老师勒斯哲。每当有文艺会演，他就想到依娜和吉格。依娜、吉格已经到县城上高中了，但他们是纳古寨人，代表纳古寨参赛天经地义、义不容辞。

依娜和吉格并排地坐在中巴车上，依娜靠车窗。

"还记得老师跟你俩说过的话吗？"勒斯哲问吉格和依娜。

"什么话？"吉格问。

"我说过，你俩上六年级的时候我就说过，现在代表纳古寨小学到维城乡比赛，为纳古寨争光；以后到阿坝州比赛，为茂县人民争光，说中了吧？"

"老师是导演，是导演水平高。"吉格诚恳地说。

吉格的话让勒斯哲舒服，舒服得浑身痒痒。他拍拍吉格的肩，找到知音似的："你俩是金童玉女，双剑合璧，前途无量！现在到阿坝州比赛，将来到北京比赛，给羌族人民争光！"

吉格、依娜彼此审视，暗中衡量。

依娜把脸转向窗外，窗外是流动的风景，岷江在山下，岷江水流淌着两岸的风光。

上坡，破旧的中巴车像老牛一样喘息，排烟管一个劲地冒着白烟，发动机像哭哑的嗓子在哭，最后彻底哑了——发动机熄火了。

"下车下车！快下车！下车推车！"司机把车刹住，打开车门。

20多人连忙下车，齐心合力地把中巴车推到坡顶，下坡不用推，中巴车向坡下溜去，司机踏离合器，挂挡，松离合，发动机响了！中巴车在坡下等候，纳古寨表演队重新上车。中巴车又开始爬坡……中巴车的发动机又熄火了。

"下车下车！快下车！下车推车！"司机连忙刹车，打开门。

故事依旧。

当纳古寨表演队到达会演地点，瓦尔俄足节已经开始。舞台正上方悬挂着红底黑字横幅"瓦尔俄足"。广场上站无虚席。

勒斯哲翻节目单看："谢天谢地！刚好赶上。"他嘱咐依娜、吉格和纳古寨全体演员："一定不要紧张。只能成功，不能失败！"

表演正在进行中，报幕员款款走到舞台中央报幕："下一个节目，歌舞：黑虎将军，由黑虎寨表演。"

背景音乐响起。20余名身穿羌族服装、头戴"万年孝"的妇女手牵手，且歌且舞登上舞台，倾情演绎讴歌黑虎将军。

台下，纳古寨表演队按照预定程序，到达指定位置。吉格跃跃欲试，依娜紧闭着嘴唇仿佛在跟谁较劲，勒斯哲脸色蜡黄，手中的节目单一个劲地抖着。台上演出越精彩，他感觉压力越大。"快到了！马上到了……"勒斯哲一脸恐惧，哭着说——只是没有眼泪。

吉格安慰勒斯哲："老师别紧张。"

依娜说："是上舞台，又不是上刑场。"

勒斯哲左手握吉格的手，右手握依娜的手，像立马要咽气的人立遗嘱："不要紧张……千万不要紧张啊……"

报幕员报幕："下面上场的是来自纳古寨的表演队，他们带来的节目是歌舞——《恰步扯》。领歌——依娜！领舞——吉格！"

勒斯哲贪婪地看了表演队最后一眼——仿佛是最后一眼，诀别似的扬一下手。

《恰步扯》是劲舞。依娜用母语歌唱。

歌舞以青年恋人的初识、试探、起誓、想念、送郎为情结；描述情人间的爱恋、赞美、热恋、苦情的心路历程。

台下寂静无声，上千双眼睛像天上的星星。

歌舞形声相和、行云流水，台下的勒斯哲抬起双手，做好了鼓掌庆祝的准备。

突然"咕咚"一声，表演《恰步扯》的一位老人摔倒在舞台上，表演被迫中止，台下一片叹惜。勒斯哲大惊失色地奔上舞台。摔倒的老人嘴里冒着泡沫，演员们七手八脚地把老演员抬下舞台。老演员因为体力不支、亢奋过度、血压高等综合原因，昏了过去。

勒斯哲虔诚地祈祷老人平安无事，别无他求，得不得奖无足轻重，重要的是人。在勒斯哲的祈祷声中，老演员慢慢睁开眼睛，喝了半碗水，好了！

老演员安然无恙，名次在勒斯哲心中的价值排序又跃升到第一位。回程路上，中巴车内，勒斯哲痛不欲生："再坚持一分钟不倒，就是第一名啊！现在是倒数第一名啊！"

勒斯哲为排练《恰步扯》付出了大量的心血，他太想拿第一名了。吉格、依娜一左一右抱着勒斯哲的胳膊。当勒斯哲从懊恼中自拔出来，对吉格、依娜说："老师这辈子，想做的事没做成，希望寄托在你俩身上。依娜、吉格，唱得好！跳得好！羌族人会说话就会唱歌，会走路就会跳舞。唱跟唱不一样，跳跟跳不一样！山沟沟里教学质量差，要走出去，要靠唱歌跳舞出类拔萃，争取破格录取……真是可惜啰，再坚持一分钟，就是第一名啊！"

十一

月下，吉格走向维城土城墙，站在断壁残垣上，看明月在薄云中穿行。

吉格、依娜被省艺术学院破格录取，毕业后，依娜希望与吉格一起回茂县当老师，吉格则希望她跟自己一起到北京闯荡，彼此没有说服，彼此都能理解。依娜为吉格送行，从纳古寨送到茂县城。依娜、吉格住在同一家宾馆，一人一个房间。晚餐后，依娜提议出去走走，走到岷江边。

月下，江边，月光捕捉岷江中梭鱼样的浪花。

吉格、依娜并排地坐在岷江边，吉格在左，依娜在右。

吉格吹奏《折柳》，《折柳》表达的是难舍难分的离别之情，依娜似不为所动。

吉格下意识地摆弄羌笛。

羌笛由高山油竹制成，长约30厘米，两管并列，每管六孔，共12孔。管头插着竹舌发言器，管尾系着一块古玉，古玉上系着羌绣饰品。

"听说，这羌笛是祖传的。"依娜没话找话说，随便说说。

"爷爷年轻的时候就演奏过！"

"我看看。"

吉格把羌笛递给依娜。依娜接过羌笛鉴赏，随后把羌笛贴在脸上，闭上眼睛，好久才把羌笛还给吉格。"这是最好的羌笛！"

吉格摇摇头："爷爷说，世界上最好的羌笛是用雄鹰翅膀的骨筒做的。以鹰骨制笛，这是怎样的脱胎换骨！让天空的雄鹰转化成远古的羌音，用远古的羌音传递现代人有血有肉的感情，多么有想象力！我感觉没有其他乐器能比羌笛更能表达我的感情。"

"跟做梦一样！"依娜感叹，感觉心里酸酸的。

吉格感叹："小学，中学，大学，十六年！弹指一挥间。"

"我一辈子都不想长大！"依娜恨恨地说。

"我想！"吉格脸上露出诡谲的笑。

依娜笑不出来。

吉格说："不去北京试试，心里不甘心。相信我，我在北京立住脚，你就到北京来，一定能成功！"

依娜一副无可奈何的表情："好多年，我一直努力，考中学，考大学，上了大学，松了一口气，总算没被你落下。毕业了，我感觉就像长途跋涉回到家了，你又要远走高飞了！我累了，感觉很累。"

"我们可以一起去北京！"吉格不放弃劝她去北京的努力。

依娜说："知音难求，我的知音，我的根，在这里。"

"勒斯哲的话忘了？双剑合璧，为羌族人民争光！"

"我没那么大的心！"

"人不可以没有梦想！"

"我过去的梦想，就是能跟你在一个学校读书！"

"现在呢？"

依娜懒得说。

"说呀！不说我怎么知道！"吉格催促。

"我梦想有一个体面的婚礼，我把自己打扮得像公主，嫁给你！和你一起，恩恩爱爱过平静的日子，生一个聪明伶俐的儿子，一个漂亮乖巧的女儿……六月天，我跟你牵着孩子的小手，在草甸子上看繁花看蝴蝶蜜蜂；在云开雾散的羌寨看雄鹰；在月下的岷江边看江水流银……"依娜充满神往。

吉格有几分意外："这算什么梦想？不用追求就能实现！"

"这是我最大的梦想，现在，像一堆肥皂泡在破灭……"

"不是破灭！我们的未来，会比你想象的更加美好！现在就止步，是不思进取！"吉格对未来充满信心，他的话慷慨激昂。

"我一直有个心愿，把这么多年我们一起演出、参赛的《萨朗歌》录下来，留个纪念，留个见证！"

"这算什么心愿？"吉格说，"我一直以为你对我期望很高，怕让你失望，我很努力，我要证明自己给你看，我要成功！"

依娜一声轻叹："两个恩爱的人生活在一起，不是很成功吗？"

吉格激动地说："依娜，你……让我感到轻松。可是，不试一试，我不死心。给我一点时间！"

依娜像唱摇篮曲似的吟唱《阿哥你要早回家》：

　　八月草坡遍地花
　　阿哥你要早回家
　　再等两年不回家
　　落了叶子谢了花

吉格接着吟唱《叫我丢妹万不成》：

　　高山跑马路不平
　　双手抓住马缰绳
　　阎王要命我就去
　　叫我丢妹万不成

依娜瞋了吉格一眼："北京美女多……"

吉格看着依娜，脸色浮现出庄严肃穆的表情，握紧右拳准备发誓。

"住嘴！"依娜瞪着吉格，"谁让你发誓了！"

吉格不知如何是好。

依娜嘤嘤地哭了。

"怎么啦？"吉格着急地问。

"我害怕！我有种不好的预感……"依娜仰起脸看着吉格。

吉格把依娜揽在怀里，依娜闭上眼睛……

月亮潜入云层，在云层中航行。

流云过后，明月当空。

月下，吉格把依娜抱在怀里，看岷江滔滔流水。

明月当空。

吉格站在断壁残垣上吹《折柳》，生死别离的苦痛与怀念像滔滔不绝的岷江水，从吉格的心灵深处、从羌笛中呜咽而出。《折柳》在大山深处回荡，荡气回肠。

十二

吉格回到偏房和衣而卧，辗转难眠，突然听到急促的敲门声，吉格下楼开门。哦布扶着额吉惊惶失措，连滚带爬地进了屋。吉格吓一跳，正待要问。哦布说："上去说话！"

三个人从木梯上了二层，哦布对吉格说："快叫你爸妈！快！"

吉格爸妈已经听到了动静，不请自来。

"哦呵呵呵……"额吉呻吟着，状如牙痛，而且疼得不轻，她结结巴巴地说，"见见见……见鬼了！我睡了，听到有人唱歌，就爬起来，站在房顶往碉楼那边看，看到依娜鬼魂了，她一边唱歌，一边飘啊飘啊，从碉楼里飘出来，一会儿飘到前，一会儿飘到后，一会儿飘到天上……我吓得叫起来，依娜鬼魂不见了，钻到地下了……"

吉格问："你看见依娜飘到天上了？"

额吉说："那还有假？！"

哦布说："这都谁跟谁？额吉还能说瞎话？"

吉格凌乱了。

十三

"吉格！——吃早饭了！"

住在偏房中的吉格听到了母亲的喊声，他起床，面对野菊花出神，最后把野菊花从瓶中拿出来，下木梯到二层。一大家人围在桌边等着他吃饭。吉格说："我不想吃。"说完出了门。

吉格出门走到坝子上，走到依娜家族的火坟边，神色庄重地面对火坟诉说着什么，最后把野菊花放在火坟前。

爷爷，吉格爸，来可森坐在桌子旁背着吉格议事。吉格妈、兰巴是女人，女人不参政，不说话。

爷爷吧嗒旱烟，像是酝酿情绪，他是提请吉格爸、来可森注意了，他要发表重要讲话。

来可森沉不住气，率先发表见解："依娜灵魂唱歌？哪有什么灵魂？不可思议！"

"山有山神，树有树神，万物有灵！人人都有灵魂，依娜能没有？依娜死在外地，灵魂找回家了，她跟吉格好，想把吉格带走，就是这样！"爷爷说。

吉格爸说："我跟吉格妈听到了，吉格看到了，额吉也看到了。"

来可森说："真是活见鬼！这事说出去也没人信，城里人没见过鬼，听了会笑话。"

爷爷说："店大欺客，客大欺店！城里人多欺鬼，这里鬼多欺人。我们祖祖辈辈生活在这里，生了死，死了生，生了又死，死了又生；姜维在这里筑城打仗，死的人不计其数，不知有多少冤魂野鬼。过去人多阳气旺，如今人都搬进城了，寨子剩下的全是老人，阳气不足，阴气上升，阴天下雨，阴风嗖嗖，大白天见鬼也不稀奇。"

来可森说："真是见了鬼了！"

爷爷不满地斜了来可森一眼。

来可森连忙改口："不管城里人信不信，反正我信！"

爷爷的脸色依旧阴沉沉，说："这两天，吉格茶饭不思，没精神，四肢无力，明摆着魂被鬼摄走了，看额吉的样子，魂也给鬼摄走了，还有我！"

来可森大惊："你也见鬼了？"

"这段时间，常见到你奶奶，她想我了，想把我带走！我……还不想走。"

来可森问："你在夜里看到奶奶啦？！"

爷爷说："是看到，还是做梦，记不清了。"

来可森不露声色地看爷爷，预估他大限将至。

"得找释比招魂，把鬼驱走，吉格才能好，额吉才能好，我才能好，寨子才安宁。"他停了一会儿说，"依娜这娃子是个好娃子，她跟吉格好，想把他带走，将心比心也是人之常情。她不是恶鬼，叫释比劝她耐着性子，不要着急，吉格早晚归她。"

来可森听明白了：不光吉格需要驱鬼招魂，爷爷也需要。他迅速修正自己的预估，爷爷的大限长得很。他突然想到，前些日子爷爷跟他说腹胀，想找释比看，自己给他买治腹胀的药片，如今那盒药片完好地放在窗台。难怪爷爷没好脸色给他看。"必须请释比！不请不行。"来可森说。

十四

1966年开始的十年"文革"期间，释比活动被当作迷信明令禁止。改革开放以后，释比活动作为一种文化如枯树发芽。"5·12"大地震后，灾后重建不止于建筑，还有文化，地方政府鼓励弘扬羌族文化，作为羌文化重要组成部分的释比活动开始兴起。但原生态的带有宗教色彩的释比活动越来越少，重在仪式，这就上升到了文化层面，释比活动渐渐演变成了"释比戏"。

爷爷要请释比驱鬼招魂，属"原生态"的释比活动。当法事办驱鬼招魂，等于说依娜是恶鬼摄走了吉格的灵魂，这对生者是伤害，对死者是不敬。

来可森通过一番斟酌、拿捏，决定以演释比戏的形式行驱鬼招魂之实。中秋节过后是重阳节，以欢度重阳节为由请释比班子演释比戏，名正言顺，堂而皇之。

一辆面包车沿着山路向纳古寨进发。在面包车上坐着九个老释比，这个释比班子有三个特征：专业化程度高、阵容强大、珍稀。

"专业化程度高"不是专职，释比都是不脱产的羌族宗教人士。羌族释比十二支派，师承一人，术各有异，互不妒忌，互不交流。来可森邀请到的九个老释比都是这十二支派的传人，法术高超，用羌语诵唱《三坛经》三天不重复。——是谓"专业化程度高"。

释比阵容不以人数多少衡量，而以年龄和文化程度来衡量，年龄越大，越不识字，表明阵容越强大。来可森请来的九个释比年龄总和超过800岁；九个人不识一个字——而且绝对不是假装不认识。羌族只有语言没有文字，老释比连汉语都听不懂，更不要说认文字了。——是谓"阵容强大"。

因当释比无利可图，故而后继无人，因此这个"专业化程度高""阵容强大"的释比队伍，就成了羌族、中国乃至全世界绝无仅有濒临消失的最后的释比团队，此可谓"珍稀"。

面包车到达纳古寨十字路口。

纳古寨没有正儿八经的十字路口，寨子东面有一条与山路近似垂直的羊肠小道，小道经由维城遗址通往坝子，坝子上有个祭祀塔，这条小道就是寨民前往祭祀塔祭山还愿走出来的。来可森之所以把作法地点选在十字路口，是因为驱鬼招魂必须在十字路口进行。

老释比从面包车上往下卸法器。主要法器有猴皮帽、羊皮鼓、法印、铜锣、铜铃、铜镜、羚羊角、法刀、神杖、皮胄、铠甲、司刀、枪、令牌、兽骨器（卦、骨、爪、齿）、古钱、法水瓶、骨珠骨链等。其中猴皮帽是释比最重要的标志。

太阳落山了，来可森从山路上从东往西走，一边走一边吆喝：

"到十字路口看释比作法，看释比戏，有病的治病，没病的消灾，没灾的祈福。重阳节是老人节，现在不看，以后就看不到了！能走的自己走，腿脚不便的搀来，爬不起床的抬来，相互关心相互帮助的时候到了！"

晶亮的星星缀满夜空，释比作法和释比演出都准备就绪。观众全部到位，该来的都来了，不该来的都没来，来的就是该来的，没来的就是不该来的。

夜幕下，群山峻岭中羌寨的十字路口燃起了一堆火，火光熊熊。路边的一根木杆子上，挑着个100瓦的电灯泡。这个电灯泡，此时此刻具有划时代的意义：如果没有这个电灯，你可能会以为这个羌寨是100年前，甚至于1000年前的羌寨。

首先表演的释比作法，这是对老释比的尊重，也是把热闹的留在后面。

火塘里燃烧着树枝木头，一个犁铧头在火中烧得通红，三脚架上挂茶壶。

"演出时间到了！"释比是来可森花钱请来的，他说时间到就到。

释比常见的法术有六个：踩犁铧头、耍火链、打油火、坐红锅、翻刀山、占卜问病治病。法术有两大作用，一是治病，二是吓鬼。

老释比先念经，后用一个铁钳把烧红的犁铧头从火塘里夹出来放到地上，接着，从容不迫地赤脚踩到烧得通红的犁铧头上。

吉格像看酷刑，揪心、震撼。

老释比踩完犁铧头，抬起脚展示给大家看，脚完好无损。老释比用羌语吆喝："肚子痛、腹胀、消化不良的人，站出来！"

大家你看我，我看你。现在找释比看病的人十分罕见，有病去医院，除了中西医都看不好的疑难杂症，才有人会想到释比，但大多数人都抱着死马当活马医的心理。

来可森用胳膊抵一下额吉说："上去让释比看看！"

额吉一脸惊恐，就像让她上刑场："好了！我好了！"

来可森诚恳地请爷爷看病："阿巴，你腹胀，让释比看看！"

来可森不请，爷爷也会自己走出来，他感到全身心都需要释比。爷爷走到释比面前，纳古寨人的目光聚集到爷爷身上。爷爷德高望重，他挺身而出，让大家感佩，不少人心生惭愧，仿佛他是为了纳古寨人奔赴刑场。

老释比用脚板踩踏爷爷胀痛的肚子。靠近的人伸头探脑看释比的脚板，看脚板上有没有灼伤的痕迹。释比踩踏一会儿爷爷的肚子，但见爷爷红光满面，神情亢奋。老释比让爷爷站起来，吉格连忙上前搀扶，爷爷甩开吉格的手，独立地站起来，他感到所有的病都彻底好了。

老释比接着开始"翻刀山"——把24把锋利的钢刀插在24个刀架上，刀尖向上，等距离直立于地面，形成"刀山"。老释比口中念经，赤脚，从容不迫地一步一把刀地走过24把刀刃，脚板毫无损伤。好多人惊出一身冷汗。不是神助怎么可能踩犁铧头翻刀山？包括气功说在内的所有解释都苍白无力——与其说所有的解释都不能让大家信服，不如说大家不愿相信所有的解释。

吉格儿时受家庭与环境的影响相信万物有灵，读书的过程也是他从万物有灵向无神论转变的过程。但这一刻，他却愿意相信万物有灵。羌族人相信万物有灵几千年，岂可简单地归结为愚昧？电视机没诞生之前，千里眼是神话，科学还没能达到能够证明灵魂存在的程度，难道不是一种可能？

依莎爸妈站在远处，他们看着吉格，想着心事，希望依莎能把他变成女婿。依莎坐在维城遗址的断壁残垣上，以"螳螂捕蝉，黄雀在后"的视角看吉格——看吉格看释比作法。

老释比开始驱鬼招魂，九个释比手拿羊皮鼓，戴猴皮帽，身穿青衣披白羊皮褂（毛向外），套白裙，身体半蹲，踽踽而行，且行且敲羊皮鼓，且行且诵经。经文分上、中、下三坛，上坛经属神事，中坛经属人事，下坛经属鬼事。老释比诵下坛经咒语，咒语痛骂鬼不守鬼规摄走人魂，勒令鬼把人魂放回，奉劝鬼不要纠缠人，许诺人不找鬼麻烦。咒语是羌族释比专用语，羌族人也听不懂，只有鬼听得懂。

释比念过咒语后，依照事先的安排，吉格妈端了一碗饭来到十字路口，走到吉格身边，移动三下，对吉格说："往地上吐口唾沫！"

吉格往地上吐完唾沫，吉格妈把一碗饭放在十字路口。随后，吉格一家人往家走，都不说话。回到家，爷爷问："吉格回来了吗!"

"回来了！"吉格和全家人一齐回答。

招魂仪式到此结束。

释比驱鬼招魂之后的善后工作，由来可森料理。

早晨，吉格睁开眼，眼前是泥石墙，和1000年前一样古老的石头一样颜色的黄泥。回顾一周发生的事，他感觉像穿越时空，穿越到了1000年前，自己是个古人。吉格起床，想出去走走，理理思绪。吉格下木梯到二层，爷爷、爸妈、兰巴、来可森都坐在木桌边。家人的目光聚集在吉格身上，观察、检验招魂的效果。吉格感到身心沐浴在爱的海洋中，同时感到委屈。他的状态让亲人们揪心——看上去依旧魂不附体。

"我出去一下。"他说。

"我陪你。"来可森说。

来可森与吉格一起走到坝子上。

来可森观察吉格。

吉格说："别这样看我。你相信灵魂吗？"

来可森说："说不清楚了！"

吉格抬起头，向火坟的方向瞭望。

来可森笑道："昨晚释比走了，看来还得去请。"

吉格警惕地问："干吗？"

来可森说："法事做完以后，病人如果还是一副失魂落魄的样子——就像你现在这样，说明魂还没招回来，还得请释比继续招！"

吉格坚决地说："绝对不用！"

来可森说："过去的就让它过去吧！不要再提起依娜，打起精神，让全家人放心。"

吉格点点头。

十五

吉格耷拉着眼睑往依娜家走，走到依娜家门口，见依娜赫然站在面前。"依娜？！"他感到头皮发麻、灵魂出窍，惊魂稍定，盯着依娜看——依娜变成了依莎。依莎像依娜一样站在眼前，吉格百感交集。

依莎问吉格："昨天晚上是演释比戏还是给你招魂？"

吉格面露尴尬："爷爷的主意，来可森导演，让我配合，释比请来以后我才知道。"

"你相信灵魂吗？"依莎问。

"我……"

依莎继续问："害怕了？"

"害怕什么？"吉格反问。

"相信人有灵魂吗？"依莎再问。

"如果有，不是很好吗？今生不能相聚，还有来世。"吉格凄凉地说。

"那天晚上……是我在坝子上唱歌。你把我当成姐了！"依莎说完把头转向一边。

"你？！你唱的歌？"吉格惊讶，"哪……为什么躲我？"

"因为……"依莎讷讷地说，"我什么都不想说！"

吉格盯着依莎。"你再唱一遍！"

依莎迟疑许久："没心思。换个时间吧。"说罢仰望天空。

吉格顺着依莎的目光仰望。

碉楼指向的天空，有雄鹰在翱翔。

吉格说："我要走了……"

依莎的神情暗淡下来："什么时候？"

吉格说："下午，搭来可森车回县城。"

依莎"哦"了一声。

吉格问："听说你在羌城剧院唱歌？"

"在《羌魂》剧组做演员。"

"《羌魂》是电视剧还是电影？"

依莎向吉格介绍《羌魂》：

《羌魂》是羌族原生态歌舞，由序、祭、耕、韵、魂五部分组成，是对羌族经典文化的艺术再现。虽说演员大多数是从各个寨子里选拔出来的，但在北京人民大会堂公演荣获一等奖。

吉格自嘲："孤陋寡闻了。"

"是变化太快吧。'古羌城'景点刚建成，《羌魂》公演时间不长。在茂县住几天？"

"今晚住茂县，明天上午去成都，后天回北京。"

"多住几天行吗？"

回北京没有什么要紧的事，吉格说："当然。"

"旅游季节每天晚上都有《羌魂》演出，不着急回北京，过两天我请你看演出。我明天回县城。"

"吉格——"来可森在喊。

依莎指着碉楼上方的天空："看！"

吉格看到碉楼的窗口光与影在变幻。"碉楼上好像有人。"

依莎说："往碉楼上面看！"

碉楼指向的天空湛蓝高远。

"看到那只鹰了吗？"

"哪儿？"

"哦，飞走了。"

残月如钩。

碉楼门前，依娜亭亭玉立，隐约可见的脸上斑驳陆离。依莎与她面对面地站着。

"你嫁给他，就是我嫁他，你们的儿女就是我的儿女。"依娜幽幽地说。

"你不要把灵魂附在我身上！我要做我自己！"

"你不爱他？"

"我？……"

"我跟吉格一起上艺术学院那年，你送行，你看吉格那眼神……"

"胡说！"

"急了吧？爱，就把它说出来！"

"他爱的是你，不是我！"

"他也会爱你！我死了。"

"就算爱，也是把我当成你的影子，你的替身！"

"姐与吉格无缘，你别错过，一切稍纵即逝。结了婚，跟他远走高飞！有爸妈陪我，我不是孤魂野鬼。寨子里的人都到城里了，这里是鬼的天堂，我在寨子里做鬼！"依娜隐进碉楼。

依莎站在碉楼前，站立好久。"明天我回县城，后天有演出。"

碉楼里发出一声叹息。"真想跟吉格再表演一次！……"

十六

茂县，环城皆山。

"古羌城"建筑群雄踞在东山半山腰，坐东面西。站在古羌城大门前向东仰望，青翠的山峰镶嵌在大门正中，古羌城借东山为景，东山借古羌城为景，浑然天成。

出古羌城的后门，沿石梯上二三米斜坡，原本是坝子，现在是公园。公园北面的山包上，雄踞着羌城影剧院，影剧院正门向南。

依莎约吉格在羌城影剧院门前见面。

依莎与吉格一前一后沿着一条石子小路向南走，走几十米，走到古羌城后门的石阶处，吉格站住了，居高临下，目光越过古羌城建筑群，茂县城区尽收眼底，震后援建的建筑清一色古羌风格。西北天际间是九顶山，九顶山海拔约5000米，距羌城不足10千米，挡西北风于胸前，保身后一方水土温润，山顶积雪盛暑不化，冰清玉洁。

依莎介绍："高速公路修起来了，茂县大力发展旅游事业，这里游客越来越多。开城仪式和《羌魂》大型原生态歌舞，是两道亮丽的风景。旅游旺季《羌魂》一天演出三场，上午、下午、晚上各演一场，淡季只晚上演一场，有时演员比观众多。"

"票价很高？"

依莎摇头。

"够演员出场费吗？"

依莎笑笑："我们拿固定工资，没出场费，奖金只是象征性的。"

吉格问："演员没意见？"

"剧院，这里一切都是援建的，全国人民都是恩人，给恩人演出，会有意见吗？"

吉格说："懂了。"

"《羌魂》不能永远停留在现有水平上，艺术无止境，需要优秀人才。"

吉格理解依莎的意思，没有回应，沿着石子小路往前走。石子小路两旁开满了金黄色的金菊花。依莎跟在后面："我姐有一个心愿，她希望能把她跟你合作的《萨朗歌》录下来，留个纪念，给爱留一份见证！"

吉格叹息一声。

依莎说："我想替姐实现这个夙愿……"

吉格盯着依莎的眼睛。

依莎忙解释："我是说，姐想我替她实现这个夙愿……"解释词不达意，为了避免误解，她继续解释："我不是那个意思！"依莎脸红了。

依莎在示爱？因为太突然，吉格不知所措。依莎像依娜，但不是依娜。吉格常常有一种感觉，依娜无处不在。此刻，他感觉依娜就在附近，像个隐身人。好在依莎补充了一句——"我不是那个意思"，所以他不用回答。

依莎怕吉格误解连忙解释，解释完就后悔了，不解释也罢！

一阵沉默之后，依莎想到当下要达成的目标。

"今天《羌魂》演出，我唱《萨朗歌》，你用羌笛伴奏，摄录下来，替姐留个纪念，留个见证。可以吗？"

"你们领导同意？"吉格问。

"都说好了！"依莎说。

那次来可森请全村人喝咂酒，依莎牵着吉格的手唱《萨朗歌》，因为吉格的心思全在依娜身上，对依莎的歌毫无记忆。坝子上那个明月夜，吉格听到《萨朗歌》，依莎说是她唱的，吉格很怀疑：姐妹俩的歌喉再相似也不可能相似到这种程度！学音乐专业的人，对声音的敏感度超乎常人。因为喝醉了而导致甄别能力下降只是一种可能，听她唱歌是印证的最佳方式。

依莎说："我还有一个心愿！"

吉格问："什么心愿？"

依莎强调："这是我的心愿！"

吉格看着依莎，依莎的脸上露出狡黠的笑。

十七

2012年，占地面积3000余亩的"中国古羌城"建筑群落成，古羌城集古羌建筑风格及各种羌文化元素于一体，形象地再现了羌族5000多年的演进史。

中国古羌城城门高15米，宽10米，两扇城门用圆木竖拼而成。城门结构如古长城，门楼上方，一队盔甲鲜明手执长枪的羌兵一动不动像兵马俑，吹牛角号的羌兵像雕塑——只有姿势没有声音。

每天早晨八点半，古羌城举行开城仪式。离开城仪式还有一

刻钟，扮演羌王和王后的吉格、依莎已换上羌王王后的服饰，两
人走出羌王宫，守候在王宫门外依莎的闺密刘英举起相机拍照。
刘英不时地变换角度，指使吉格、依莎摆各种"Pose"配合：

　　"笑一个！挽着胳膊，脸贴近点，哎，看对方的眼睛，吻一
个！"

　　依莎、吉格没有配合"吻一个"。

　　刘英说："不好意思算了，到没人的地方去吻好了。"

　　在开城仪式上与吉格扮羌王、王后是依莎"自己的心愿"，
也是她向吉格传递感情的一种方式。

　　"开城时间到！演员各就各位！"值班导演指挥。

　　吉格和依莎站在队列前面，进入角色；身后是穿鲜艳传统民
族服饰扮演羌王侍女的羌族姑娘；左右是两列身穿盔甲手执刀枪
的"卫兵"。

　　"诶索！——"充满阳刚之气多声部的《开城歌》气势磅
礴。《开城歌》声中，两扇巨大的城门缓缓打开。"羌王""王
后"在"侍女""卫兵"的拥戴和护卫下，手牵手步出城门，行
十余米，走到外城门前，外城墙高约2米。古羌城建在半山腰，
与羌城广场落差约30米，158级石阶像一个巨大的云梯搭在外城门
口。外城门内两侧平行竖立两面直径两米的大鼓，司鼓抡起白骨
似的鼓槌击鼓。门楼上，牛角号吹响，喇叭里播放背景音乐。

　　《开城歌》用羌语歌唱：

　　　　从远古的洪荒出发
　　　　走出甲骨文走出山海经
　　　　鹰一样盘旋在崇山峻岭
　　　　依山傍岩垒石为室

坝子上刀耕火种

白云间放牧羊群

与世无争的尔玛人

热爱和平的尔玛人

敬畏石头敬畏草木

哈着腰拍打羊皮鼓

祭山祭祖祭萨朗

拜天拜地拜神灵

历经劫难的尔玛人

浴火重生的尔玛人

五千年圆了一个梦

千万亿颗心温暖一座城

城里边住着尔玛人

有情有义的尔玛人

知恩报恩的尔玛人

打开城门迎宾朋

《开城歌》用羌语歌唱，这是来自远古的声音，历史与神话，梦想与憧憬，像一条条鱼，在过去、现在和未来的时空中穿梭，顺流而下、逆流而上。鼓角声是历史的回音，隐隐透出厮杀的呐喊；羌笛的声音千年不变，因为羌族——这个多灾多难、浴火重生的民族有太多的喜怒哀乐、悲欢离合！

扮演羌王、王后的吉格和依莎俯视广场。

三四十名羌族妇女手牵手边歌边舞跳萨朗，无数观光游客摄影、摄像。

20名身着桃红色羌族服饰的姑娘一脸喜庆，双手托举巨幅羌红，一步一台阶奔向"羌王""王后"。巨幅羌红覆盖了整个台阶，羌红的尺度与石阶的坡面相同。

在《开城歌》的余音中，开城仪式结束。依莎不情愿地松开吉格的胳膊。

"这是年轻的羌王与王后的结婚盛典，羌民们前来祝贺。"依莎说。

"开城仪式是这个主题？"吉格感觉不对。

"今天，我把它想象成这个主题！想象成我的婚礼……"依莎涨红了脸，不敢看吉格的眼睛，害怕被拒绝，说完跑了。

十八

游客陆陆续续走进羌城剧院。

剧院化妆间，依莎与吉格两个人都故作轻松。吉格摆弄着手中的羌笛。依莎从衣袋里掏出一个绣着羌绣的面罩，罩在脸上，把脸遮得严严实实。

"干吗？"吉格问。

依莎脸色冰冷："今晚，我要帮姐实现一个夙愿。我希望你投入，不想让你看我的脸，请你把我想象成我姐。"

吉格一脸苦涩。

"没经我同意，不要动我的面罩！"依莎郑重声明。

吉格看着依莎。

"不要问为什么！"

吉格点头承诺。

舞台上的大灯突然熄灭了，舞台背景上的彩灯闪烁着，有蓝色的烟雾飘向舞台，舞台宛如幻境。

化妆间内，依莎对吉格说："去吧。"

吉格出化妆间走到舞台边。《羌魂》表演放的是背景音乐，没有乐队。

"开坛了！——"在羌语的欢呼声中，舞台的帷幕缓缓打开，演出开始。

舞台中间搭建成祭祀塔造型，背景是女神梁子。

祭祀萨朗女神的背景音乐声中，头戴猴皮帽的释比带领身穿湖蓝色羌袍的演员，牵着祭祀羊道具，带上香蜡、刀头等祭品，唱着传承千年的年歌走向萨朗女神梁子去祭塔，释比们点燃香蜡、柏枝敬女神，颂羌语祭词：

"女神啊女神！今天是瓦尔俄足，我们带着妇女来敬你，祈求你赐歌舞给她们，让她们欢度节日，我们对您的恩赐永世不忘，并按照您的旨意世代传承瓦尔俄足歌舞，祝所有的妇女同胞平安吉祥吧！"

接着释比用羌语颂开坛祝酒词："祈求女神赐福，祝羌族妇女节日快乐！幸福安康。祈祷风调雨顺，五谷丰登，人畜两旺。"

颂罢开坛酒词，表演喝咂酒。

舞台的灯光变换，一声整齐划一的羌语呐喊，帷幕合上又拉开，舞台上的景别变换——

身着粉红色盛装的羌族姑娘，两列横队面向观众，交叉握手，踏着萨朗舞步缓缓向前，舞步声如阅兵场上走正步的三军，脚步声整齐划一，气势恢宏。吉格把羌笛的响舌衔在口中，吹起《萨朗歌》，为萨朗舞伴奏。演员变换队形，由横而纵，由两列变四列。舞台后，身穿桃红色羌袍、头戴银饰戴面罩的依娜用羌语歌唱《萨朗歌》：

　　来自远方的亲人啊——

　　天籁之音，歌惊四座。吉格感到一股电流击穿了全身的脉络，宛如灰烬的心突然间复燃，依娜灵魂的歌声像甘露滋润吉格焦枯的心田。

　　今夜羌语的《萨朗歌》像禅，不能说，说了就不是；不说什么也不是，不得不说。

　　　来自远方的亲人啊，留下来吧，这里没有好酒好
　　菜，有美妙的歌舞，有喝不完的咂酒，有九顶山一样的
　　心灵，有塘火一样的爱情，每个海子都是乡情，天上的
　　星星是父老乡亲们的眼睛，亲人啊，留下来吧！

　　《萨朗歌》与羌笛水乳交融，歌声笛声发自澎湃的心脏，带着浓浓的血腥味。

　　《萨朗歌》歌词，可随节庆不同情境不同而改变，歌调不变，吉格感觉这歌词是为自己填写的，是依娜填写的。

　　化妆间，戴面罩的依莎坐在一张椅子上，聆听舞台上传来的《萨朗歌》，泪水湿透了面罩。

　　舞台上的大灯亮了，跳萨朗的演员退场，戴着面罩的依娜站在舞台中间，一脸泪水的吉格走到戴面罩的依娜身边，与她并排站在一起，鞠躬谢幕。

　　歌舞震撼了观众，剧场中静寂无声：观众感觉到发生了什么事，剧场弥漫着宗教氛围。随即，掌声如潮，观众起立鼓掌，掌声渐渐形成同步，整齐划一。

舞台上，两个人不约而同看了对方一眼。吉格看到、感受到那面罩下闪着泪光的眼里充满深情、充满深不可测的苦痛，吉格的灵魂为之震颤。戴面罩的依娜离开舞台，吉格紧跟在后面。

舞台上灯光突然变暗，背景变换，《羌魂》的下个部分开始了。

"吉格！"刘英拦住吉格。

吉格不解地看着刘英。

"知道吗？"刘英问。

"知道什么？"吉格盯着依娜的背影，依娜的背影消失了。

"依莎爱上你了，知道吗？"

吉格把刘英挤到一边，冲进化妆间。

戴着面罩的依莎伏在化妆台上抽泣。吉格走到她身边，稍后，双手搭在她的双肩上，生硬地把她拎起来，他要确信面前这张面罩下的脸就是依娜。他摘下她的面罩，面罩下是依莎泪水斑斑的脸——还是依莎！他颓然地坐在一张椅子上，极度失望、绝望，他坐了很久，抬头看着依莎，欣慰像一粒种子在心中萌芽，他充满温情地盯着依莎，就像看到从枯死的大树根部长出的一棵充满生机的小树，大树没有死，小树就是大树，是大树新的生命形式。

"看演出吧。"依莎轻声地说，有许多同事在看着他俩。

吉格如梦初醒，走出化妆间，走向观众席。

吉格坐在观众席上心不在焉地看演出，无数的疑问像野草一样在他的心田疯长。他离开剧场，在剧场外徘徊。

《羌魂》谢幕了，刘英走到吉格面前说："依莎让我转告你，她身体不适，明天联系你。"

十九

吉格住羌城宾馆，羌城宾馆在古羌城里面。深夜的古羌城没有羌王、王后，没有侍女与士兵。吉格睡不着，走出宾馆，从后门拾级而上，站在山腰，回身西望，天上一轮下弦月。

吉格确信面罩下就是依娜，如果是依莎，没有必要戴着面罩，可为什么拿掉面罩之后看到的还是依莎？刘英为什么挡住自己？他想到了狸猫换太子的故事，想到了依娜颈上的那颗痣。他回顾谢幕后目光相对的那一刻……她的脖子上好像有一颗痣，尽管当时过分专注她的眼睛，但他还是回忆起她的颈上有一颗痣。或许……依莎的颈上也会有一颗痣吗？怎么可能？可是，如果是依娜，她为什么戴面罩？……吉格站住了，突然间恍然大悟，一切不可思议的事都有了合理的解释，一切疑问都有了答案。

他回羌城宾馆等待天明，他要见依莎。

吉格没有再看例行的开城仪式，开城仪式后，他到羌城影剧院前等候依莎。

九点，依莎开着一辆白色的轿车，停在吉格身边。

车窗缓缓落下，依莎对吉格说："上车吧。"

吉格上车，坐副驾驶位置。

"到海子边坐坐，行吗？"依莎问。

"你决定。"

"鱼儿寨海子去过吗？"

"没有。"

　　茂县境内的海子大大小小几十个，纵是土生土长的茂县人，一一去看过这些海子的人也很少。大家都见过海子，一叶知秋，本地的风景想去就去，明日复明日。

　　依莎驱车前往叠溪——松坪沟景区的鱼儿寨海子。途中，吉格偷偷看依莎的脖子，依莎的颈上围着白色的纱巾。

　　景区三条沟一条河的八个海子都是1933年发生的大地震形成的堰塞湖。鱼儿寨海子是八个海子之一。

　　依莎把车停在鱼儿寨，从鱼儿寨到鱼儿寨海子要走一段山路。

　　鱼儿寨海子独处深山，碧水深不可测，蓝得纯粹，蓝得发黑；四周草木茂盛，山谷的风在醒与睡之间，鱼儿寨海子的静美与神奇超乎了人的想象力。

　　依莎与吉格在湖边默默地走了几分钟，依莎打破沉默："坐吧。"

　　吉格急不可耐、近乎冒犯地把依莎围在颈上的纱巾解开：依莎洁白如玉的颈上没有痣。他看着依莎，等着她说明真相。依莎意识到再隐瞒没有意义，吉格有权利知道真相。

　　"依娜没有死!

　　"'5·12'大地震，依娜学校的办公楼倒塌了，依娜被埋在废墟中，两天后才被解放军从废墟中挖出来，身上多处受伤，脸部感染，被送进省康复医院三天后才恢复意识。恢复意识之后，她就清楚地意识到，自己已经面目全非。当她听到你给我打来电话找她，她情绪激动……但是，让你看她什么？缠满绷带的脸？她用指头在我的手上写：跟吉格说，我死了。医生向我耳语，不能让你见她。当她脸上的伤全部结痂，医生准备取下绷带的前几天，一个心理医生每天都给她做心理调适。尽管她有心理准备，但当她第一次看到自己残破的脸时，还是崩溃了，几次想自杀。是爸妈的爱，我的爱，你的爱，还有心理医生的努力，才让她试着活下来。我租了一辆出租车，把用纱巾蒙着头和脸的姐领到车上，在一个天很黑很黑的夜里，无声无息地把她带回家。她不想让寨子里的人知道她活着，不想见任何人，包括我和爸妈，更不想见你。她不想成为你的牵挂，不想让你因无法面对而内疚、惭愧。"

"凭什么断定我无法面对？！"吉格的目光咄咄逼人。

"因为……你没看见！"泪流满面的依莎说。

"我能够面对！"

"就算你能面对，姐也无法面对！"

"这是虚荣！"

"是自尊。换了我，也一样。姐每天唱歌，唱着你为她伴奏的《萨朗歌》。每当月圆的夜，为了不让寨子里的人听见她的歌，她一个人跑到离寨子很远的坝子上唱歌跳舞，你听到姐的歌声——她生活在回忆里。"

"昨晚不是她吗？"吉格问。

"是！我跟全团的人说了姐的故事，全团人为实现姐的心愿，都很配合。这一切都是我导演的。谢幕以后，姐回到后台就昏过去了，小姐妹照顾她，好久才醒过来。我与刘英连夜把她送回了老家。"

吉格的泪水无声地滑落："我要见她！"

"见她什么？那……能叫脸吗？"

"你在说什么？"

依莎把一张面罩放到吉格面前："这就是她的脸！就是在家，在我、在爸妈面前，姐都戴着它。"

吉格紧紧地盯着依娜的"脸"——

左"脸"上，一个羌族小伙在吹羌笛；右"脸"上是一个歌舞着的羌族姑娘；鼻子的位置是一个圆圈，嘴的位置是波浪纹。

吉格清楚，自己就是那个吹羌笛的人；歌舞者是依娜；圆圈代表明月，波浪纹代表岷江。月夜的岷江边，他们彼此拥有。

吉格一字一句地说："我敢面对！"

"你不敢！"依莎武断地说，"我都不敢，也不愿，偶尔看到，我的心比姐的脸还要破碎！"

吉格粗暴地喊："我不在乎！"

依莎说："就算你不在乎，姐在乎！"

吉格一脸倔强，不跟依莎争辩。

依莎放缓语气："她不想毁了在你心中的形象，她能够留给你的只有回忆，她希望在你心中永远年轻……昨天，她实现了心愿，她说死而无憾。不是说有情人终成眷属吗？苍天对我姐不公！"

"明天，不，今天，现在！我回纳古寨！"吉格站起来说。

依莎噌地站起来，怒视吉格："你想把姐逼死吗？——你一定要见她，她会死的，让你死了这条心！你知道，她会的！"

"可是……我真的很想见她！"

"姐不想吗？她让爸把一百年都没人住的碉楼装修好，她每天都会爬到碉楼最高层，从窗口眺望村头那条山路，她希望看到你的身影，她想你……她相信一定能看到你！"

"我该怎么做才行？"

依莎低低地说："找一个爱的人，让姐在纳古寨平静地生活。"

吉格喃喃地说："我还会爱上别人吗？"

依莎耷拉下眼睑说："那就接受一个爱你的人。"

吉格沉默了很久，很久，平静地说："你回家告诉依娜，我明天回去见她。如果她不愿我看到她的脸，我一辈子就看这张脸，这是最美的脸！"吉格轻轻地抚摸依娜的"脸"。"如果她不愿让我看这张脸，我把眼蒙上；如果她还不放心，我就把眼睛弄瞎；如果她死了，我陪她。"

依莎感受到平静语气之下的惊心动魄和不可逆转，哭了。此时此刻，依莎不是依莎，依莎是依娜的替身。依莎拥抱吉格，把头贴在吉格胸前。吉格把一只手放在依莎的肩上，就像哥哥安慰妹妹那样。

依莎松开吉格："我跟姐说！我，爸妈都会劝她。"

吉格充满感激。

依莎流着泪笑，说："姐把我害死了！"

二十

天边一轮残月。

吉格站在古羌寨的碉楼前，眼睛上扎着黑布，碉楼与人的剪影像一幅木刻。

残月西沉，碉楼与人融入无边黑暗的那一刻，响起开门声。

吉格摸进碉楼。

碉楼中传出一阵响声，宛如两个人在阁楼板上展开了一场血腥的肉搏。

东方欲晓，羌寨与碉楼的轮廓渐渐清晰。

血淋淋的日出像婴儿临盆，新生儿第一声响亮的啼哭在天地间响彻。

附录：

青春迷局中的都市喜剧

李惊涛

中国小说捐弃喜剧的现象，并非始于当代。现代以降，鲁迅先生先是呐喊，引起疗救的注意；继而彷徨，因为惊醒黑屋里的人后无路可走。即使写了《鸭的喜剧》，也不过是"虾蟆的儿子"悲剧的翻版。所以黄子平、陈平原、钱理群曾指出，"二十世纪中国文学"的基调是悲凉。魏晋志怪、唐宋传奇的喜剧火苗，在《儒林外史》《聊斋志异》中曾一度闪烁，到了吴趼人、李伯元手里则迹近式微。从文化生态的角度来说，已经消逝的20世纪，或战乱频仍，或时局动荡，或亲不亲、阶级分，或GDP焦虑症爆发漫延，产生喜剧的土壤确实贫瘠。国人的苦大仇深似乎成了胎记，甚至春晚的笑声也被质疑为"导掌"作伪。这样，喜剧作为一种艺术形式，在当代小说审美格局中时常缺席，也就不足为怪。

作家颜廷君的小说创作，起步于20世纪80年代末的《风雨古河道》，并非关涉喜剧，当然喜剧也就不会成为他小说创作唯一合目的性的东西。即是说，他的小说作品的审美旨归，注定是多元的。作家早期具有喜剧意味的小说，应当是1991年的《军规》。那篇作品记叙了"文革"期间一段近乎黑色幽默的乡村故事。小说人物万老五对从事农业生产的老弱妇孺施以"军事化"管理，其行径的荒诞令人忍俊不禁，但笑得辛酸，因为作品洞穿了荒诞背后的人性困境。这篇小说让作家小说中的喜剧因子从蛰伏状态跃然纸面，从而使钱钟书在《围城》中延续的喜剧薪火，能够在当代延续。而作家较为集中地以小说探索喜剧属性，则有待相对晚近的2008年。国内饶有影响的大型文学期刊《钟山》，在当年第6期发表了颜廷君的小说《玫瑰情结》。该作品在轻松幽默的对话中透析了异性之间的爱情心理，结尾处却不露声色地触动了人性的泪点，令人心中生出暖意。作家的另一个短篇《萍聚》，次年在《钟山》第3期面世，叙述了一个土豪办大学的故事，幽默的笔调一如既往。而充分显示作家探索都市喜剧成果的，是出版社新近推出的颜廷君中篇小说集《爱到不能爱》。收入书中的新作，幽默的叙述不时闪烁着智慧的光泽，欢快的笔墨随处渗沥出善意的调侃，笔墨锋芒总能直抵读者胸臆间最柔软与敏感的穴位，不仅光大了《军规》与《玫瑰情结》等作品中的喜剧因子，而且为当代小说如何在青春迷局中开掘都市喜剧的蕴涵，提供了多个维度的思考。请让我们具体分解。

一、作家以戏拟与揶揄手法，对都市白领的
青春迷局作了"撕破"式解耦

　　所谓青春迷局，是指青年男女在情爱领域里的纠结、困扰与两难；而都市喜剧，是谓作家以都市生活为背景，以白领情感纠葛为题材，以喜剧蕴含为审美对象所进行的小说创作，借用鲁迅先生的话说，是将都市白领们"无价值的撕破给人看"。值得注意的是，鲁迅先生说"悲剧将人生的有价值的东西毁灭给人看"，用词"毁灭"，所言甚重；说"喜剧将那无价值的撕破给人看"，用词"撕破"，与"毁灭"的所指与能指显然不同。这样的叙事分寸，作家在小说中到底要如何拿捏才算恰当；这样的艺术火候，颜廷君到底要如何把握，才能体现鲁迅所期望的审美尺度？

　　小说集中收入的首篇作品《爱到不能爱》，堪称作家作品中具有都市喜剧意味的代表性作品。故事倒并不复杂：富二代金成龙在总裁联谊会上对大三女生艾米一见倾心，遂开始实施猎艳计划。经过一番密谋，"英雄救美"的闹剧成功上演。这一心计本来是想隐去家世背景以觅得真爱，却因其拙劣使自己吃尽苦头；终于"找到真爱"后，又让美满姻缘命悬一线。

　　构成《爱到不能爱》喜剧格局的，是金成龙与三个都市女性七荤八素的情感纠葛，而作家为女性们安排的落局却很温婉。女主角艾米不消说；马骉骉与孩子的生父丹尼尔终成眷属，马娅重新走向恋人张琦怀抱，但她们都曾经为金家的钱财芳心摇荡。倒霉的是金成龙，即使已痛定思痛，洗心革面，仍然屡遭艾米拒

绝，只能盘坐在马路边绝食。这不是作家心狠，而是心软，因为给了男主角救赎自己的机会。不仅是男主角，也可以说同时给了读者产生阅读代入感的机会，而且是从爱情心理学与接受美学双重角度提供的唯一机会。因为无论对于艾米还是读者，金成龙的绝食赢得的，不只是同情，还有"浪子回头金不换"的形象。这样，当初他力邀艾米夜游的居心叵测、设置住店圈套的非分之想、与艾米分手的付费行为、甚至那出荒唐的"英雄救美"，都已不再那么可恶、可憎，而变得有些"情有可原"了。毕竟他爱着艾米，毕竟曾经被打成熊猫眼，毕竟虽不会游泳却跳水救人，毕竟分手实属无奈……通过了艾米好友岳纪的"测试"后，他被谅解也就顺理成章。当然，将这出都市喜剧推向高潮的，不是金成龙婚礼上500个学生如何撑场，而是曾经受命制造"英雄救美"闹剧的张探长一干人等前来贺喜，艾米报警，警察到了，"金成龙欲哭无泪"。作家颜廷君戛然而止，停止敲打电脑键盘。心已向善的富二代曾经的小伎俩撺开的"恶之花"，最终结出的是不是苦涩的果子？作品将喜忧参半的未知留给了读者。

　　这样的故事，如果不是作家对于小说叙述艺术充分自信，如果不引入后现代小说中戏拟、揶揄手法作为参照背景，也许小说开篇的"英雄救美"都会被认为是作家的冒险。因为一望而知，金成龙与张探长密谋的小把戏似曾相识，而常见是新颖的天敌。但是作家颜廷君的叙事匠心，恰恰体现在这里。因为戏拟与揶揄，是后现代小说要义之一。俄裔美籍作家纳博科夫，曾以一系列作品将戏拟与揶揄手法推向巅峰。如长篇小说《黑暗中的笑声》，男主角欧比纳斯对电影院引座员玛戈一见钟情，本来阔绰、有家室、广受尊敬的一位绅士，一生就这样毁掉了。原因是"他爱那女郎，女郎却不爱他"。这种常见的三角故事本不值得特别书写，但是纳博科夫却用揶揄式模拟把它做成了经典。国内的先锋小说家孙甘露，也曾以长篇小说《像电影那样恋爱》，对戏仿手法作过一些探索。颜廷君在《爱到不能爱》中的叙事方法，直抵后现代小说精神渊薮；他笔下的戏拟与揶揄，仿佛与生俱来般天然。借助"英雄救美"这种影视中习见的场面，作家轻松地调侃了金成龙的不学无术与诚心缺失——不仅是典型的啃老一族，而且是读图时代视听至上的受害者。拙劣的影视模仿生活，游手好闲的"富二代"模仿烂剧。作品对金成龙"英雄救美"关目的设计，目的正是为了"将那无价值的撕破给人看"，所谓表现对象的手段与被表现的对象高度契合。这样，在读者视野里，金成龙便无法不成为被讥讽的对象。

与金成龙构成多角关系的马骝骝和马娅们，在作家笔下的待遇并无二致。如马骝骝以腹胎要挟公婆、让兄长苦肉计逼婚达成愿景后，作家为她安排了一个宣布嫁入豪门的庆祝场面。类似的场面在影视中俯拾即是，但在小说中却因为作家戏拟与揶揄的叙述语感而布满笑点，马骝骝与众姐妹在都市中濡染的浮躁与虚荣心理，被表现得起伏跌宕、妙趣横生。再如心动于金家豪奢的马娅，脚踩金成龙与张琦两只船，谁承想，"劈叉"的结果是自己落水，只能凄惶泅渡东瀛投奔张琦。机关算尽的马娅难防的是金成龙做假信手拈来，赝品青花磁不过是唾手可得的道具。而张琦以情人的高度敏感，早已识破了昔日恋人以身相许的心理动因。作家用一幕幕类似影视剧的场景，将都市中陷入青春迷局的白领们追时逐尚的"无价值的"心态，——"撕破给人看"。

当然，最能体现作家揶揄和戏仿匠心的，当属金成龙为摆脱马骝骝逼婚而报警的场面。那甚至堪称"反生活"手法的典型体现。所谓"反生活"，指的是虚拟情境的再现，在后现代小说中，它以戏仿的形式在本质上构成了实生活的反动。读者不难察知，金成龙报案时编造的与马骝骝相识并致孕的过程，是破绽百出的虚构，因为他描述的情景不乏隐瞒与杜撰。饶有意味的是，金成龙被迫"交代"的，可能恰恰是工于心计的马骝骝姐妹们"套男秘籍"的"成果"。笑料迭出的双重作伪，揭示的正是都市喜剧中近乎黑色的幽默：金成龙受欲望驱使扮演狂蜂浪蝶，殊不知反而成了扑火灯蛾。鲁迅在《再论雷峰塔的倒掉》中谈罢悲喜剧的理念后，顺带界定了"讥讽"，认为它"是喜剧的变简的一支流"。而颜廷君笔下的戏仿与揶揄，不仅成为鲁迅观念的生动注脚，而且促成了自身小说中都市喜剧一脉的风韵。

二、作家以人生智慧与哲理探索，
深化了都市喜剧小说的蕴涵

颜廷君虽然写了不少长、中、短篇小说，却不以作家为职业。他是大学教授，国内知名演说家，清华、北大等多所大学MBA、EMBA课程主讲人，同时还是上海交通大学公共管理创新研究所所长、《中国经济与管理》杂志主编。知识与学养的后援，使他的小说创作拥有了丰厚的思想武库。中篇小说《流莺时代》中的男主角庄元，是大学管理学院的教授，一直在对误入青春迷局的女主角莫尼卡指点迷津。读者不难颖悟作家与笔下人物的源流关系。而《流莺时代》，同样是颜廷君小说中具有都市喜剧韵味的佳作。

如果说《爱到不能爱》中金成龙的遭际更多地受制于外因——生于豪门、无权支配财富却又要戒惧他人对金钱的觊觎；那么，莫尼卡在《流莺时代》中的际遇，就更多地缘于内因了。

对于这位女主角来说，财富的支配权已经不是问题。她是海归人士，地位早已超越白领，进入了业界翘楚行列。但在婚恋这道门槛前，她的问题反而更为艰困：曾因是否生孩子的问题夫妻见解不同而离异，却在观念的泥淖中越陷越深——追求幻想中的完美。这是都市精英阶层的"常见病"，多发于尚未察知婚姻奥秘的青年男女，也是作家在小说中耕作都市喜剧最为肥沃的土壤。

那么，颜廷君是如何将莫尼卡婚恋理念中"那无价值的撕破给人看"的？相对于《爱到不能爱》，《流莺时代》仿佛是反弹琵琶；前者是都市"高富帅"与多个女性的纠葛，后者是精英"白富美"与多个男性的关涉。那些陷身局中的男士当然不可谓不优秀，却先后惨遭女主角淘汰，个个遍体鳞伤；而自视甚高的莫尼卡，充其量是"杀敌一千，自损八百"，有限的收获唯有心伤。不过，《流莺时代》的故事内核，决不在女主角"伤人"或"自残"的训诫，而是在以莫尼卡择偶的过程透析精英女性的青春迷局，以哲理思考提升当代小说中都市喜剧一脉的品位与蕴涵。

《流莺时代》的主线，是莫尼卡以招聘总经理助理为由挑选男友，辅线是她咨询和请教庄元的交集过程。两条线索和谐地构成了一首旋律欢快的华尔兹舞曲，奠定了小说轻松浪漫的都市喜剧基调。沿着主旋律的向度，我们看到莫尼卡弹奏了她择偶的三个诙谐乐章。

第一乐章是她与百里挑一率先入围的3号"芮恩→瑞恩"的短暂姻缘。她本不倾向3号而属意6号，但是庄元推介的"人类学新发现"（所谓"食无比"）与貌似有理的"博弈论"，加上同事华丽丽的误导，3号阴差阳错地成了她谈婚论嫁的对象。出于对男性的多重疑虑，莫尼卡在庄元授意下对3号实施"坐怀"测试，而受命担任测试官的恰恰是中意3号的同事华丽丽，后者乘机暗度陈仓，葬送了女主角本来有可能通向幸福的姻缘。这一乐章中富有谐趣的喜剧桥段是华丽丽对"色诱"3号过程的供述，堪与《爱到不能爱》中金成龙为摆脱马骝骝逼婚而报警的场面媲美。曾在北京电影学院专门进修过导演专业的颜廷君，使用"蒙太奇"手法得心应手，让华丽丽在派出所内以"闪回"方式组接了不同时空的情境，从而使情节中的喜剧意味得到了凹凸有致的彰显。

第二乐章，是莫尼卡与6号东健的"闪婚"。断送幸福的原因，表面上看是女主角婚姻AA制的荒唐做法，锱铢必较激怒了第二任丈夫。但实际上，根源依然在于莫尼卡对男性多疑导致的不信任。如果说3号与6号疑似女主角所谓"更帅的白马王子"，颜廷君已经以终结者身份为莫尼卡做了不无幽默的了断。事实上，作家也曾借庄元之口，早前建议莫尼卡务实一些："白马不如'驴'（经济适用男）"中用，不料当即遭到后者否定："有条件选白马，干吧选驴？"虽然"白马"与莫尼卡闪婚闪离，绝尘而去，陷入青春迷局的女主角却执迷不悟，誓不妥协，从而为小说将择偶喜剧推向高潮，做好了充分铺垫。

第三乐章是《流莺时代》中喜剧戏码的重中之重。莫尼卡将自己的择偶标准人为地逼到了"非驴非马"的境地，用庄元的话说，只有"骡子"符合条件了——周道粉墨登场。作家浓墨重彩地塑造了一位名如其人、十分周到的周道。他顺应莫尼卡意旨，从烹饪到吃相，从眼神到礼仪，俯首听命，任凭调教，努力无可挑剔，堪称八面玲珑。小说叙述文字欢快幽默，将都市喜剧韵味烹调得犹如川味"麻辣烫"，让读者的笑意忍无可忍，欲罢不能。"调教"即将大功告成，莫尼卡做梦也想不到，周道却对她来了个"胜利大逃亡"。写到这里，作家让叙事高潮水到渠成地对接了都市喜剧应有的哲理思考：对于人生来说，终极完美是不存在的；最完美处是无聊，有缺陷或许是美的真谛。尤其是婚恋，无论男女强弱，都应当接受和信任不怎么优秀的另一半，亦即小说援引的玛丽莲·梦露的话："不能接受我丑陋的一面，就不配享受我美好的一面。"

主线的戏份做足了，小说与悲剧的距离其实也就是一层窗户纸了。细察莫尼卡的择偶过程，可谓"众里寻他千百度""过尽千帆皆不是"。她在择偶误区中一路走来，从任性到多疑，从防控到调教，再到追求终极完美，终于把自己挂在了婚恋的悬崖上。对于小说喜剧基调的把控来说，这无疑是一步险棋。但是作家颜廷君四两拨千斤，在女主角最危险的时刻，收紧了小说的辅线，令她转危为安。作品让我们看到，莫尼卡选夫的误区，除了在观念上一条道走到黑外，还有一个失误就是"灯下黑"，即她一直没把庄元收入择偶视域。作家就此轻松地将作品推向了这部都市喜剧富有哲理意味的结局——"蓦然回道，那人却在，灯火阑珊处"。

三、作家创造性地运用多种手法，
丰富了都市喜剧小说的人物语言艺术

小说文本的话语系统，不外乎叙述语言与人物语言两个范畴；而人物语言又可细分为独语和对话两个部分。小说集《爱到不能爱》中的叙述语言，相对简约，通常只是交代环境场景，提供人物活动场域空间，较少描述。这一方面与作家近期涉足影视艺术有关，另一方面，也是颜廷君更为重视小说人物语言艺术的产物。书中收入的大部分作品，呈现出多种具有颜氏风格的人物

语言特别是对话方式，令人印象异常深刻。

第一种手法，是错位隼接法。所谓错位隼接，指的是作家利用人物对相关事物或概念理解的不同进行的对话，虽然建立在"误解"基础上，但作家总能以智慧促成双方的交流与沟通，从而使对话过程中的喜剧色彩得到彰显。如《爱到不能爱》中，金成龙问马骝骝找他有什么事，马答："大姨妈不见啦！"金成龙说："奇了怪了，我又不认识你大姨妈，找我干吧？"马骝骝瞧了金成龙一眼，拍拍肚子："两个多月啦！"原来与他有染的女子已经怀孕，"大姨妈"是青春期女性对于月经的别称，不明就里的金成龙却一头雾水。第二种情况是当局者迷，旁观者也迷。如前文所述马骝骝怀孕的事情，使本来逢场作戏的金成龙顿感麻烦。他掏出一万元钱放在马骝骝手中："流掉！"马骝骝脸色铁青："孩子不是你的！"金成龙一怔，盯着马骝骝，随即迅速地把钱抢回来。"不是我的，干吗要我陪你做检查？你有病啊你？！"马骝骝说："孩子不是你一个人的，是我们两个人的！你想流就流啊？"原来如此。作家成功地诱使读者陷入了主人公的误解陷阱，待到明白马骝骝语义后，不免感到心情的起伏无限接近了金成龙。

第二种手法，是两难选项法。所谓两难选项，指的是对话主动方提供选项，让从动方选择；而无论怎么选，都左右为难，尴尬立现。这种两难选择也有至少两种情形。一是两难相权，只能就范。如《流莺时代》中的莫尼卡一有困惑便约庄元："想跟你喝杯咖啡，聊聊。"庄元："不要动不动就喝咖啡！"莫妮卡说："那我去你办公室，还是你来我办公室？"庄元想了想说："还是咖啡馆吧。"读者不难体会庄元面对选项的无奈感。喝咖啡固然老调重弹，缺乏新意，但仍然强似大学教授与业界"白富美"在彼此办公室大谈人生。二是跳出两难选项，突显人物个性。如《爱到不能爱》中的金成龙，在医院证实马骝骝确实怀孕后，一言不发。下了两层楼，马骝骝停下，转身问金成龙："老公，你希望是男的还是女的？"金成龙停下脚步，恶狠狠地说："我希望是假的！"他跳出了对方设置的两个选项，因为无论男女，都不是他的心理愿景。

当然，颜廷君的小说作品，不唯对话写得好，很多人物语言极富幽默个性，韵味独特。如《爱到不能爱》中金成龙的父亲金昌盛临终前，孤独凄凉，连喝口水都没有人倒，只能寂寥地向"蟑老弟"倾诉心声，之后一掌拍死蟑螂："你知道得太多了！"令人喷笑之余，又备感酸辛。将遗嘱交代完毕后，这位垂死的巨商对助手说："这些年死去活来好几次，这次是真死，再不死都不好意思见人了。"这种自我调侃与解嘲，类似黑色幽默，堪称人物个性化语言的神来之笔。

中篇小说《爱到不能爱》和《流莺时代》等作品，差不多构成了都市青年男女的"爱情宝典"，不仅让读者受到婚恋哲学与人生智慧等多重启发，而且还收获了富有喜剧生趣的阅读体验。而小说集中收录的四部作品，在题材空间上也呈现了一种有趣的序列性，即"城市→城乡接合部→乡村"。如果将青春迷局作为观察该书的入视角，则不唯身处都市的金成龙与莫尼卡，表现乡村城镇化进程中人物生存状态的《鸟的天空》，与表现远乡少数民族生活的《灵魂的歌声》，人物于青春迷局亦多有涉及。《灵魂的歌声》中的吉格与依娜，先后陷入了难以摆脱的情感困局：一个以负疚心理面对恋人离世噩耗，一个以隐忍心态掩藏被毁真容，忍痛实施姊妹易嫁想法。当妹妹依莎当真爱上吉格后，姐姐依娜没死的真相也次第揭开；依莎只能含泪相让："姐把我害死了！"《鸟的天空》中的颜小芹，面对表姐曹明霞带来的都市诱惑，表现出强烈的青春叛逆姿态，与父母对立起来。但是，如果说书中探索的题旨皆涉青春迷局，那也只是观察角度带来的视网膜效应。实际上，小说集《爱到不能爱》中收录的四部作品，旨归各异。从爱情角度，你可以读出吉格对依娜的纯情与誓死相守；从励志角度，则可以读出颜子义的执着与有志者事竟成。特别是颜子义，是小说坛近年来难得一见的草根喜剧形象。在女儿颜小芹的刺激下，他立誓"一个月卖出十份保险业务"，从而揽下了一桩"不可能完成的任务"。之所以"不可能完成"，是因为颜子义不仅是业务新手，而且只有初中文化程度，已55岁，腿又不好，推销保险业务，形象殊为不佳。因此他对女儿所做的承诺，几乎不可能兑现。事实上不唯颜子义，这部中篇对于作家而言，叙事难度同样极高，因为最终要搞定一个"不可能的故事"。但是颜廷群赢得了挑战，由于开篇蓄势得力，情节随后风生水起，一波三折，悬念迭出，笑点频现，不仅为2012年第6期《钟山》贡献了一部出色的励志喜剧，而且小说人物颜子义也赢得了评论界好评："颜子义这个艺术形象塑造得很鲜活，几乎没有大话套话，由他而引发的对真情和良善的追求都让我们感动万分。"

最后需要强调的是，尽管小说集《爱到不能爱》呈现出颜廷君作品特有的都市喜剧格局，助推了当代小说在喜剧审美领域的发展；但都市喜剧不过是颜廷君小说的主题系统之一。他2010年在《钟山》杂志B卷中推出的长篇小说《彼岸》三部曲，做足了人与自然、人与人、人与自身的大文章，题旨复杂丰厚，风格雄浑悲壮，呼应了1987年的作品《风雨古河道》的精神脉搏。那篇书写船佬们大运河上的行船艰辛与生死关口人格考验的小说，笔触苍凉、遒劲，很见力道。作品中的张老大与刘队长的人格对峙，展示了前者在生死考验中不惧牺牲的精神，揭示了泛政治对后者人性在危困关头的扭曲，堪称惊心动魄；同时，作品还以"秀才"对生命的体悟成就了复调审美，使那篇小说成为当年中国东部一座沿海开放城市不可多得的佳作。从早年的《风雨古河道》《军规》，到晚近的《玫瑰情结》与《萍聚》，再到中篇小说集《爱到不能爱》与长篇小说《彼岸》三部曲，跨度之大，不仅是空间上的从乡村到都市，从平原到江海，从悲剧、正剧到喜剧，还有时间上20与21世纪的分野。这一方面是社会生活的沧桑风雨持续洗礼着作家；另一方面，题材旨归的嬗变，也意味着作家颜廷君的人生已经化蛹为蝶。无论苦难怎样历历在目，他都从未向命运屈服。被他揖别的海州湾波涛与长江口风浪，都转而成为他俯瞰人间的背景、思考人生哲学的资源，特别是艺术创作的武库；而一直不变的，则是他对小说艺术不懈探索的初心。写到这里，作为对作家了解较深的评论者，我的文字可能已经偏离理性思辨的轨道，滑入了情感喟叹的湿地，就此打住。

展示现世的人间活剧

王洪震

一

世有非常之人，方有非常之举，方建非常之功。颜子，颜廷君，就是此等人。

生为非常之人不容易。所谓，成如容易却艰辛。所谓，成功的花，人们只惊羡它现时的明艳，却不知当初它的芽儿，浸透了奋斗的泪泉，洒遍了牺牲的血雨。

作为同学兄弟三十年知音知己，各人头顶一方天，我们两个人，如两棵树，经历了见证了彼此命中注定的风雨晴明，活出了自己的头角峥嵘。

人有两种：一种人活的是命；一种人活的是使命。他是后者。颜廷君有幸出生于圣贤家族，活的是使命。

如此激荡的百年，在中国漫长的历史上，从来没有过。时代大潮时风狂飙把社会搅了个底朝天，或上，或下，或浮，或沉，但所有人都在逐利，利令智昏，所谓全民向钱看。不知是幸耶还是不幸，我们生逢其时躬遇盛世或乱世。

欲动天下者，先动天下心。看惯了雨后春笋的成长，看惯了浴火重生的涅槃，看惯了尔虞我诈的倾轧，看惯了礼义廉耻的堕落和坚守。凭借学贯中西的文化底蕴与造物共通的艺术表现力，举重若轻，深入浅出，微言大义。廷君的演讲神采飞扬，或行云流水，或大气磅礴。掌声与笑声是标点符号，倾听成为一种高雅的艺术享受！你只有臣服。以我手写我心，通天心，达民心，他的写作也达到或者超过了演讲的水准，让我这个对他总在挑剔的诤友第一次点赞盛赞！

颜廷君的中篇小说集《爱到不能爱》，可以当成音乐活剧来读，更可以作为一部难得一见的哲学著作、社会学著作、当代宗教学著作来读。即便在纸媒式微的今日，也有让人过目不忘争相传阅的艺术魅力和思辨力量。

二

运用之妙，存乎一心。修齐治平，立德立功立言，是饱受儒教浸淫的中国文人的终极目标。有着圣贤家族血统的颜廷君雄心勃勃，身处现世，他也只能以著书立说为假想敌，做一个艺术王国的主人。如此，《爱到不能爱》中的各色人等，便在这个艺术王国里循乎天理，因其自然，扮演着一场人间话剧。

在我看来，《爱到不能爱》是一部正在进行时的多声部的都市交响曲。与其说是小说，不如说是一部张力无限的电视脚本。

在《鸟的天空》里，作家演绎了一个司空见惯的当下神话，可谓妙笔生花，天花乱坠。或者说，《鸟的天空》是一部线索单一，幽默清明，看似朦胧却又透明的的现代寓言剧。

活着，是个问题。如何生活在急剧变化的当下，是我们，更是主人公颜子义父女面临的大问题。

舞台是司空见惯的小城。主角是颜子义。颜子义并非天生残疾，始于一场车祸，肇事者和受害者都是善良之人。农转非是瘸子颜子义这一代农民的梦寐以求的理想。地处城乡接合部，赖以生存的土地换来一楼两室一厅，也算安居。女儿颜小芹做保险，老婆曹秀英收拾家务，也算一份清寒自足的日子。衣锦还乡的表姐曹明霞，引起了一场轰动，颜子义家被颠覆了。榜样的力量是无穷的，颜小芹要跟曹明霞出去闯世界，而且目标明确，美其名曰歌厅助唱，个中的意义也不再暧昧。颜子义如临大敌，父女击手打掌立军令状，为了一个月争下十份保单，换来女儿留在身边，如母鸡护雏，56岁的瘸子颜子义开始了悲壮的奋斗之旅，进军他一无所知的保险业。

经历了一系列悲剧喜剧闹剧正剧滑稽剧，终于以他坚韧不拔不屈不挠达到了目的。《鸟的天空》，极言之，一花一世界，滴水见太阳；小而言之，可作保险业精典教程在全国推广；大而言之，可以为现实生活中的我们提供一株鲜活的道德范本。

常言道，天塌下来有高个子顶着。残疾人的颜子义却成为现今社会的中流砥柱，代表人心良知的脊梁，扛住了道德急剧下坠的闸门。心理学上的补偿原理认为，一个人身体的某些方面有缺失，会导致他在其他方面有优势性突破，从而让他超越普通的生理限制，进入一种特异的生命状态。

剧情永在进行时，时代大潮放弃或者裹挟着我们的主人公。

所谓人在江湖身不由己。各色人等或随波逐流，或不甘于沉潜心底的尊严和善良。一直在犹豫彷徨挣扎。作家的脸上是带着慈悲微笑的。一方面无所不知，一方面又尊重生活之流与主人公性格的合力逻辑。一切都安排得完美而无懈可击。

一个月的等待和煎熬，颜小芹也觉悟了，要陪在父母身边做乖乖女。经历了一个月扫楼职场训练历练锻炼，颜子义觉悟了，潮流不可阻挡，反而劝女儿想飞就飞，他知道女儿的翅膀硬了。

情感无法量化，无法预设，这是人的悲哀，人们一思索，上帝就发笑。所谓在劫难逃。你逃得了初一，逃不过十五。

言之无文，行而不远。颜氏的冷幽默，让人会心，比比皆是。

"父亲：翅膀上还没长几根毛。

"女儿：在你心里，我翅膀上一辈子都不长毛！

"赵燕高举双手作龙角状，摇摆着屁股前行，队伍宛如长龙绕会场游动，五十多个屁股随着音乐的旋律左右夸张地摇摆，动作整齐划一，神似长龙摇头摆尾。龙尾是瘸子颜子义，颜子义大幅度地摇摆屁股，龙尾就显得格外生动。

"'艺术'就是绕几个弯子。

"恋爱就是变态。

"狗跟人一样，吃人的嘴短，办事没原则。

"我公司外面有不少呆账，我想聘请你帮我催款。你有一股钉子精神，做这份工作，我觉得你是最理想的人选，是秃子当和尚——巧料！

"太阳冉冉升起，颜子义像太阳一样准时，升起在于家大门旁。

"活着的时候尽量少睡，死后有的是睡觉时间。

"这个世界上最难以自拔的除了牙齿，就是爱情！

"分手后的思念不叫思念，叫犯贱。

"你唱歌很感人，到上海一定能唱红，成不了一流的也能成二流的，成不了二流的也能成下流的！姐是把你放到全中国、全世界歌坛上说的，在我们歌厅，你绝对是超一流的！"

等等，不胜枚举。大珠小珠落玉盘。或情趣，或理趣，让人会心，发人深省。

三

《流莺时代》里的莫尼卡，是作家浓墨重彩雕绘出的都市职场彩色娘子军中的另类极品。

莫妮卡是个典型的左脑人。作家告诉我们，人的左右脑是有分工的：左脑分管逻辑、理性、功利分析，右脑分管直觉、人生体验、艺术欣赏。左脑帮助人获得成功，右脑使人产生美感、快感、幸福感。过度地使用左脑，一切从功利的目的出发，人就像冷血动物，而且会丧失感受快乐的能力。这种人心理学家称之为"左脑人"。

当今中国，左脑人大行其道。透过莫妮卡这个精于设计的典型人物，我们好像看到，作家一手拿着金针，一手拿着手术刀，一针见血，一刀出脓，直指病灶。要想生活幸福快乐，必须开发右脑，中国才有希望。

典型的"左脑人"。聪明反被聪明误，自己给自己的爱掘墓。最聪明者最愚蠢。

莫妮卡的心底也不想当左脑人。梦醒时分，她说："在这里，我全身心都沉浸在音乐中，我忘了一切，音乐间隙，上千观众的音乐厅，静的没一丝声音，零分贝！这种静让我感动，我想哭，我希望我和你，定格在这个点上成为永恒。"

社会生活七彩缤纷，骚动喧嚣，树欲静而风不止，等待着莫妮卡的，只能是保持一种向上向前向善向美的优雅姿态。

我不是颜廷君，我不知道等待着莫妮卡和庄元的是不是完美。完美属于上帝，人在江湖，无法完美。

这里我想说说对《流莺时代》篇名和结尾的建议。篇名，还是《左脑人》为好。

现在的结尾有点图省事，不脱大团圆窠臼。完美属于上帝，作家的恻隐之心不能免俗。我想，好的结尾，要余音绕梁，要有张力，一如花半开，酒微醺，月朦胧，要的是眼泪欲零还住。相信作家会有新的更好的结尾，给我们未来的影视观众。追求完美的他，手下的作品永远处在未完成状态。

四

庄子的《庖丁解牛》是每一个中国文化人激赏的名篇，代表着中国哲学美学的最高境界。"彼节者有间，而刀刃者无厚。以无厚入有间，恢恢乎其于游刃必有余地矣，是以十九年而刀刃若新发于硎。"庖丁的解牛刀已经用了十九年，刀刃若新发于硎，死在这把刀下，可谓善终，可谓得其所哉，一如古之成仙了道的尸解仙。庄子真牛，一写就成绝响。颜廷君手里也有这样一这把刀，牛成了他眼中心中的社会俗世。当今的哲学家们说不尽人生观，人死观没人敢议，目障也，心障也。在颜廷君的艺术世界里，牛的生与死，遇到颜子，都不再是生死关隘，让生命恐惧乃至于觳觫，而是幸福地款款地漫步徐行在旧家池馆，步入理想的彼岸。刀下如有神，神可以游刃有余，但是，我们的作家，心存敬畏，不敢大意。战战兢兢，如临深渊，如履薄冰。心存大爱，不弃微细。

泰山不却微尘，故能成其大。河海不择细流，故能就其深。作家的大慈大悲，包容接纳一切生灵生命，哪怕歌厅小姐马溜溜生的一个混血孩子。艺术推向极境，推向自由之境。人间社会这个牛，被作者游刃有余，如土委地，自自然然，入情入理，既在造化之理，又入天理人意。

《灵魂的歌声》在作家本人认为是急就章，我却以为它是四个中篇里最为精致最为纯粹的一个，无论思想和艺术，都代表着颜廷君文学实践的高峰。它悠远幽怨，轻灵清旷。羌笛何须怨杨柳？一曲地老天荒的爱情，一曲万古长新的牧歌。为时代，为人心招魂，九回九转，荡气回肠，为了这物欲横流的世间，留最后一块绝版净土，堪称一部音乐史诗。

一个古老的至今只有语言没有文字的民族，三个在这环境中生长起来的小儿女演出。

《灵魂的歌声》是一曲天籁，余音绕梁，亘古长新，与喧嚣的世声市声形成强烈反差，让人宁静，驻足，谛听，徘徊。

但去莫复问，白云无尽时。天地，远离尘嚣的天地，蓝天，远山，白云，还有这穿越时空，游走于灵魂天国的歌声，向我们昭示着一种亘古洪荒的永恒。

颜廷君的《爱到不能爱》，给了我们一枚艺术的金苹果。无论眼下是悲观者的末日，还是乐观者的盛世，我们有理由相信，即便潘多拉的魔盒已打开，人间、人类、宇宙间仍有那枚金苹果在，——那是埋藏在我们每个人心底的希望。

我们有理由期待，那一树青葱、一树金黄、一树蓬勃。

涤荡灵魂的杰作

李建军

　　我是在一天时间里一口气读完《爱到不能爱》的。这本小说集收录了颜廷君先生近年创作的四部中篇小说，四部小说可谓篇篇精彩，引人入胜，让我在阅读之余回肠荡气爱不释手。

　　《爱到不能爱》这部中篇小说描写的是光怪陆离的现代都市生活。富豪之子金成龙以"英雄救美"的方式，费尽心机地搭认了影视学院女生艾米，但前任女友马骝骝以怀孕为由不依不饶地缠上了他。单纯善良的艾米被金成龙伪装成"打工仔"的表象迷惑，对他的"失踪"牵肠挂肚。金成龙心烦意乱，被逼无奈，与马骝骝奉子成婚，岂料马骝骝婚后产下一个"黑孩子"——原来她怀的是另一男友非洲留学生丹尼尔的孩子。金成龙的荒唐作孽给他百病缠身的父亲致命一击，老父去世后，他当上公司总裁，他的"滥情"习性仍没有改变，又盯上了新聘秘书马娅。马娅爱的是留学日本的张琦，在金成龙与张琦之间作选择，说白了是对金钱与爱情的选择，所以，当金成龙遭遇众叛亲离、公司就剩一个空壳之时，她毫不犹豫地又投入张琦的怀抱。短短一年时间，金成龙经历了生死离别、盛衰荣辱、恍若隔世，此时他想到了艾米，也只有艾米的心里一直守候着对他的那一片痴情。噩梦醒来是早晨，金成龙通过了艾米室友们的"爱情测试"，犹如历经了一场灵魂的洗礼，他找到了自己的真爱。

我以为，《爱到不能爱》这个篇名起得特别棒，浪漫时尚，寓意深刻。一层意思是爱无止境，爱到永远；还一层意思是爱亦有界，既不能放纵情欲地"滥爱"，也不能让爱情沦为金钱物欲的奴隶。

《流莺时代》原名《莫妮卡》，发表于《南方文学》杂志，描写的也是以大上海为背景的当下都市人生，当时就已赏读。结集前，作家作了较大篇幅的修订，这次再读，果然是内容更加充实，文字更加洗练。据说"流莺"二字取自李商隐的诗句："流莺漂荡复参差，度陌临流不自持。"

莫妮卡是个女海归，自创文化传播公司；庄元是大学教授，经常受聘于莫妮卡的公司外出讲课，他们的关系好似无话不谈的"闺密"。莫妮卡与汤姆结婚两年，便因汤姆违背"不要孩子"的约定而离婚，这次她以招聘总经理助理为名，实则是想挑选一位如意郎君，最终入选的是"3号"瑞恩。莫妮卡与瑞恩的关系飞速发展，准备谈婚论嫁，为了避免重蹈覆辙，莫妮卡派下属华丽丽利用出差机会以"勾引"的方式考验瑞恩，谁知瑞恩和华丽丽一见钟情，双双背叛了莫妮卡。庄元安慰她，"瑞恩能背叛你，就能背叛华丽丽，她的苦头在后头！"莫妮卡召回招聘会上落选的"6号"东健，怕夜长梦多，与之闪电结婚，又因AA制协议产生纷争，两个月后便"闪离"。庄元劝她"开发右脑，感受幸福"，并要"用心调教男人"。莫妮卡吸取多次婚变的教训，与周道试婚，并让周道进修烹调技艺，学习商务礼仪，试图把他打造成一个合格的绅士。然而周道试婚一百天后便连夜逃之夭夭，还留下纸条一张："你是武则天，我是太监；你是老师，我是学生；你是我妈，我是你儿子。"莫妮卡于迷惘中又一次请教庄元，跟庄元在一起，她突然感到从未有过的静谧和安逸。众里寻他千百度，蓦然回首，那人却在，灯火阑珊处。

《鸟的天空》发表于是2012年第6期《钟山》杂志，甫一见刊，就赢得读者和评论界的一致好评。说到推销保险，大家恐怕都不会感到陌生，但读过这部小说，也许你会平添一番新的感慨。小说是从生活进入窘困状况的一家人开始切入故事情节的，女儿颜小芹，实在耐不住愈见穷困的家境并希望早日挣钱让父母过上好日子，准备抛弃推销保险的工作随吃青春饭的表姐去上海闯荡，而文化不高、身有残疾的父亲颜子义为了留下女儿，双方约定，父亲在一个月内推销十份保险，女儿就不再离家出走。接下来，颜子义以坚韧的执着、正直的为人，硬是从看似一毛不拔的私企老板于得贵那里签下了保单，使得原本很不看好他的一众人等大跌眼镜。作品从一个另类角度，细腻地捕捉了保险推销员身份卑微却又不甘屈服于命运的倔强个性，也以幽默传神的文字，为当代文学画廊增添了一个保险人的典型形象。有评论家感言："过去我们都特别讨厌上门推销保险的人，而恰恰忽略了这个群体潜藏着的心境，也很少去思考这方面问题，读过小说后，我心情酸涩，颜子义这个艺术形象被塑造得鲜活生动，几乎没有大话套话，由他而引发的对真情和良善的追求都让我们万分感动。"

　　《灵魂的歌声》是这本小说集的压轴之作。为了创作这部小说，作家曾亲赴川西羌寨采风，又阅读了大量的羌族文史资料，所以下笔如神、言之有物也是必然。

　　羌族青年吉格离开家乡三年后，又回到老家纳古寨。吉格的心里，还装着与他青梅竹马的恋人依娜，但所有的人都早已告诉他，依娜已在汶川大地震中遇难。吉格陷入深深的自责，认为是自己去了北京，没有跟她在一起，如同临阵脱逃，陷依娜于死地。依娜的父母有意让其妹妹依莎嫁给吉格，原来这也是依娜的愿望！更出人意料的是，依娜并没有死，她在大地震时毁了容，变得面目全非，便再也不愿以残破的面容，面对自己深爱的人。那个《羌魂》剧场戴着面罩的歌者，那个在月夜雕楼上歌唱的"鬼魂"，其实就是依娜！因为深爱，所以"以死相瞒"，所以永不面对。这种爱最凄苦最残酷！吉格的心被深深地震撼，他发誓，要一辈子看着依娜残破的脸，这是世上最美丽的脸！文章结尾，新生儿一声响亮的啼哭告诉我们一个圆满的结局：有情人终成眷属。

　　小说以吉格回乡追寻爱情为主线，穿插了大量的羌族风俗人情描写：《开城歌》大气磅礴，《咂酒歌》优美动听，黑虎寨浩然凌云，《羌魂》剧场宛若仙境，萨朗舞精彩纷呈，释比文化神秘莫测……这些原生态场景和风情画面的生动展现，可见作家的用情之切、用心之深。

　　颜廷君先生在《钟山》等名刊发表过多部长中短篇小说，近百万字的长篇小说《彼岸》三部曲也已杀青。这四部小说的结构严谨，布局合理，张弛有度，步步深入；小说语言风趣幽默，简洁明快。尤其是人物对话，闻其声如见其人，自然而贴切，精致且独特，足见其创作功力之深厚。作家已将《鸟的天空》《爱到不能爱》两部中篇改编成电影剧本，其余两部作品的改编也进展顺利。我们相信，在不久的将来，我们能在银幕上欣赏到他更多更好的编剧并导演的作品。